Die Karriere des großen Katers hat ihren Zenit erreicht. Als Bundespräsident empfängt er den König Juan Carlos und Königin Sofia von Spanien, zeigt ihnen das Land und lädt zum Frackdiner. Doch bevor das Diner beginnt, überfällt den Präsidenten ein ungutes Gefühl. Er wähnt sich bedroht, und tatsächlich – der Chef seiner Sicherheitspolizei hat eine feine Intrige gesponnen. Im Schatten des glanzvollen Staatsbesuchs will er den Präsidenten stürzen.
Beide kennen sich seit ihrer Jugend, gemeinsam kamen sie nach oben, und nur einmal wurde ihre Freundschaft getrübt – als sich der junge Kater in die Braut des Freundes verliebte und diese heiratete.
Hürlimann hat einen sprachgewaltigen Roman geschrieben, der zugleich eine einfühlsame Liebesgeschichte ist. Privates und Öffentliches vermischen sich zu einem Sprengsatz, der droht, sich auf dem politischen Parkett, das nur die Staatsräson kennt, zu entzünden.

Thomas Hürlimann, 1950 in Zug geboren. Nach dem Besuch des Gymnasiums in Einsiedeln, Studium der Philosophie in Zürich und Berlin. Für sein Schaffen, das Prosa und Theaterstücke umfaßt, wurde er mit zahlreichen Preisen ausgezeichnet, 1997 mit dem Literaturpreis der Konrad Adenauer-Stiftung, 1998 mit dem Solothurner Literaturpreis und 2001 mit dem Joseph-Breitbach-Preis. Im Fischer Taschenbuch Verlag sind weiterhin lieferbar: die Novelle ›Das Gartenhaus‹ (Bd. 11878), die Geschichtensammlung ›Die Satellitenstadt‹ (Bd. 11879) und der Band ›Das Lied der Heimat‹ (Bd. 14277), in dem alle Stücke von Thomas Hürlimann zu finden sind. Zuletzt veröffentlichte Thomas Hürlimann den Roman ›Fräulein Stark‹.

Unsere Adresse im Internet: www.fischer-tb.de

Thomas Hürlimann

Der große Kater

Roman

Fischer Taschenbuch Verlag

Der Autor dankt der Schweizer Kulturstiftung
PRO HELVETIA für die Unterstützung

2. Auflage: Dezember 2001

Veröffentlicht im Fischer Taschenbuch Verlag GmbH,
Frankfurt am Main, Dezember 2000

Lizenzausgabe mit freundlicher Genehmigung
des Ammann Verlags & Co., Zürich

Druck und Bindung: Clausen & Bosse, Leck
Printed in Germany
ISBN 3-596-14659-0

»Und Gott versuchte Abraham und sprach zu ihm: Nimm Isaak, deinen einzigen Sohn, den du liebst, gehe hin in das Land Morija und opfere ihn daselbst als Brandopfer auf einem Berge, den ich dir zeigen werde.« *Altes Testament*

»Abraham hatte gekämpft mit jener vielgewandten Macht, die alles und jedes ersinnt, mit jener wachsamen Feindin, die niemals schläft, mit jener alten Frau, die alles überlebt – er hatte gekämpft mit der Zeit.«

Sören Kierkegaard, Furcht und Zittern

»Und der Wind legte sich, und auf den Bäumen vor dem Schloß regte sich kein Blättchen mehr. Rings um das Schloß aber begann eine Dornenhecke zu wachsen, die jedes Jahr höher ward und endlich das ganze Schloß umzog und darüber hinauswuchs, daß gar nichts mehr davon zu sehen war, selbst nicht die Fahne auf dem Dach.« *Gebrüder Grimm, Dornröschen*

I

Der Bundespräsident saß hinter dem Pult im Ledersessel. Er war am Ende. Er hatte keine Kraft mehr. Er liebte sein Land, seine Frau, und die Dämmerung liebte er auch. Es war der 19. Juli 1979, kurz nach 17.00 Uhr. Regenwolken hatten den Himmel über der Hauptstadt verdunkelt, so daß die Männer, die sein Chef der Sicherheitspolizei auf den umliegenden Dächern postiert hatte, von den Statuen kaum noch zu unterscheiden waren. Reglos standen sie auf den Zinnen: uralte Mythen und eine hochmoderne Polizei.

Die Telephone summten, im Vorzimmer wachte die Sekretärin, in den anschließenden Büros sein Stab. Sie wußten: Um 17 Uhr taucht der Chef für sieben Minuten ab. Tiefschlaf. Dann würde er, frisch und erholt, seine Geschäfte wieder aufnehmen, gleichzeitig telephonierend, Akten studierend, Briefe unterzeichnend, aber seltsam – heute, da es vorzeitig zu nachten begann, wollte der Schlaf nicht kommen. An den hohen Fenstern klebte ein fahler Glanz, die Formen schwanden, die Farben ergrauten, und mit den ersten Regentropfen, die gegen die Scheiben fielen, sank der saalgroße Raum in eine blaue Vergänglichkeit. Was eben noch ein wuchtiger Krieger gewesen war, von Ferdinand Hodler gemalt – schon huschte es hinüber in die Nacht, auf den Bücherrücken erloschen die Reflexe, und die Ledersessel, die im vorderen Raumteil standen, lagerten wie eine Herde um den Rauchtisch.

Der Bundespräsident spürte, wie eine leise Betäubung in den Kiefer kroch, der Schlafraum jedoch, den er sonst zu jeder Tages- und Nachtzeit unter sich aufklappen konnte, wollte ihn heute nicht aufnehmen. An der Oberfläche blieb er hängen, trieb er dahin.

In dieser Regierung, die aus sieben Bundesräten bestand, wurde man für ein Jahr zum Präsidenten gewählt, und er wäre nicht der erste, der der Doppelbelastung von Ministerium und Präsidentenamt zum Opfer fiele. Bis zum heutigen Tag jedoch war er mit seiner Aufgabe gut zurechtgekommen, und der Besuch des spanischen Königspaars, das er als Gastgeber empfangen hatte, würde seine Popularität, davon war er überzeugt, zu neuen Höhen führen.

Ja, sie waren ihm sympathisch, die spanischen Monarchen. Juan Carlos machte Eindruck, und Königin Sofía, die gelernte Kinderkrankenschwester, hatte einen liebreizenden, fürsorglichen Charme. Aber der Staatsbesuch, der mit viel Publicity verbunden war, störte eben doch den Betrieb, ließ Aktenberge wachsen, legte Leitungen lahm, brachte zusätzliche, oft stundenlange Termine mit sich, Empfänge Diners Besichtigungen, und so war die Müdigkeit, die er mit sich herumschleppte, schwer wie Beton geworden. Der Bundespräsident legte die Unterarme auf die Sessellehnen, den Hinterkopf in den Nakken und versuchte noch einmal, sich in seinen Schacht zu stürzen. Nur sieben Minuten, dachte er, sieben Minuten Schlaf, und ich schaffe es, das Skript meiner Rede mit ein paar persönlichen Worten zu ergänzen.

Nein, er fand keinen Schlaf, spähte ins Zwielicht, klammerte die Pranken um die Lehnen, und plötzlich war er so kribbelig, daß er aufstand und in eine der hohen, von schweren Vorhängen gesäumten Fensternischen trat. Die offiziellen Gebäude, auch die Banken, waren beflaggt. Vor dem Bundeshaus drängte sich die Menge, ganz Bern, schien es, war auf den Beinen, um das spanische Monarchenpaar fähnchenschwenkend zu bejubeln. Er legte die Hände auf den Rücken, steifte das Kreuz, blickte mißtrauisch hinaus. Unten kreischte das Volk, oben lauerten Helikopter, und obgleich die Staffel über dem Platz verharrte, schwoll ihr Geknatter an und ebbte ab, als würde Pfiff, sein Sipochef, in Wellen angreifen lassen. Ob er selber mitflog? Vermutlich schon – Pfiff, der im Einsatz ein schwarzes Ledermäntelchen trug, liebte es, über Köpfen und Dingen zu schweben und heikle Einsätze persönlich zu leiten.

Fern rollten Donner, der Regen prasselte los, und das Volk rannte nach allen Seiten aus dem Platz. Die langen, patschnassen Fahnen klatschten dumpf gegen die Fassade; der weiße Stoff war grau, der rote dunkel geworden.

Etwas ist faul, dachte er plötzlich. Irgend etwas liegt in der Luft…

Um 17 Uhr 10 gab er über die Intercomanlage durch, daß er in wichtigen Fällen wieder zu sprechen sei. »Hat meine Frau angerufen?«

»Ist beim Coiffeur. Wünschen Sie eine Verbindung?«

Er zögerte. Aus den Lautsprecherritzen stieg der Atem der Sekretärin. »Herr Bundespräsident, darf ich fragen, wo Sie sich für das Frackdiner umziehen?«

»Ein Frackdiner«, stöhnte er, »auch das noch!«

»Der Chauffeur könnte Ihre Sachen holen und ins Büro bringen.«

»Ja. Gut. Sorgen Sie dafür, daß er nichts vergißt.«

»Jemand vom Protokoll kann ihn begleiten.«

»Anrufe?«

»Nichts von Bedeutung.«

Der Lichtknopf erlosch. Das Geknatter wurde betäubend laut und entfernte sich dann Richtung Diplomatenviertel – auch die Spanier, schätzte der Präsident, wollten sich vor dem abendlichen Diner in ihrer Botschaft erholen.

Dieser 19. Juli war der zweite Tag des Staatsbesuchs. Gestern vormittag hatten sie das Monarchenpaar am Flughafen abgeholt, dann war man gemeinsam nach Bern gefahren, Böllerschüsse, Marschmusik und Abschreiten der Ehrenkompanie, anschließend Empfang im Parlament, Reden und Cocktails, Mittagessen und Toasts, Gespräche mit Chemie- und Bankbaronen, nachmittags im Heli über Land, der Föhnwind heiß, die Menschen bleich, und wiewohl ein paar gute Bilder entstanden waren – Monarchen- und Präsidentenpaar im fröhlichen Gespräch –, war es doch gespenstisch gewesen, wie die Alpen ihre Gipfel mit dunkler Macht nach oben gestoßen hatten, in einen gelben Himmel hinauf, und gleichzeitig, nur etwas gedrungener, nach unten, in das weißliche Glühen der Buchten hinab. Die Spiegelung, hatte er dem König zugeflüstert, sei stärker als die Wirklichkeit.

»Salud, Señor Presidente!«

»Salud! Auf die *Amistad,* die Freundschaft zwischen unseren Völkern!«

Ein Jodelchor hatte viel zu lange gesungen, ein schwermütiges Winseln, schielende Augen, indes die Berge violett, der Himmel rötlich wurde, Flucht in die Autos, heulende Eskorten, zurück nach Bern, Umziehen und Diner, Small talk und Lächeln, auf die Freundschaft, auf Spanien, auf die Schweiz, salud!

Heute früh hatte er mit dem König die Truppe besucht, um zehn eine Uhren-, um elf eine Schokoladenfabrik, während Marie und die Königin, von spanischen Gastarbeiterinnen umjubelt, stundenlang durch mittelständische Betriebe gezogen waren, immerzu winkend und lächelnd, lobend und grüßend.

Marie stand silbern gerahmt unter der Pultlampe. Die Haare gefärbt, die Frisur gesprayt, das Gesicht geschminkt: So lächelte sie auf dem Photo, so lächelte sie in Wirklichkeit, schlank und elegant, aber kalt, wie vereist, ein alterndes Dornröschen.

Er lächelte ihr zu, sie lächelte zurück.

Auch Marie war mit ihren Kräften am Ende, doch ging sie anders damit um als ihr Mann. Marie, die eigentlich Rosemarie hieß, ließ sich von Bobo Carluzzi, ihrem *coiffeur artistique,* mit Schminke, Puder und Perücke auf jung präparieren, auf schön, auf zeitlos, ihr Lachen perlte etwas zu fröhlich, und statt in strenger, einer Präsidentengattin angemessener Kostümierung wehte sie in schreienden Sommerfarben durch Bern.

Ja, er liebte seine Frau, und doch – allen Versuchen zum Trotz – kam er nicht mehr an sie heran. Es erging ihm wie jenen Freiern, die ins rosenüberwucherte Schloß und in Dornröschens Träume einzudringen versuchten. Während man in der stacheligen Hecke verblutete, durfte man ins mondbeschienene Innere sehen, wo sie saß und lächelte, von Carluzzi frisiert, von Pucci gewandet.

Neben Marie, ebenfalls ihm zugewandt, stand ein zweites Photo: er selbst als junger Mann. Mitte der fünfziger Jahre war es in einer Wahlbroschüre erschienen und hatte, wie geplant, für Diskussionen gesorgt. Denn in seinem Rücken, die Hand auf die Schulter ihres Gatten gelegt, stand die schöne Marie, und im Vordergrund lag ihr erstes Kind, der älteste Sohn, und zwar so, als sei er just im Knipsmoment gestolpert, auf den Bauch geplumpst und mit dem Babyschädelchen gegen eine blaue, stolze Aufforderung geknallt: FÜR EINE KATHOLISCHE HEIMAT! WÄHLT KONSERVATIV-CHRISTLICH-SOZIAL!!

Damals waren sie eine glückliche Familie gewesen, und hätte ihm jemand gesagt, eines Tages würde er in die Landesregierung gewählt, hätte er nicht gelächelt. Ja, hätte er gesagt, das denke ich auch.

Da der Bundesplatz nach wie vor abgesperrt war, herrschte nun eine ungewohnte Ruhe. Das jubelnde, viva-la-Reina-rufende Volk hatte sich aufgelöst. Kein Verkehr lärmte, keine Sirene heulte. Besetzte Dächer. Ein leerer Platz. Stumme Telephone. Er mochte sich täuschen (und er hoffte, daß er sich täuschte), doch war er lange genug im Geschäft, um zu wissen, daß die Ruhe ein schlechtes Zeichen ist. Die schlimmsten Gewitter schieben Stille vor sich her – die Ruhe vor dem Sturm.

Auf dem Konferenztisch standen die Aschenbecher wie Opferschalen, aus der Decke wuchsen wipfelgroße Lüster, und jedes Ding, sei's eine Vorhangkordel, Hodlers Krieger, die Pultlampe, die silbern gerahmte Marie oder der schachbrettartig gemusterte Teppich, war mit einer Zeit versehen, die die Menschen weit, unendlich weit überragte. Das hing oder stand oder lag. Das ruhte. Das war. Das ließ sich von Schatten umwandern, setzte Staub an, bekam Glanz oder Dunkelheit, wurde benützt oder abgestellt, betrachtet oder vergessen, aber all diese Veränderungen blieben äußerlich – mit den Dingen selbst hatten sie nichts zu tun. Sein Präsidialjahr, sagte er sich, würde enden, seine Amtszeit ablaufen, sein Pult jedoch, der Sessel, die Bücher, die Lüster würden bleiben und wie dieser Krieger, der über den zahllosen Schranktüren an der Wand hing, ihre Gegenwart behaupten, ein ewiges Hier und Jetzt. Hm, dachte er, ob es am Ende möglich sein könnte, ein Ding zu werden und dadurch dem Tod zu entgehen?

Nun kroch die Ruhe, die er eben noch als Sturmwarnung empfunden hatte, doch noch in seine Glieder – nicht der Schlaf, aber die Ruhe, und allmählich, ganz allmählich ließ sie den Präsidenten hinübergleiten in einen andern, fast bewußtlosen Zustand, in ein dösendes Lauern, dem nichts, kein Schatten und kein Geräusch, ja nicht einmal der eigene Herzschlag entging, und kaum zu glauben, aber wahr, aber wirklich – auf einmal wurde hinter den Wänden und Tapeten das Verborgene sichtbar. Ja, das Verborgene! Abflußrohre wucherten wie flachgepreßte Bäume durch die Mauern; in den Wandschränken reihten sich die Fernschreiber, und durch die

Lederpolsterung der Tür hindurch sah er seine Sekretärin am Schreibtisch sitzen. Den Telephonhörer zwischen Ohr und Schulter geklemmt, schrieb sie mit der Rechten eine Notiz. Er beugte sich vor, kniff die Augen enger zusammen, und jetzt, in lauernder Anspannung auf den Schoß der Sekretärin spähend, glaubte er in ihrem Uterus eine Spirale zu erkennen. Als ferner Fixstern leuchtete sie aus der vorzeitigen Dämmerung und schien dem Bundespräsidenten signalisieren zu wollen, daß es höchste Zeit sei, sich zu schützen. Aber vor wem? Er hatte keine Ahnung. Er wußte nur: Etwas bahnte sich an, ballte sich zusammen, stand irgendwo im Raum und war dabei, sich in die Zeit zu drängen.

Wie auf einem Röntgenbild, das gewisse Fremdkörper scharf hervortreibt, glühten ringsumher lauter winzige Warnungen auf: die Spirale der Sekretärin, die Maschinenpistolen der Sipo, Leitungen wie Nervenstränge, Wanzen wie Knoten, und auf dem Zifferblatt seiner Armbanduhr glomm ein Kreis aus grünlichen Punkten. Der Bundespräsident zupfte das Taschentuch aus dem Revers, tupfte sich die Stirn ab, hörte das Pochen seines Herzens, später das Klatschen der Fahnen, das Strömen des Regens und von fern, vermutlich aus den Gärten des Diplomatenviertels, das Geflappe eines Helikopterflügels.

Es ging um Leben und Tod, er ahnte es, aber dafür war er gewappnet, das hatte er gelernt, im Kampf gegen IHN, den großen Niemand, das Nichts, war der siebenjährige Bub zu seinem Namen gekommen.

Er war in einem Seedorf aufgewachsen, und seine ersten Jahre hatte er draußen verbracht, mit den Fischern, fast ohne Worte. Stumm wie die Welt, die sie heraufholten, saßen diese Männer in ihren Booten, die roten Äuglein vom Schnaps und vom Seewind getrieft, blickten auf das Ufer, auf brennende Höfe und die ersten Automobile, die lange Staubschlangen um die Bucht zogen. Aber kaum je haben die Fischer das ferne Geschehen benannt, und taten sie es doch, plumpste das Wort wie ein Stein in die Wasserstille: »Ander Wetter.«

Und tatsächlich, schon bald erlosch die Sonne, die nahe Wand wurde dunkel, die Bucht wild – weiße Kämme krönten schwarze Wellen. Hievten sie ihre Fänge an Land, spritzten Katzen nach allen Seiten auseinander, verschloffen sich hinter Netzhaufen und Blechtonnen, denn die Fischer, die dauernd befürchten mußten, daß ihnen die Biester etwas wegstahlen, verfolgten und ersäuften sie, was aber nichts nutzte, die Katzen kamen wieder, auch sie, wie die Menschen, hatten Hunger und nichts zu fressen.

An der Bahnstation – sie hing hoch über dem Dorf im Hang – standen vom Morgen bis zum Abend die Arbeitslosen herum, redeten vom Pauperismus und träumten den Gotthard-Zügen nach, blauen Luxuswaggons, die vom Norden in den Süden, vom Süden in den Norden fuhren, mit wehmütigen Signaltönen grüßend, wenn sie den vorschriftsgemäß mit Kelle und Flagge postierten Vorstand wie ein Sturmwind passierten.

In jenen Hungerjahren nach dem Ersten Weltkrieg hatte einzig der Sargschreiner gut zu tun, denn mit jedem Winter kam die Grippe ins Land, der Schwarze

Tod, und fast täglich dröhnte über rauchlosen Dächern die Totenglocke. Sie läutete um drei Uhr nachmittags, zur Todesstunde des Herrn, und wo immer man ging oder stand, hielt man eine Weile inne, zog den Hut und sah zu Boden.

Sein Vater war Schmied. Da die Zugtiere von den Autos mehr und mehr ersetzt wurden, lief das Geschäft immer schlechter, und dem Schmied, wollte er weiterarbeiten, blieb nichts anderes übrig, als Hufeisen auf Vorrat zu hämmern. Die hängte er dann, eins ans andere fügend, über lange Eisenstangen an die Wand, wodurch lauter kleine Tunnel entstanden, Tunnel aus Hufeisen, ohne Boden, ohne Ausgang, und obwohl er sich mit Gebeten, Flüchen und Kirschwasser zu schützen versuchte, schien er den Kampf gegen das Nichts, das ihm aus all seinen Tunnelröhren entgegenwehte, nur noch mit Mühe bestehen zu können.

Schließlich ließ der Schmied das Feuer ausgehen und beschloß, ebenfalls hinauszufahren und zu fischen. Eine Zeitlang fühlte er sich besser, das stundenlange Schweigen entsprach ihm. Eines Abends jedoch, es war im späten Oktober, nahm er eine Uhr von der Wand und legte sie wie einen Kindersarg auf den Tisch. Aus dem Kasten dingelte und dongelte es; das schien den Alten zu freuen. Er klemmte sich eine Lupe ins Auge und begann, mit Pinzette und Schraubenzieherchen im Läutwerk herumzustochern. Warum? Der Bub hatte keine Ahnung. Wie meist lag er über Herders Lexikon, lernte auswendig und repetierte, aber noch immer steckte er tief im A, A wie anonym, wie Anopheles, wie Anredeformen: »Anstelle des einst üblichen ›Ihr‹ ist das ›Du‹ für den Verkehr mit

Näherstehenden, das ›Sie‹ für Fernerstehende gebräuchlich geworden. Daneben findet sich bei einigen Titeln wie Majestät, Exzellenz, Magnifizenz das Fürwort ›Eure‹, Beispiel: Eure Majestät.«

Hüpfte dem Vater ein Gangrädchen davon, grinste er, der Bub grinste zurück, dann beugten sich beide wieder über ihre Arbeit, er über den ersten Herderband und der Vater über den Uhrenkasten.

Der Bub las sich durch die A, der Vater setzte seine Zerlegungsarbeit fort. Für beide war es eine gute Zeit, eine schöne Zeit, das Ticken war verstummt, die Stille tief, und so etwas wie eine Pause, wie ein Stillstand muß es wirklich gewesen sein, denn nun, da die vollständig erneuerte Wanduhr, einen Hauch von Politur versendend, wieder auf der Konsole stand und ihre Stundenschläge wie hauchdünne Gongblasen entschweben ließ, durchs offene Fenster in den roten Abend hinaus, sagte der Vater plötzlich: »Es kommt.«

»Was?« fragte der Bub.

»Nichts«, sagte der Alte.

Vom frühen Morgen an hatte es heftig geregnet, nun rauschte die Regenschleppe ab und zog einen klaren Abend hinter sich her. Hoch der Himmel, glatt die Bucht. Nur noch ein einziges Boot stand draußen, ein Schattenmann im schwarzen Kahn, und minutenlang war der Bub überzeugt: Jetzt tut er's. Jetzt läßt er sich kippen und versinkt wie ein Stein in der Tiefe. Aber nein, der Vater stemmte sich in die Ruder und kam langsam herein.

»Guten Abend«, sagte der Bub. »Hast du etwas gefangen?«

Ohne Antwort stieg der Vater an Land, und wie jedesmal, wenn ein Fischer seinen Stiefel auf den Steg setzte, huschten die hungrigen Katzen davon.

Als der Vater sich bückte, war es bereits zu spät.

»Nein!« schrie der Bub, »tu's nicht!«

Aber der Vater hatte den Arm ausholend nach hinten geworfen, stieß ihn jetzt nach vorn und schmetterte das Kätzchen mit voller Wucht gegen den Boden. Dann stapfte er ins Haus, wortlos wie immer.

Mein Gott, es lebte ja noch!

Es stemmte sich auf die Vorderpfoten, kippte taumelig hin und her, brach ein, legte sich hin, doch schien es zu merken, daß es kämpfen müsse, und wischte mit dem Vorderpfötchen über die Ohren, das Schnäuzchen und sein blutendes Kinn. Eine kühle Brise strich herein. Fern quorrten Wasservögel. Der Bub hob das Tier vom Boden auf, so behutsam wie möglich, und trug es ins Haus.

Als er in der Küche erschien, sah der Vater nicht auf, kätschte stumm seinen Mocken Tabak und stierte vor sich hin. Schließlich sagte er: »Leg es auf eine Decke. Laß es sterben.«

Der Bub gehorchte, das Kätzchen schloß die Augen und begann leise zu wimmern. Auf der andern Seite der Bucht, wo eine steile Wand in die Nacht wuchs, ging der Mond auf, Züge schellerten vorüber, und immer wieder drehte das Kätzchen seinen Kopf und blinzelte, als flehe es um seinen Tod, zu den beiden Gestalten auf, die halb im Schlaf am Tisch hockten, der Vater und sein einziger Sohn. Gegen Mitternacht spie es winzige Blutströpfchen und später etwas Galle. Kein Zweifel, das Kätzchen mußte sterben, da gab es nichts mehr zu helfen. Irgendwann setzte ihm der Bub einen Teller Wasser vor, und das sterbende Tier, seine letzte Kraft zusammenreißend, schob das Köpflein auf den Tellerrand; sein Durst mußte rasend sein, der Körper ein einziger Schmerz.

»Wir müssen es erlösen«, sagte der Vater.

Mit beiden Vorderpfoten lag es nun im Teller, maunzend und wimmernd, und je größer seine Angst wurde, die Angst vor dem Tod oder die Angst, sein Sterben werde niemals aufhören, desto heiliger wurde in der Schmittenküche die Stille. Herrgott im Himmel, betete der Bub, du bist doch allgütig. Warum läßt du so ein Leiden zu, so ein qualvolles, sinnloses Sterben?

Eingerollt in seinen Schwanz lag das Kätzchen auf der Decke, es tuteten keine Züge mehr, und im Nebel erstickten die Rufe der Wasservögel. Der Vater war am Tisch versteinert, aus seinem Mund sickerte Tabaksaft, und als es zu tagen anfing, verschmolz sein Körper mit dem Morgengrauen, das wie eine buchtgroße Schleppe den grauen Mann umgab.

Da ging der Bub in seine Kammer, legte sich rücklings auf sein Bett, und das sterbende Kätzchen legte er auf seinen Bauch. So blieben sie liegen, schliefen sie ein, und sein Schnaufen hob das Kätzchen und senkte es, gab ihm warm und nahm ihm die Angst. Der Tag verwich, wieder wurde es Abend, holperten die Güterzüge, jaulte eine Lok, schlug die Stunde, stieg der Mond, glitzerte der See, kochte Nebel, graute der Morgen, und noch immer trug der Bub die Katze, ließ sie steigen und sinken, sinken und steigen, und so war es weiß Gott kein Wunder, daß sein Magen laut und immer lauter knurrte!

Auf einmal reckte die Rotgescheckte ihr Köpfchen.

Sie schien sein Magenknurren für ihr eigenes Schnurren zu halten, riß die verklebten Augen auf und blickte erstaunt in die Dämmerung.

Eine Katze, die schnurrt, fühlt sich wohl, und vielleicht, wer weiß, hatten sich die Grenzen tatsächlich verwischt. Der Bub war in die Katze gekrochen und die Katze in den Buben. Er fühlte sich schwach und schwächer, während sie, die ja zu schnurren, also sich wohl zu fühlen glaubte, stärker wurde mit jedem Atemzug. Vom hungrigen Magen beknurrt, glitt sie unversehens in ihr zweites Leben hinein, und der Schmittenbub, der noch immer im A steckte, ganz in den Anfängen, hatte zum ersten Mal erfahren, daß er eine besondere Gabe haben müsse. Er konnte sich einfühlen in das Fühlen der andern. Er konnte die Grenze überwinden, vielleicht sogar den Tod bezwingen, das vom Vater gefürchtete Nichts, sprang jetzt aus dem Bett, taperte die Stiege hinab und trat dann, im Arm das rötliche Bündel, grinsend vor den grauen Alten. Die Katze schaute mit großen, neugierigen Augen.

»Lebt«, sagte Kater.

Die Verwandlung war vollzogen, und wie am Anfang, wenn sich das Kommen des Katers vorbereitete, entstand auch am Ende, wenn der Kater vom Präsidenten Besitz ergriffen hatte, eine tiefe Ruhe. In den Scheiben die letzte Helle; Geprassel auf Simsen und Zinnen; das Büro ein nächtiges Museum, voller Bilder und Gegenstände, hier die Photographie, dort der Rauchtisch, oben das Bild, links die Schränke, rechts die Fenster und dann, plötzlich, ein feines Zittern, ein kaum hörbares Klirren, es war halb sechs, und wie ein Raumschiff, das langsam abhebt, löste sich die Chefetage von den unteren Stockwerken, wo nun alles aufsprang, die Aktenschränke verschloß, zu den Lavabos rannte, schlucken gurgeln spucken, pagodendienerhaftes Verbeugen zum Wasserstrahl, hurtig die Zähne geputzt, die Haare gekämmt, die Ärmelschoner abgestreift, und schon hasten alle treppab, drängen sich in die Lifte, mausgrau die Brillen, mausgrau die Gesichter, Nicken nach allen Seiten, guten Abend, bis morgen, es schweben die Hüte, es hasten die Schritte, das Getrippel wird dünner, die graue Flut versiegt, und würde einer erst jetzt, nur um Sekunden verspätet, aus der letzten Sicherheitsschleuse hervorstürzen, er würde sich im Foyer wie ein Geist verflüchtigen: Feierabend. Die unteren Stockwerke waren geräumt, die Büros leer.

Kater tippte die Taste und fragte: »Wissen Sie, wo Pfiff steckt?«

»In der spanischen Botschaft. Auch Aladin ist dort. Die Herren besprechen das Programm für morgen. Soll ich Sie durchstellen?«

»Später.«

Kater war beruhigt. Pfiff war der Chef seiner Sicherheitspolizei, und Aladin war der erste Medienmann des Landes. Wie mit einer Wunderlampe erzeugte er jene zweite Realität, die das Volk für die erste nahm, produzierte Homestories, titelte Schlagzeilen, entwarf Reden, beriet die Regierung und verstand es erst noch, in einem monatlich gesendeten Fernsehgespräch sich selbst und der Nation zu gefallen. Aladin mischte überall mit, stand zwischen den Zeilen und hinter dem Präsidenten, aber am liebsten schrieb Aladin seine Kolumne, die, von einem Sonntagsblatt gebracht, die Themen des Landes in griffige Formeln goß.

So war es nur normal, daß Aladin, gemeinsam mit dem ersten Polizisten, in der spanischen Botschaft den morgigen Tag zu planen half, schließlich war ein Staatsbesuch in erster Linie ein Medienereignis und mußte, wie ein Drehtag, von der ersten bis zur letzten Einstellung entworfen, durchdacht und organisiert werden.

Im Prinzip wäre das kein Problem gewesen, der Stab arbeitete routiniert, auch hatte man Erfahrung, und für jeden Bereich gab es ausgewiesene Experten – Pfiff, der Sipochef, kümmerte sich um die Sicherheit, und Aladin, der Medienmann, inszenierte den Vordergrund. Aber der König hatte sich auf einem Segeltörn im Mittelmeer eine schlimme Erkältung geholt, war mit Fieber (38°) in die Schweiz gereist, fühlte sich noch immer schwach, wurde dreimal täglich untersucht, und niemand konnte es der Königin, einer gelernten Kinderkrankenschwester, verargen, daß sie von Anfang an darauf bestanden hatte, das bis ins letzte Detail bestimmte Programm in wesentlichen Punkten abzuändern. Folglich waren sie gezwungen, jeweils am Vorabend festzulegen, was anderntags geschehen sollte, und eben dies, hatte seine Rückfrage ergeben, war nun der Fall. Pfiff und Aladin befanden sich in der spanischen Botschaft, um gemeinsam mit dem Leibarzt des Königs den Verlauf des morgigen Tages definitiv festzulegen.

Kater kannte dieses Programm. Der König, ein ausgebildeter Militärpilot, hatte sich eine Fliegerdemonstration in den Bergen gewünscht, und selbstverständlich waren die nötigen Schritte unternommen worden, um den Wunsch des Gastes zu erfüllen. Auch die Industrie war involviert, denn die Munition, die verschossen werden sollte, kam teils aus eigener, teils aus spanischer Produktion. So weit, so gut. Korpskommandant Wildbolz und Major Bernardo Hofmann hatten das Manöver geplant und mit den besten Staffeln des Landes eingeübt. Alles war bereit gewesen. Sogar das Wetter, Föhn mit bestechender Fernsicht, hätte mitgespielt. Gestern abend jedoch – das Fieber des Königs war auf 39° gestiegen – hatte man sich nach einer tränenreichen Intervention der Königin entschlossen, den für heute angesetzten Termin auf den letzten Tag zu verschieben. Das war gegen den Willen des Königs geschehen, und der Bundespräsident hatte seinem Staatsgast versprechen müssen, die Fliegerdemonstration unbedingt nachzuholen: »Majestät, Sie haben mein Wort, am letzten Tag wird geflogen!«

»Señor Presidente, ich danke Ihnen!«

Insofern gab es für Pfiff und Aladin nicht mehr viel zu besprechen. Morgen vormittag würden sie mit Helikoptern auf den Col des Mosses hüpfen, um bei einem sogenannten Militärpicknick (Fendant, Hobelkäse und Bündnerfleisch) von Bomben und Raketen umzischt zu werden, jeder Schuß ein Treffer, jedes Photo ein Knüller.

Der rote Knopf leuchtete auf.

»Die Herren Pfiff und Aladin«, meldete die Sekretärin, »sind auf dem Weg in die Stadt. Wenn es Ihnen recht ist, Herr Bundespräsident, kommen sie kurz vorbei, um Ihnen die Besprechungsergebnisse vorzulegen.«

»Was meint die Zentralanstalt?«

»Allgemeine Aufhellung.«

»Auch in den Alpen?«

»Jawohl, Herr Bundespräsident. Freie Sicht am Col des Mosses.«

»Gut. Dann bin ich im Bild. Wir veranstalten ein Schlußfeuerwerk im Hochgebirge.«

Er räkelte sich wohlig. Morgen vormittag würden sie miteinander auf der Krete stehen, der König und er, beide ein Glas Fendant in der Linken, den Feldstecher in der Rechten, und grinsend die Köpfe einziehen, wenn eine Mirage-Staffel aus der Tiefe emportauchen, über sie hinwegdonnern und im Gewölk unter ihnen verschwinden würde. »Hat der Chauffeur meinen Frack gebracht?«

»Jawohl, Herr Bundespräsident. Er hängt draußen im Flur.«

»Wann müssen wir auftreten?«

»Um 19 Uhr. Gemeinsam mit Ihrer Gemahlin nehmen Sie das Monarchenpaar vor dem Bellevue in Empfang.«

»Wo treffe ich Marie?«

»Ihre Frau erwartet Sie in einer Suite des Bellevue, erste Etage rechts, die zweite Tür. Herr Bundespräsident«, fügte die Sekretärin hinzu, »gehe ich recht in der Annahme, daß Sie die Herren Pfiff und Aladin nicht mehr zu sehen wünschen?«

»Wozu denn! Es bleibt beim Col des Mosses, das habe ich dem König versprochen. Geben Sie Pfiff Pleinpouvoir und sorgen Sie dafür, daß er sich umgehend mit dem Armeekorps in Verbindung setzt.«

»Jawohl, Herr Bundespräsident.«

»Sonst noch was?«

Aus den Ritzen stieg ihr Atem. »Die Damen«, wagte sie endlich zu bemerken.

»Die Damen?«

»Das Damenprogramm.«

»Das Damenprogramm!« rief Kater mit milder Ironie. »Keine Sorge, meine Liebe, die Königin ist Gott sei Dank gesund. Also haben die Herren Pfiff und Aladin keinen Anlaß, das Damenprogramm zu verändern. Was steht auf dem Plan?«

»Besuch einer Seidenspinnerei.«

»Gut«, sagte er, »sehr gut. Das wird Marie gerade noch schaffen.«

»Jawohl, Herr Bundespräsident.«

»Und jetzt Tempo, wenn ich bitten darf! Pfiff soll unverzüglich das Armeekorps informieren, dann kann Wildbolz mobil machen. Alles klar? Morgen vormittag wird gegen die Felsen geballert, daß den Spaniern die Ohren wackeln!«

Lachend tippte er die Taste, der rote Knopf erlosch.

Allgemeine Aufhellung, die Regenfront zog weiter, im Vorzimmer summte es wieder, alles i. O., normaler Betrieb. Heute abend das Frackdiner, morgen das Feuerwerk, und schon wäre der Staatsbesuch überstanden.

Der Bundespräsident legte die Beine aufs Pult und begann, die vorbereitete Rede durchzuarbeiten. Einige Sätze strich er ganz, andere stellte er um, und dann überlegte er sich, wie er den Schluß, der im Toast zu gipfeln hatte, prägnanter fassen könnte. Prägnanter und persönlicher. Das war schon deshalb nötig, weil er das Königspaar schon zigmal begrüßt und gefeiert hatte, gestern vormittag am Flughafen, abends in der spanischen Botschaft, heute früh vor der Truppe, mittags im Parlament, und leider war der Nominativ-Etat, aus dem er sich bedienen konnte, ziemlich beschränkt: Auf die Freundschaft zwischen unseren Völkern, viva la Reina, salud!

Ein paar A-Wörter, seinerzeit im Lexikon gelernt, fügten sich von selbst zu Sätzen – auf gerader Avenida schreiten wir als Aventurier voran –, und wieder einmal zeigte es sich, daß er sich arbeitend fast noch besser erholte als im Tiefschlaf. Nun ging es wieder bergauf, die Kräfte kehrten zurück, kein Zweifel, er war nicht am Ende, er stand im Zenit, morgen mit dem König auf der Krete, hoch über den Wolken, vom Himmel überglänzt, von der Sonne bestrahlt, von Jets umschossen, und eigentlich hätte der Präsident das große Frackdiner voller Stolz erwarten können. Aber inmitten der Hauptstadt, mit den obersten Etagen die Giebel überragend, stand ein hochmodernes Kinderspital, Professor Bossis Klinik, und in diesem Spital lag sein Sohn. Er war das jüngste von drei Kindern, und dieses Kind lag im Sterben.

Ja, der Tod kam näher, der große Niemand, das Nichts, und leider, sagte sich der Präsident, leider ist es nicht *mein* Tod – es ist der Tod meines jüngsten Sohnes.

»Herr Bundespräsident«, meldete sich die Sekretärin, »wir haben Besuch.«

Daß etwas in der Luft lag – er hat's gerochen, hat's gewittert, sogar gewußt, und dennoch: Kater erschrickt. Wie stets, wenn sein Instinkt gegen alle Wahrscheinlichkeit recht bekommt, zittern seine Finger, Schweiß bricht aus, »Besuch?« fragt er.

»Ja«, haucht es aus den schwarzen Ritzen, »Besuch.«

»Wer?«

Die Ritzen schweigen.

»Wer!«

»Das ist ja das Problem«, wagt sie endlich zu sagen. »Wir wissen es nicht. Der Unbekannte hat sämtliche Kontrollen umgangen und ist bis in den innersten Sicherheitsbereich vorgedrungen.« Kurze Pause. Tiefe Stille. »Bis vor Ihre Tür, Herr Bundespräsident.«

Ein Unbekannter, durch alle Systeme geschlüpft, von niemandem gestellt, an keiner Schleuse gebremst, nicht identifiziert. »Ist das überhaupt möglich?«

»Nein. Eigentlich nicht.«

»Das heißt: Die Anlage wurde ausgeschaltet?«

»Jawohl, Herr Bundespräsident.«

»Unternehmen Sie vorläufig nichts!«

»Aber –«

»Ich kümmere mich darum.«

Kater schnellte aus dem Sessel und riß eine der zahllosen Schranktüren auf. Dahinter befand sich ein Stahltor, das er mit einer Kurbel und seiner Codekarte öffnen konnte. Es war ein Sicherheitstresor. Pfiff hatte ihn vor einigen Jahren einbauen und zur Tarnung mit einem Massagetisch sowie einem festmontierten Fahrrad versehen lassen. Kater konnte sich nicht erinnern, hier jemals geturnt oder einen Satz Hanteln gestemmt zu haben, doch war es noch gar nicht lange her, daß er die Röntgenbilder seines Sohnes, um sie vor Marie zu verbergen, unter die Bodenmatte geschoben hatte. Es gebe verschiedene Arten von Schicksal, hatte ihm Professor Bossi gesagt, und er, Bossi, fürchte, der Sohn des Bundespräsidenten habe eines der schlimmsten erwischt. In einem Bogen ging er um die Matte herum. Sie war so groß wie ein Familiengrab. Er nahm ein Handtuch von der Wand und wischte die Tränen ab. Hatte er überhaupt geweint? Oder lief ihm der Schweiß aus Stirn und Augen?

Daß es hier einen Fernschreiber, ein Telephon sowie zwei Monitore gab, hatte er Pfiff zu verdanken. Sein Sipochef, in diesen Belangen von äußerster Vor- und Umsicht, hatte darauf bestanden, den Sicherheitstresor wie eine Kommandokanzel auszurüsten. Kater schaltete den Monitor ein, dessen Kamera den Flur erfaßte – und hätte ums Haar gelacht! Das bläulichgraue, an den Rändern ins Rundliche rutschende Bild zeigte einen langen Läufer, einige Türen, moderne Kunst, alte Lüster. Am Garderobenständer, in einen Plastikschutz gehüllt, hing sein Frack, und dahinter, für das Kameraauge nicht sichtbar, saß der Unbekannte und schien seelenruhig eine Zigarette zu paffen. Nichts war von ihm zu sehen, nur etwas Rauch, der sich über dem Frack zur Decke kräuselte. Kater schaltete die Anlage ab, stieß die Stahl-, dann die Schranktür zu und setzte sich wieder. Ja, es war zum Lachen. Er wußte, wer da draußen wartete.

»Liebe«, befahl er, »schicken Sie ihn herein!«

Anno horribile 1939, kurz vor Kriegsausbruch, waren sie auf einem Verbindungskommers der Fryburgia zu Freunden geworden. Man kannte sich schon länger, hatte gemeinsame Erinnerungen an die Heimat und an Maria Einsiedeln, die landesberühmte Klosterschule, an jenem Sommerabend jedoch, da sie einander *plenis coloribus* begegnet waren, die Tellermütze schräg am Schädel, mit Silberkrawatte, Bierzipfel und Brustband, hatte für beide ein neues Kapitel begonnen: eine Bruderschaft, die über ihre Studentenverbindung bald hinausging.

Pfiff, der ältere, hatte grüßend das Glas gehoben.

Nun wäre Kater, gemäß Paragraph 11 ihrer Trink- und Zechordnung, verpflichtet gewesen, den vollen Krug (drei Quart) auf einen Zug zu leeren, war aber außerstande, das einzige Glas, das er sich pro Abend leisten konnte, in den leeren Magen zu schütten. »Krieg«, sagte er.

»Wie darf ich das verstehen?«

»Morgen«, grinste Kater, »wählen sie in Bern den General.«

Einige sprangen auf. Wie würde Pfiff auf den Affront reagieren? Er legte seine Rechte an Katers Arm und fragte grinsend, was er studiere.

»Jura.«

»Grund?«

»Will zu einer Fakultät gehören, die kämpfen darf.«

»Oh, là, là«, machte Pfiff. »Mit den Franzmännern gegen Deutschland?«

»An der Seite des deutschen Soldaten«, rief Kater – und der ganze Kneipsaal hörte zu –, »marschieren wir durch die Nacht zum Licht!«

»Zum Licht«, wiederholte Pfiff. »Wie interessant. Bittschön, und wo liegt das?«

So begann ihre Freundschaft, es war August, die Nacht lau, und der Himmel, als verkünde er den Krieg, ließ Schnuppen sausen, die wie Geschosse ihre Bahnen zogen. Vor dem Studentenheim, wo Kater mit fünf andern eine Bude teilte, steckte ihm Pfiff eine Zehnernote zu. »Bittschön, ich habe genug von dem Zeug, iß dich morgen richtig satt!«

Anderntags sah man sich wieder, saß gemeinsam vor dem Radio, diskutierte über Hitler und die jüdische Plutokratie, über den erstarkenden Bolschewismus, Gott, die Welt und die Frauen. Ach, die Frauen! Manchmal küßten sie eine, spazierten mit ihr, aber die große Liebe, gestand der eine dem andern, war bisher noch nicht erschienen.

»Ich habe vor dem Tod keine Angst«, sagte Pfiff. »Du?«

Auf Velos fuhren sie über Land, schwammen in Flüssen, erkletterten Berge, Kater bald in Uniform, Pfiff mit seinem Brustband: So hockten sie auf den Rucksäcken, lachten in die Landschaft, zeigten in die Ferne – Zukunft, wir kommen!

Im Frühjahr 45 schlossen beide ihr Studium ab, Kater als Dr. jur., Pfiff als Dr. phil. Nachdem sie mit allen Examina fertig waren, fuhren sie eine Woche ins Wallis, wo vor der Zeit ein brütend heißer Sommer die Bäche versiegen und die Wiesen vergilben ließ. Gegen Süden hin wurden die Hänge schon branstig, in den Tälern kochte die Hitze, und sogar die Felsen bräunten sich wie die Haut der besorgten Bauern.

Am dritten Tag klagte Pfiff über Kopfschmerzen.

»Wir müssen in die Höhe«, schlug Kater vor, »oben ist es kühler.«

Sie kündigten ihre Pension und zogen los. Über verbrannte Hänge kamen sie bald zur Baumgrenze und stiegen dann, es war im späten Vormittag, ins Hochgebirge ein. Tief unten verkrochen sich letzte Hütten, das Läuten der Herden verklang, fern rollte ein Donner, anschwellend im Echo, aber das Gewitter verzog sich, der Himmel wurde blau, die Luft besser, und obwohl ihnen der Schweiß aus den Poren spritzte, begannen sie im Schatten der steilrechten Felsen zu frieren. Als sie endlich den Gipfel erreichten, war es Nachmittag geworden. In der Tiefe die Täler, doch nichts mehr vom Menschen, nirgendwo, was sich dort unten wand, war ein Bach, und die leuchtend schöne Stadt, die mit spitzen Türmchen an der Himmelsgrenze lag, war von der sinkenden Sonne aus Firnzacken herausgeblitzt worden.

Als Leutnant der Gebirgsinfanterie wußte Kater, daß an den Abstieg nicht mehr zu denken war. Ein paar letzte, zart leuchtende Gipfel lagen wie eine Inselkette im violetten Meer, die Tiefe füllte sich mit Wolken, dann mit Dunkelheit, und auf einmal war es hier oben so still, daß sie nur noch das Pochen ihrer Herzen hörten.

»Du«, sagte Pfiff, »laß uns heimkehren.«

»Wir müssen biwakieren.«

Pfiff grinste. »Ich meine es grundsätzlich. Du bist vom Land, ich bin aus der Stadt. Wenn wir uns zusammentun, haben wir den Kanton bald im Griff.«

»Es wird eine kalte Nacht«, bemerkte Kater.

»Machst du mit?«

»Ehrensache!«

»Abgemacht!«

Sie standen auf dem Gipfel – sie ragten ins Leere.

Etwa ein Jahr später betraten sie eines Abends die Terrasse der Pfiffschen Seevilla. *Maman,* eine geborene Bonnard aus dem Welschland, empfing ihren Sohn mit einem zuckersüßen Lächeln und erklärte dann, man habe Besuch.

»Aber das weiß ich doch!« lachte Pfiff. »Deshalb ist Kater hier. Ich möchte ihn meiner Braut vorstellen. Wo steckt sie denn?«

Sie hatte unter einem Sonnensegel gesessen, kam jetzt näher, schwarz das Haar, die Lippen rot, das Kleid weiß, und im Augenblick war alles andere unwichtig geworden, wegfließende Nebensache – der glitzernde See und die dunstigen Berge wurden zum Prospekt, wurden zur Kulisse, und etwas von Filmwelt, etwas Kühles, knisternd Geheimnisvolles schien sie tatsächlich auszustrahlen, zog eine Sonnenbrille aus dem Haar und klappte sie vor die Augen.

»Bittschön«, sagte Pfiff, »das ist Marie.«

Schrecklich, meinte *Maman,* aber für den zweiten Gast fehle das Fleisch.

»Dann improvisieren wir ein Picknick«, jubelte Pfiff. »Na, ihr Lieben, was haltet ihr davon?«

»Ich bitte die Störung zu entschuldigen«, hauchte Kater, und hopp! – mit einem Flankensprung über die Terrassenbrüstung war er unten im Garten, schlug sich in die Büsche, verschwand.

Nun, er verschwand nicht für lange, kehrte nach Einbruch der Dämmerung zurück, schlich sich auf die Terrasse und spähte gespannt ins Innere.

Sie saßen zu dritt am Eßtisch, Marie in der Mitte, und halb erschreckt, halb amüsiert stellte Kater fest, daß Pfiff und seine Mutter nur winzige Bissen zu sich nahmen, dann wurden sie lange zerkaut, schließlich geschluckt, und griff die Alte zur Damastserviette, um damit die Mundwinkel abzutupfen, griff auch Pfiff zur Serviette und führte sie ebenfalls an die Lippen. Was sie sprachen, konnte Kater durch die Scheibe nicht hören, aber er sah, wie sich Marie mal an die Alte wandte, mal an den Sohn, indes der Sohn und die Alte, ein perfekt eingespieltes Paar, synchron die Kiefer bewegten und ihre Lippen betupften. Dann schälten beide einen Apfel, und wen wundert's – als Marie mit gefletschten Zähnen einfach zubiß, warfen sich Mutter und Sohn einen erschrockenen, wohl auch angewiderten Blick zu.

Kurz nach zehn standen sie auf, und mit einem Sprung, den er auf der Kampfbahn gelernt hatte, tauchte Kater ab, hinunter in den Garten, in die Büsche und ins Dunkel.

Aber diese Marie ließ ihn nicht los, nie mehr, Kater mußte zum zweiten Mal umkehren, sich anschleichen, ans Haus drücken und von unten zusehen, wie sie oben an der Brüstung standen, *Maman,* Pfiff und Marie, in der Linken ein Tellerchen haltend und in der Rechten das Mokkatäßchen. Über ihnen schleierten Milchstraßen durch das All, Sterne glitzerten, der Mond stieg auf, und als es fahl zu tagen begann und die junge Frau, wohl aus Anstandsgründen, die Villa ihres Verlobten verlassen mußte, stand Kater wie zufällig unter einer Straßenlaterne und fragte scheu, ob er sie begleiten dürfe.

Plötzlich mußte sie lachen. »Ich habe ein seltsames Schicksal«, meinte Marie, »immer lerne ich merkwürdige Männer kennen. Haben Sie gewußt, daß Pfiff in die Politik will?«

»Ja.«

»Er wird es schaffen.« Sie sah auf die Villa zurück. »Der Streber hat sich an den Schreibtisch gesetzt, um einen Artikel fertig zu schreiben.«

Im Morgengrauen schienen die Häuser eine blaßbläuliche Haut zu haben, über dem See lag Dunst, und die Berge dämmerten in weiter Ferne. Die! hatte sich Kater entschieden. Keine andere. Marie. »Vielleicht«, sagte er nach längerem Schweigen, »haben die meisten Menschen etwas Merkwürdiges.«

»Oh, es gibt durchaus Unterschiede. Haben Sie jemals von Rosenbaum gehört?«

»Rosenbaum?«

»Jude. Trotzdem Oberleutnant. Er hat unsere Luftwaffe gerettet.«

Nein, der Name sei ihm nicht bekannt. Sie standen am See, an den Ufersteinen schnalzten die Wellen, und dennoch hatte Kater das Gefühl, auf dem Dach der Welt einen grandiosen Sonnenaufgang zu erleben. Nachdem die erste Helle den schwarzen Planeten im Osten gerundet hatte, kroch ein gleißender Ball über den Horizont und warf die Westhänge der Gebirgsketten ins Licht. Das ist der Gipfel der Seligkeit, dachte er, legte die Hände um ihre Taille, spürte, daß sie ein Korsett trug, und während er versuchte, die nach hinten gebeugte Frau zu küssen, fiel aus dem hohen Himmel der Schrei eines Vogels an ihnen vorbei in die Tiefe, ein vielfaches Echo erzeugend, kreischend und lachend, um dann in den Abgründen zu verhallen. Sie erschraken. Dann lächelten sie.

»Und dieser Rosenbaum«, fragte Kater mit ironischem Unterton, »soll unsere Luftwaffe gerettet haben?«

»Ja«, antwortete Marie, »hat er.«

Als Offizier war es für Kater kein Problem, an Rosenbaums Broschüre heranzukommen. Sie war kurz nach Kriegsausbruch erschienen und begann zu Katers Verblüffung mit einem Hinweis auf die sogenannten Fuß- oder Schrittorakel, mit denen Kinder stets und ständig versuchen würden, ihr Schicksal zu befragen. Beispiel: Brauche ich von hier nach dort weniger als hundert Schritte, hat mich die Mutter lieb. Oder: Kann ich die Straße überqueren, ohne einen Teerfleck zu betreten, bekomme ich ein gutes Zeugnis.

Mit beginnender Pubertät, so Rosenbaum, würden die meisten damit aufhören, »der Typ des Spielers jedoch«, stand wörtlich geschrieben, »läßt seine Schritte weiterhin über Himmel und Hölle entscheiden, über Gut und Böse«.

Und von dieser Stelle an, fand Kater, wurde die Sache aufregend. Rosenbaum fragte nämlich, was ein Spieler sei, und gab eine Antwort, die Kater niemals erwartet hätte. Gewinnen, hieß es da, sei keine Kunst, höchstens Glück, also ein Zufall, weshalb der Spieler, der ja ein systematisches, fast logisches Vorgehen liebe, nicht auf Gewinn, sondern auf Verlust spekuliere. »Der wahre Spieler tritt an, um das *Rien ne va plus* zu hören, und das bedeutet: Ihn reizt das Nichts – untergehen will er, verlieren, sich selber zerstören.«

Nun sei es leider eine Tatsache, daß solche Typen zur Luftwaffe drängen würden, und gerade das, forderte Oberleutnant Rosenbaum, gelte es zu verhindern. »Unsere Luftwaffe braucht Techniker, keine Hasardeure.«

Eher aus Jux, nach mehreren Anläufen und Einsprachen, war dem Verfasser schließlich erlaubt worden, den

Boden einer Rekrutierungsbaracke wie ein Schachbrett zu bemalen. Zwar haben die Gestellungs-Offiziere den Kollegen Rosenbaum und seine Ideen mokant grinsend abgelehnt, mußten aber trotzdem zur Kenntnis nehmen, daß sich die Aspiranten, die nackt vor ihr Gremium traten, tatsächlich in das System des jüdischen Oberleutnants verwickelten. Während die einen achtlos über das Schachmuster hinwegtappten, nahmen andere, sei's bewußt, sei's unbewußt, die Felder wahr und stellten sich, präzise wie Spielfiguren, auf ein schwarzes oder weißes Quadrat. Kein Zweifel, das waren die Spieler, und da sie ihre Antworten schneidiger schnarrten als andere, sich frech als Draufgänger gaben, ja als Himmelsstürmer, wurden sie in der Regel für tauglich erklärt.

Die Folgen? Fatal. Die Jungpiloten bohrten ihre Maschinen in Firnhalden, überrissen Loopings oder krachten beim Versuch, ein Zielphoto der Liebsten zu schießen, in deren Garten hinein. Schließlich riß dem Generalstab die Geduld. Das Rosenbaumsche System wurde »mit sofortiger Wirkung zur Grundlage unserer Pilotenrekrutierung« befohlen, und siehe da: Die Unfallkurve flachte ab. Sobald die Flugwaffe aus beflissen fliegenden Angestellten bestand, also aus Aspiranten, die achtlos über das Schachbrettmuster hinweggetappt waren, kam es kaum noch zu Verlusten. Großer Sieg für Rosenbaum? Nicht unbedingt. Er muß ja ebenfalls ein Spieler gewesen sein, unterwegs zum eigenen Untergang, gab ein Lyrikbändchen heraus, jobbte als Bartender, und dann – es geschah, laut Marie, auf einem Studentenball – begegnete er der Frau seines Lebens. Die hatte sich erst kürzlich mit einem gewissen Dr. Pfiff verlobt, doch schien dies Rosenbaum, dem Spieler, der ja verlieren, nicht gewinnen wollte, bestens gepaßt zu haben. Die! entschied er sich. Keine andere. Marie.

Kater lag im Sessel, die Augen zu Schlitzen verengt. Sein Pult zeigte eine schimmernde Leere. Offiziersdolch, wie befohlen, parallel zur Schreibunterlage. Marie, beziehungsweise ihre Photographie, unter der Lampe, daneben er selbst, ebenfalls gerahmt, am Beginn seiner Karriere. Alles andere war weggeschlossen, in Schubladen und Schränken versorgt, und auch der riesige Teppich – er lag zwischen dem Pult und der ledergepolsterten Tür – verriet Katers Sinn für Ordnung. Er war wie ein Schachbrett gemustert.

Hier stand er nun, der unerwartete Besucher, der es geschafft hatte, das Sicherheitssystem außer Kraft zu setzen. Nachdem ihn die Sekretärin hereingeführt hatte, war sie wortlos gegangen, und wie stets, wenn er jemanden empfing, blieb Kater hinter seinem Pult im Sessel liegen und beobachtete, wie sein Besucher auf den schachbrettartig gemusterten Teppich reagieren würde. Ging er über die Felder achtlos hinweg? Oder nahm er sie wahr?

Kater atmete tief, und der Besucher, von der Stille verstört, wagte es nicht, sich dem Präsidenten zu nähern.

So erging es den meisten – sie wurden von der Sekretärin hereingeführt und fanden zu ihrer Überraschung einen Schlafenden vor. Ein hübscher Trick, wie Kater mit den Jahren gemerkt hatte, immer wieder erfolgreich – Schlaf war etwas Heiliges, und wurde dieser Schlaf von einem Mächtigen geschlafen, vom Innenminister und

Bundespräsidenten, konnte es tatsächlich vorkommen, daß eine lärmig hereinplatzende Parlamentariergruppe, kaum hatte sie die Situation erfaßt, wie in einer Kirche oder vor einem Grab verstummte. Kater ging es hauptsächlich darum, möglichst unauffällig zu registrieren, wie sie über die weißen und schwarzen Teppichfelder gingen. Ihre Spuren wollte er lesen, ihre Fährten, allerdings war ihm der Nebeneffekt, den er durch den angeblichen Schlaf erzielte, mit den Jahren fast ebenso wichtig geworden wie das Rosenbaumsche System. »Oh, habe ich Sie geweckt?« stotterten die Besucher, zeigten ein betroffenes Lächeln und waren, bevor Kater die Augen aufschlug, in die Defensive geraten, in ein Gestammel von Entschuldigungen und Selbstvorwürfen.

Im Takt flappten neue Zahlen ins Digit: 17 Uhr 50. 51. 52.

Der Besucher schien nun doch gemerkt zu haben, daß Kater nicht schlafend, eher lauernd hinterm Pult hockte, kam langsam näher, Schritt vorsichtig vor Schritt setzend, und stellte sich dann, etwa drei Meter vor dem Pult, mit beiden Füßen auf ein weißes Teppichfeld. Kater schlug die Augen auf und zwang die Lippen zu einem Lächeln. Weiß Gott, auf das Rosenbaumsche System war Verlaß! Denn dieser Besucher, der von sich pathetisch behauptete, der treueste Knappe seines Ministers zu sein, war in Tat und Wahrheit ein rasanter, zu allem entschlossener Spieler. Jetzt wippte er leicht in den Knien, zückte eine silberne Zigarettendose und fragte lässig: »Ist Rauchen gestattet, mein Lieber?«

Kater nickte, und Pfiff, einen Blick auf seine Schuhspitzen werfend, kontrollierte, ob er beide Füße im Spielfeld plaziert habe. Jawohl! Perfekt! Mit dem schwarzen, auf Taille geschnittenen Ledermäntelchen stand Pfiff, der oberste Polizist, auf einem weißen Quadrat vor dem Pult seines Chefs.

Kater erhob sich. »Schön, daß du kommst.«

Dann führte er Pfiff in den vorderen Raumteil zurück, wo sie beide am Rauchtisch Platz nahmen. »Ich gebe dir zehn Minuten«, sagte Kater.

Pfiff klopfte die Zigarette auf die Silberdose. »Darf ich mit der Tür ins Haus fallen?«

»Ich bitte darum.«

Pfiff bedankte sich mit einem Grinsen. »Kater, trifft es zu, daß punkt sieben die Glocken läuten?«

»Ja. Wenn Marie und ich das Monarchenpaar vor dem Bellevue empfangen, will ich eine feierliche Stimmung haben.«

»Die Glocken aller Kirchen?«

»Alle Glocken der Stadt, jawohl.«

Pfiff schien zu überlegen, schüttelte leicht den Kopf und fragte: »Hältst du das für angebracht? Bestehst du darauf?«

Kater betrachtete seine Fingernägel.

»Bestehst du auf dem Glockenläuten?« insistierte Pfiff.

»Hast du dich deshalb vor meine Tür geschlichen – um mich *das* zu fragen?!«

»Es soll nicht heißen, ich hätte dich in irgendeiner Weise beeinflußt. Niemand hat mich gesehen, an keiner Schleuse wurde ich registriert. Falls du das Glockenläuten zurücknimmst, werden sie glauben, du hättest den Entscheid ohne mein Zureden getroffen.«

»Verstehe. Aber bleiben wir doch beim Glockenläuten. Was stört dich daran?«

»Kater, in den letzten Tagen haben wir verdammt viel gearbeitet. Verdammt viel«, wiederholte Pfiff, knipste endlich die Zigarette an, knöpfte den Mantel auf und lehnte sich, sein Rauchen genießend, im weichen Sessel zurück. »Meine Leute sind müde. Ich muß mit Fehlern rechnen. Wenn du mit allen Glocken läuten läßt, könnte ein Attentäter den Lärm nutzen, um seine MP abzufeuern.«

»Hat dich der Nuntius geschickt?«

»Zugegeben, für ihn gibt es nur einen, dem wir läuten sollen. Verzichte auf die Glocken, und der Nuntius, der dich grüßen läßt, bleibt dir gewogen!« Pfiff stand auf. »Darf ich die Sache in die Hand nehmen? Es eilt. Viel Zeit haben wir nicht mehr.«

Es war 17 Uhr 55. Kater stand auf, trat in eine Fensternische, sah hinüber zu Bossis Klinik, und plötzlich, von einem Lidschlag zum nächsten, erkannte er, daß ihm ein schrecklicher Fehler unterlaufen war. Die vage Bedrohung hatte Gestalt angenommen, und diese Gestalt war Pfiff, sein Freund und Sipochef. Hatte es die Sekretärin nicht geahnt? Hatte sie ihn nicht zu warnen versucht? Kein anderer setzte seine Füße so akkurat in die Schachfelder wie dieser Pfiff. Er war ein zum Letzten entschlossener Spieler, blitzgeschwind im Analysieren, und ausgerechnet ihm hatte er für das Damenprogramm Pleinpouvoir erteilt! Mein lieber Freund, dachte Kater, du wirst die Chance, die dir zugefallen ist, gnadenlos genutzt haben...

»Wie dir bekannt ist«, begann er endlich zu reden,

»wälze ich seit unserer Jugend in der Klosterschule einen klassischen Stein des Anstoßes. *Unde malum.* Woher kommt das Böse. Theologisch formuliert: Gott hat alles geschaffen, das Universum, unsere Welt und die Menschen. Ja, alles schuf dieser Gott, dich und mich, Maries Schönheit und den Körper meines jüngsten Sohnes. Aber kann denn Gott, der Allgütige, auch sein eigenes Gegenteil erzeugen? Oder klafft da ein Widerspruch, ein entsetzlicher Irrtum in der göttlichen Logik? Mein Sohn ist krank, auf den Tod ist er krank, und wer läßt ihn leiden, wer läßt ihn krepieren – ein allgütiger Gott? Siehst du, schon stehen wir am Fuß einer Geröllhalde und haben uns den unsinnigen Auftrag erteilt, den Stein des Anstoßes auf den Gipfel zu rollen. *Unde malum.* Woher, wenn nicht aus Gott, kommt das Böse, das Leiden, der Tod.«

»Kater, lassen wir das Philosophieren. Stell das Glockenläuten ab, und der Nuntius – das kann ich dir garantieren – wird sich *par occasion* erkenntlich zeigen.«

»Ich habe dir, das morgige Programm betreffend, Pleinpouvoir erteilt. Richtig?«

»Meine Möglichkeiten waren beschränkt. Der König wünscht sich die Fliegerdemonstration am Col des Mosses.«

»In der Tat«, fuhr Kater heiser fort, »der König ist ausgebildeter Jetpilot. Also darf er sich mit unserer Luftwaffe amüsieren, und Aladins Medien werden sich vor Begeisterung überschlagen.«

»Werden sie«, bestätigte Pfiff. »Aladin hat versprochen, das Schlußfeuerwerk ganz groß herauszubringen.«

»Darum geht es nicht.«

»Nein?«

»Nein, Pfiff.«

»Worauf willst du hinaus?«

»Auf die Damen.«

»Auf die Damen?«

»Ja, auf die Damen.«

Sekundenlang starrten sie einander an.

Pfiff war bleich geworden.

Kater fixierte ihn. »Pfiff«, fragte er, »hast du das Pleinpouvoir auch auf das Damenprogramm bezogen?«

»In der Botschaft«, wich der Sipochef aus, »ging alles glatt. Nach einigen Bedenken, vor allem von Sofía, gab der Leibarzt das Plazet zum Col des Mosses. Wir haben uns verabschiedet und fuhren zurück in die Stadt. Da bat mich deine Sekretärin über Funk, das Programm in eigener Regie durchzuziehen, und zwar so schnell wie möglich.«

»Stimmt. Aber wenn ich mich richtig erinnere, sollten die Königin und Marie eine Spinnerei besuchen. Tun sie das? Oder hast du die Spinnerei gestrichen? Mein Gott, Pfiff!« fauchte Kater, »spuck's endlich aus! Was hast du angeordnet?«

»Ad eins, meine Jungs haben schon vor Tagen moniert, ein Besuch der von Rollschen Spinnerei sei mit gewissen Risiken verbunden. Der Anteil der Baskinnen unter den dort beschäftigten Spanierinnen ist erstaunlich hoch. Ad zwei, Aladin hat sich mit dieser Werksbesichtigung nur widerstrebend abgefunden. Während der König ein fulminantes Schlußfeuerwerk erhalte, so Aladin, werde die Königin unter verschwitzte Gastarbeiterinnen geschickt. Bittschön, sagte ich mir, das läßt sich ändern.«

»Ohne Rücksprache?«

»Wir hatten ein Zeitproblem. Wildbolz war äußerst ungeduldig. Das Armeekorps mußte so rasch wie möglich informiert werden.«

»Ja. Natürlich. Aber bleiben wir doch beim Damenprogramm! Der König ist ausgebildeter Militärpilot, und als Militärpilot bekommt er seine Fliegerdemo. Richtig?« Kater war noch leiser geworden. »Nun, und wozu hat man die griechische Prinzessin ausgebildet? Was war die liebreizende Sofía, bevor sie Juan Carlos das Jawort gab?«

»Kinderkrankenschwester.«

»Kinderkrankenschwester«, doppelte Kater nach, »ganz recht, Königin Sofía ist gelernte Kinderkrankenschwester, und Aladins Medien werden vor Freude verrückt spielen, wenn sie erfahren, daß die spanische Königin morgen vormittag Professor Bossis Kinderklinik besucht.«

»Ich dachte, in deinem Sinn zu handeln.«

»Tatsächlich?«

»Lieber, unsere Sofía nennen sie in Spanien ›die Königin der heimlichen Tränen‹! Anders als der draufgängerische König, der sich für Sport, das Fliegen und die Weiber interessiert, zieht es die stille Sofía vor, der Musik und dem Leid ihre Reverenz zu erweisen. Ich glaube wirklich nicht«, betonte der Sipochef, »daß eine ehemalige Kinderkrankenschwester etwas dagegen hat, Bossis Klinik zu besuchen. Im Gegenteil. Sie wird die Programmänderung dankbar begrüßen.«

»Durchaus möglich.«

»Dann ist ja alles in Ordnung.«

»Bis auf *einen* Punkt.«

Wieder starrten sie einander an.

»Pfiff, ich bin ein gläubiger Mensch. Nur deshalb kann ich Politik machen. Weil ich glaube, daß alle unsere Handlungen im Guten wurzeln. Daß sie aus dem Guten kommen oder zuletzt zum Guten führen. Diese Welt, sage ich mir, ist von Gott geschaffen, vom *summum bonum,* also muß sie ein Abglanz des Göttlichen sein, schön, gut und wahr. Aber das heißt nicht, das Böse sei inexistent – das heißt es leider nicht. Mein Sohn liegt im Sterben. Er liegt in Bossis Kinderspital« – aus Katers Augen rannen Tränen, seine Lippen lächelten – »und sollte dieses Kinderspital tatsächlich den Abschluß des Damenprogramms bilden, würde Marie gezwungen sein, in offizieller Mission in das Sterben unseres Sohnes hineinzuspazieren. Klartext, Pfiff! Hast du das veranlaßt?«

»Meine Jungs bewegen sich in Turnschuhen. Wir werden deinen Sohn kaum stören.«

»Das ist nicht der Punkt.«

»Nein?«

»Nein, Pfiff.« Wieder stellte sich Kater an ein Fenster und sah in den Abend hinaus. Auf den Dächern änderten sie ihre Stellungen, und unten, entlang der abgesperrten Route, strömte erneut die Masse zusammen, um die Anfahrt der Monarchen hautnah erleben zu können.

»Bittschön, wenn du willst, blasen wir die Klinik sofort ab. Das ist überhaupt kein Problem.«

Kater blickte auf die Uhr. »In einer Minute geht das morgige Programm über sämtliche Stationen.«

»Ach so, ja. Ja«, gab der Sipochef zu, »das könnte sein. Aber meine Eile geht auf dich zurück. Deine Sekretärin hat mich ausdrücklich gebeten, die Disposition so rasch wie möglich weiterzuleiten.«

»Darf ich dich etwas fragen, Pfiff?«

»Sicher.«

»Warum hast du das getan? Warum!«

»Du redest ja, als hätte ich ein Verbrechen begangen.« Der Sipochef drückte seine Zigarette aus und verschränkte, sich zurücklehnend, die Arme. »Dabei dachte ich wirklich, dir und Marie gefällig zu sein.«

»Gefällig?«

Pfiff nickte. »Wetten, daß ich recht habe? Marie wird sich freuen, gemeinsam mit der Königin euern jüngsten Sohn zu besuchen.«

18 Uhr. Kater öffnete einen Schrank und stellte das Radio an. Wie erwartet brachten die Abend-Nachrichten das neue Programm: Col des Mosses und Bossis Klinik.

Aha, dachte Kater, so leicht schürzt das Schicksal seine Knoten, zeigt das Verhängnis seine Fratze, fügt sich die Fuge, reißt der Riß. Statt sich um das Damenprogramm zu kümmern, hatte er einer in der Luft liegenden Bedrohung nachgespürt, und siehe da: Das Verhängnis hatte Katers Wähnen genutzt, um sich in aller Ruhe entwickeln zu können! Ja, gebannt hatte er auf den heimlich eindringenden Besucher gelauert, und weiß der Teufel, vielleicht hatte Pfiff, schlau wie er war, das Sicherheitssystem gerade deshalb außer Kraft gesetzt: um Kater abzulenken. Um zu verhindern, daß er, Kater, die Pfiffschen Dispositionen doch noch durchschauen und stoppen könnte. Denkbar. Möglich. Aber letztlich war es egal, wie die Katastrophe entstanden war – durch die Pfiffsche Gerissenheit oder durch das eigene Versagen. Eines Tages, sagte er sich, ist es soweit: *Rien ne va plus.*

»Marie wird mir dieses Damenprogramm nicht verzeihen.«

Pfiff spielte geschickt den Überraschten. »Warum denn das?«

»Marie kennt mich. Und sie kennt unser Geschäft. Ja, Pfiff, das ist der springende Punkt«, sagte Kater leise und lächelnd. »Und dieser Punkt wird Folgen haben, bittere Folgen. Marie wird meinen, ich sei eine Art Abraham, der bereit ist, den eigenen Sohn zu opfern – auf dem Altar der Öffentlichkeit.«

Füürioh! Feuer! Es brennt, es brennt, der Hügel brennt, der Stall, das Vieh, »hau ab!« schreit ein Mund, rot im schwarz verrußten Gesicht, doch zu spät, die Flammen schießen hoch, jetzt, denkt der kleine Kater, jetzt muß ich sterben.

Die Kälber und Rinder, an glühenden Ketten zerrend, sich bäumend, sich rollend, sich wälzend, kochen bereits, aber leben, aber kämpfen, aber brüllen, von Blasen überschäumt, Blasen aus Blut, glotzende Augen, schwarz und rot und naß, und mit all diesen Augen schaut ER, der Tod, den kleinen Kater an.

Auf einmal war das Feuer erloschen, die Haut tat nicht mehr weh, er fühlte sich wohlig und warm, und aus einem heißen Winterhimmel tanzten weiße Flocken herab.

Doch wer mochte dieser Mann sein, der über die rauchenden Trümmer dahergestapft kam? Hier zertrat sein Absatz einen weißlich verkohlten Balken, dort fuhr sein Messer in einen schwarzen Kadaver, und wo der Saum seines Mantels an den versengten Tieren vorüberwehte, glühten sie kurz auf, glommen noch ein wenig, um dann für immer zu verlöschen, von herabschneienden Aschenflocken bald verdeckt.

Heulend folgte dem stapfenden Riesen eine Frau; es war die Bäuerin, die alles verloren hatte. Als sie in die Knie brach, drehte sich der Riese um, griff der Frau unters Kinn, hob es ein wenig an und steckte ihr dann, als schoppe er ein Kalb, die Schnapsflasche steil in den Mund. Sie spuckte und sprudelte, kam aber doch ins Trinken, gieriger von Schluck zu Schluck, und der Riese, zu dem die Bäuerin dankbar aufsah, war kein anderer als Habernoll, der kantonsberühmte Metzger, Feuerwehrkommandant und Präsident der Konservativen Partei. Da er den Helm abgenommen hatte, leuchtete über dem verrußten Gesicht eine weiße Platte. Habernoll, hieß es, sei eikahl und habe, seiner dreifaltigen Bedeutung zum Trotz, hauptsächlich die Weiber im Kopf. Jetzt stand die Bäuerin auf, wischte sich mit dem Unterarm den Mund ab und begann nach ihren Hühnern zu rufen, »puuut put put put!«

Indes hatten Habernolls Gesellen, die den ersten Löschzug stellten, ein paar Kadaver aus den Trümmern gezogen und machten sich mit Beilen und Sägen über sie her. Im Innern brutzelten sie noch, zischend verkochten Fett und Blut, und so entstand auf diesem Hügel, der mit kahlen Bäumen wie eine Winterinsel im Sommerabend lag, ein zwar stummes, aber von allen genossenes Fleischverzehren.

»Verbinden Sie mich mit meiner Frau!«

»Jawohl, Herr Bundespräsident.«

Er wartete. Pfiff war lautlos verschwunden. Regen

und Wind hatten aufgehört, und obzwar es nun Abend wurde, hellte sich der Himmel auf, die Sonne schien, der Sommer kam, wieder wurde es warm und schwül.

»Ihre Frau«, meldete die Intercomanlage, »hat den Coiffeursalon verlassen.«

»Versuchen Sie es weiter!«

»Jawohl, Herr Bundespräsident.«

Er wischte sich den Schweiß ab. Alles Quatsch, beruhigte er sich. Bin müde. Überreizt. Sicher, sein Katerinstinkt täuschte sich selten, eigentlich nie, aber jetzt ging er zu weit. Viel zu weit! Marie war die Mutter seiner Kinder. Sie ließ ihn nicht im Stich, nicht jetzt, befand sich bereits im Hotel und zog sich um. Kater sprang auf, trat wieder ans Fenster. Waagrecht lagen die Strahlen, so daß die Stadt wie unter einem Sonnensegel versank. Noch war nichts geschehen. Alles in Ordnung. Er würde ihr die Sache erklären. Pfiff, würde er sagen, hat uns hereingelegt, uns beide, meine liebe Marie...

»Herr Bundespräsident«, sprach die Intercomanlage, »wir können Ihre Frau nicht finden.«

»Haben Sie im Bellevue angerufen?«

»Selbstverständlich. Bis jetzt hat sie das Hotel nicht betreten.«

»Sie sind doch ein cleveres Mädchen«, versuchte er zu scherzen. »Hat sie ein Taxi genommen?«

»Ja. Kurz vor sechs.«

»So«, wiederholte er, »kurz vor sechs. Was sagt die Zentrale? Haben Sie mit der Zentrale gesprochen?«

»Jawohl, Herr Bundespräsident.« Die Intercomanlage atmete wie ein Lebewesen. »Eigentlich wollte sie ins Hotel gefahren werden.«

»Aber?«

»Aber dort ist Ihre Frau nicht angekommen.«

»Himmel, das weiß ich! Wo fuhr sie hin? Wir haben überall Sperren. Es ist durchaus möglich, daß sie irgendwo festhängt. Meinen Sie nicht auch?«

Er drückte sie weg.

Lächerlich! Die Gattin eines Bundespräsidenten kann nicht verschwinden, jedenfalls nicht spurlos, nicht am hellichten Tag, mitten in Bern. Sollte er die Sipo einschalten? Pfiff und seine Jungs würden den Wagen eruieren, aus dem Verkehr winken, eine Verbindung schalten, und er selbst, nicht der Nachrichtensprecher, könnte Marie erklären, daß das morgige Damenprogramm eine Korrektur erfahren habe... Kater schloß die Augen. Natürlich! Unmittelbar vor den 18-Uhr-Nachrichten hatte sie das Taxi bestiegen und aus dem Radio erfahren, daß sie samt Königin und Medienpulk ihr sterbendes Kind zu überfallen habe. »Ja bitte?«

»Herr Bundespräsident, Ihre Frau ist in Bossis Klinik gefahren.«

»Danke.«

»Die Bundesverwaltung hat einen Schneider geschickt. Er wartet in der Kantine. Soll er Ihnen beim Ankleiden helfen?«

Der Mann war lang, war schwarz, und seine Schuhe, als ginge er über Eis, knirschten hart. Kein Blick für die Teppichfelder. Typischer Angestellter. Über dem linken Unterarm hing Katers Frack, und in der Rechten hielt der Beamte ein Paar Lackschuhe. Stumm blieb er jetzt stehen und blickte durch dick vereiste Brillenteiche auf den Bundespräsidenten. Obschon es hell, warm und schwül geworden war, hatte ihm der seltsame Kerl den Winter gebracht, die Zeit war aus den Fugen, alles geriet durcheinander, Kater schwitzte und es fror ihn, »geben Sie her«, befahl er barsch.

Der schwarze Winter eilte herbei, kniete nieder und stellte ihm die Lackschuhe neben die Füße. »Paßt«, sagte er.

Dann zog er ein Tuch aus dem Mantel und rieb es über Katers Schuhspitzen hin und her. »Sauber!«

»Danke.«

»Brauchen Sie mich noch?«

»Nein.«

Knirschend entfernte er sich. Punkt sieben, sah das Drehbuch vor, sollte der Bundespräsident das Monarchenpaar vor dem Bellevue empfangen: gemeinsam mit Marie. Jetzt war es 18 Uhr 17. Er hatte nicht mehr viel Zeit, um ihr zu erklären, was es für ihn, ja für das ganze Land bedeuten würde, wenn die offizielle Gastgeberin ausfiele. Ja, dachte er lächelnd, das würde der große Gott, die Öffentlichkeit, nicht tolerieren. Vorsichtig stakste er über das Rosenbaumsche System. Nun kam es auf jeden Zug an. Indem Pfiff seine Dame bedrohte, hatte er ihn, den Bundespräsidenten, ins Schach gesetzt. Aber wir Kater, beschwor er sich, sind gerissen, schlau und zäh im Überleben. Noch bin ich nicht verloren, noch kann ich mich bewegen. An die Arbeit!

Mit seinem Chauffeur raste Kater in Bossis Klinik.

»Wünschen Sie die Hupe?«

Der Chauffeur reichte ihm den Klingelknopf nach

hinten. Das war sein Markenzeichen – wenn er gefahren wurde, bediente der Bundespräsident die Hupe selber, vom Fond aus, und ihr Gequieke war laut genug, um schmetternde Militärkapellen, Schlachtenlärm, Glockenläuten und den Jubel der Massen schrill zu übertönen. Eine Spezialanfertigung, immer wieder erfolgreich, anekdotenbildend und mythenstiftend. Die Elektroschnur spannte sich quer durch den Wagen, er hatte den Knopf in der Rechten und drückte dem steuernden Chauffeur die Bahn frei, Flaggen, Autos, Passanten, im Flug wischte alles vorüber.

Lief in jedem Taxi das Radio? War es nicht denkbar, daß sie nicht aus Wut, nicht aus Verzweiflung, sondern zu einem normalen Kurzbesuch in die Klinik gefahren war – um dem Kleinen den Fernseher anzustellen? Das Fernsehen brachte die Bilder vom Tag, und den heutigen Empfang, das Vorfahren des Monarchenpaars beim Bellevue wollten sie live übertragen. Neue Hoffnung. »Schneller!« befahl er.

Eine Ampel, rot, jetzt grün, links raus, überholen, gib Gas, Mann, fahr zu! – sie schossen quiekend voran, verließen die City, der Himmel, noch immer glänzend, wurde weiter, unter den Bäumen jedoch, die hier die Straße säumten, kauerte bereits die Nacht. Neuer Stop. Spitalbezirk. Überall H, Hôpital, bitte Ruhe, langsam fahren, und Teufel noch mal, da vorn war die Maternité, der gerade jetzt ein Brutbund entquoll und sich rücksichtslos über den Fußgängerstreifen ergoß. Klar, da mußte man sein Quieken unterdrücken. Sich durch Schwangere pressen – fürs Image wäre es tödlich. Also warten. Lächeln. Winken. Erkannten sie ihn? Blieben jedenfalls stehen und glotzten in den Wagen. Geblähte Bäuche, schwappendes Fruchtwasser, darin die Zukunft des Landes, Garanten seines Rentensystems, er durfte sie nicht über den Haufen fahren. »Warten Sie vor Bossis Klinik«, rief er, stieß den Schlag auf und rannte los.

Diese verdammten Lackschuhe! Seine Frackschöße flatterten, das Herz pochte, der Atem auch, aber es mußte sein, die Zeit lief, punkt sieben, so stand es im Protokoll, schüttelte er dem König vor dem Bellevue die Hand: live!

»Wer?« fragte die Pfortenschwester.

»Der Bundespräsident«, keuchte er.

Wie ein Uhrenkuckuck war der Kopf aus dem Fenster gesprungen, wortlos vor Erstaunen. Hatte sie noch nie einen hechelnden Politiker gesehen? »Ist sie oben?«

Der Kuckuck wackelte, hing kaputt an seiner Feder.

»Meine Frau!« rief er.

Und der Kuckuck: »Haben Sie gehört, Herr Bundespräsident? Morgen kommt die Königin!«

Die Hoffnung erlosch. Marie wußte Bescheid. Spätestens hier, an der Pforte, würde ihr der Kuckuck verkündet haben, was es geschlagen hatte: Morgen kommt die Königin.

Es stank nach Chloroform und Bohnerwachs, überall brannten uringelbe Lampen, und du lieber Himmel, was war denn los? Konnten all diese kahlen Kindergreislein das Spital verlassen? Waren sie plötzlich gesund geworden? Das Entree sah aus wie die Abflughalle eines Flughafens. In Pyjamas, in Jacken, in Morgenmänteln saßen sie auf Bänken, auf Koffern, lehnten an den Wänden oder lagen auf Bahren. Ihre Gesichter waren blaß, die

Augen ängstlich, doch alle schienen gottergeben zu warten, bis sie evakuiert wurden.

Hatte er Pfiff schon wieder unterschätzt? Sein Sipochef war bereits an der Arbeit, offenbar wurden ganze Etagen in andere Spitäler abgeschoben. Hilflos stand er vor den chemotherapierten Glatzköpfen und kam sich auf einmal so groß vor, daß er vor sich selber erschrak. Abnorm riesige Pranken hingen aus seinen Frackärmeln, und die Laute, die aus seinem gewaltigen Innern hervorbrachen, schienen einem urweltlichen Donnern zu gleichen. Schweißtropfen, groß wie Kuhaugen, kullerten über seine Gesichtsfläche. Die Zehen drohten die Lackschuhe zu sprengen. Die Brust blähte Hemd und Frack. Aber die Monsterlunge pumpte weiter, ließ ihn groß und immer größer werden, so daß er mit entsetzten Blicken an sich selber, dann auf das stumme Kinderlager hinabsah. Machte er ihnen angst? Mit knallenden Schritten tappte der Riese zum Lift.

Wachsaal A. Da und dort eine offene Tür, im Inneren Bett an Bett. Mal näher, mal ferner jammerte ein Telephon, aber niemand nahm es ab, niemand schien in diesem von der Sipo eroberten Kinderspital an seine Pflicht zu denken, verloren lag Spielzeug herum, und wie damals, im Vaterhaus, hatte er auf einmal das mulmige Gefühl, ewig ein Anfänger zu bleiben, ewig auf dieser Station zu stecken, ewig im A, irgendwo zwischen Abraham und Anredeformen. Wie konnte er Marie unter die Augen treten? Wie sollte er sie ansprechen? Jetzt kam über den Flur ein Greislein dahergetippelt, an seinen Infusionsständer gekrümmt, leis quietschten die Rädlein, und das Spitalhemd, das am Rücken offen war, klaffte über dem winzigen Hintern auseinander. Hatten sie es vergessen? Das Greislein zog quietschend ab. Das Telephon läutete, ein zagender Hilferuf, mal näher, mal ferner. Über der Tür seines Sohnes strahlte ein blaues Licht, doch machte es nicht hell, eher dunkel – in der grauen, gräulich nach Tod riechenden Dämmerung leuchtete ein blauer Klumpen Nacht. Sollte er klopfen? Kater legte das Ohr an die Tür. Dann trat er ein.

Marie saß frisch frisiert am Bett, das Gesicht geschminkt, die Lider geschlossen.

Auf dem Nachttisch lag eine Nierenschale, in der etwas Rötliches glänzte, Spucke mit Blut.

Sein Sohn sah ihn mit großen Augen an. Nase und Wangenknochen ragten stark hervor, und sein Lächeln galt wohl dem Frack, der operettenhaften Kostümierung des Bundespräsidenten.

»Du«, sagte der Sohn.

»Ja«, sagte der Vater, »ich.«

Über diese Worte kamen sie nicht hinaus, und wer weiß, vielleicht enthielten, verlangten oder versprachen sie zuviel. Du. Ja. Ich. Ich, ergänzte er, habe das morgige Damenprogramm zu verantworten. Ich, dein eigener Vater, zerre dein Sterben an die Öffentlichkeit, und nur einer, nämlich Pfiff, könnte beweisen, daß ich ohne Schuld bin. »Ihr wißt Bescheid?«

Eine dumme Frage! Natürlich wußten sie Bescheid – im Flur rannten Turnschuhe, röchelten Funkgeräte, die Sipo, die sich, vermutlich seinetwegen, kurz zurückgezogen hatte, legte wieder los, und kein Schrank und keine

Ampulle, keine Schwesternhaube und kein Klosett, nichts würde ihrer Durchleuchtung entgehen, die Jungs, wie Pfiff sagte, machten ganze Arbeit.

»Marie?«

Das Land wurde dunkel, aber die Abendsonne, die sich dem Horizont genähert hatte, sandte ihre letzten Strahlen ins Zimmer. Wann verliert man sich, ging es Kater durch den Kopf, im Gang der Jahre oder zu einem ganz bestimmten Zeitpunkt, beispielsweise in diesem Augenblick? Er stand am Fenster, Marie saß im Sessel, und ihr jüngstes Kind lächelte sterbend zur Decke. Gibt es einen *point of no return,* einen Rubikon, der, einmal überschritten, breiter wird als der Ozean?

»Marie«, sagte er zum Fenster, »ich konnte es nicht verhindern. Pfiff hat uns hereingelegt.«

Hatte sie ihn überhaupt bemerkt? Er drehte sich um, ging auf sie zu, wollte sie berühren, sie küssen, und dann, wie gebannt, hielt er inne – ihre Pupillen waren weggerutscht, weiße Augenscheiben starrten ihn an, und ihre Hände drückte sie mit aller Kraft zwischen die Schenkel, gerade so, als wollte sie das, was sie für ihn geboren hatte, all diese blutig herausplatzenden, pissenden, schreienden Klumpen, in ihren Schoß zurückpressen. Am liebsten wäre Kater niedergekniet, Gier packte ihn, Geilheit, und weiß Gott, wenn sie ihn nur ließe, würde er mit seinen Raubtierzähnen helfen, die Brut zu verzehren, die Zeit wegzufressen, auf daß alles noch einmal von vorn begänne, aber die Frau, die am Bett saß, war das von Stacheln und Dornen geschützte Dornröschen. Er würde niemals zu ihr vordringen. Er mußte zusehen, wie sie im Schlaf ihre Schönheit behielt, indes er in den Ranken der Zeit verblutete. »Marie«, schluchzte er, »in einer halben Stunde fahren sie vor, wir dürfen nicht zu spät kommen.«

Da knallte es.

Auf dem Bundesplatz marschierte die Ehrenkompanie auf, gestellt von der in Bern stationierten Infanterie-Rekrutenschule 203, und von irgendeiner Schanze schossen sie die 21 Böllerschüsse ab, die Juan Carlos, dem Staatsoberhaupt der Spanier, an diesem Ehrenabend zustanden. Jeder Schuß traf ihn mitten ins Herz. »Marie«, bat er wimmernd, »tu es unserem Sohn zuliebe! Du mußt dich umziehen! Marie, ich flehe dich an, laß es nicht zum Eklat kommen, punkt sieben geht's los!«

Die letzten Schüsse. Dann Marschmusik. Und wie von ihm an- und vorausgesagt, tauchte die untergehende Sonne ferne Berge und die regennassen Dächer in ein märchenhaftes Licht.

(Ich spiele in dieser Geschichte nur eine winzige Rolle, möchte aber doch bemerken, daß ich zur Zeit des Staatsbesuchs in Bern war. Da unsere Mutter ihre offiziellen Pflichten hatte, »das Damenprogramm«, kümmerte ich mich an diesen drei Tagen um meinen Bruder. Er war zehn Jahre jünger als ich. Er wußte, daß er im Sterben lag, wußte, daß die Schmerzen schlimmer würden und daß man nichts dagegen tun konnte. Als unser Vater erschien, befand ich mich, um eine Zigarette zu rauchen, im anschließenden Badezimmer. Ich warf die Kippe ins Klo. Dann stellte ich mich an die Tür und lauschte.)

»Als ich so alt war wie du«, begann der Vater, »habe ich versucht, ein mehrbändiges Lexikon auswendig zu lernen, den Großen Herder. Ich bin über das A nicht hinausgekommen. Ich habe tagtäglich gelernt, aber das A war zu groß für mich, so groß wie Afrika.«

Sein Sohn lächelte amüsiert. »Afrika?« fragte er.

»Nach dem Afri, antiker Volksstamm um Karthago. Erdteil. Umfaßt mit 30 Millionen Quadratkilometern 22% der Landfläche des Planeten. Erstreckt sich circa 8000 Kilometer von Nord nach Süd und über 7600 Kilometer von Ost nach West. Afrikas Relief wird von Rumpfflächen und Tafelländern bestimmt, sowie von Beckenlandschaften, wie dem sogenannten Nil-, dem Sahara- oder dem Kongobecken. Den Osten Afrikas, vom Roten Meer bis zum Sambesi, durchzieht das Ostafrikanische Grabensystem mit dem Tanganjika- und dem Niassasee; es ist von Bruchstufen und Vulkanen begleitet, wozu Afrikas größter Berg gehört, der schneebedeckte Kilimandscharo. Du bist der einzige«, wechselte er unvermittelt das Thema, »der mir jetzt noch helfen kann. Ich bitte dich, sprich mit Mama. Leg ein gutes Wort für mich ein. Sag ihr, ich erwarte sie in der für uns reservierten Suite im Bellevue, erste Etage rechts, die zweite Tür. Dort hängt ihr Kleid, sie kann sich umziehen, und Bobo Carluzzi hält sich bereit, um notfalls beim Schminken zu helfen. Leider haben wir nicht mehr viel Zeit *(was für ein Satz am Bett eines Sterbenden, was für ein grausam dummer Satz!)*, um sieben müssen wir vor dem Bellevue auf dem Teppich stehen. Hilf mir. Sorge dafür, daß Mama rechtzeitig im Hotel ist.« Er berührte vorsichtig die lange, weiße, fast fleischlose Hand und schämte sich dafür, daß er gleichzeitig an die eigenen Füße dachte – in den allzu engen Lackschuhen schmerzten die Zehen. »Heute nacht wird es vermutlich etwas unruhig sein, das läßt sich leider nicht vermeiden, aber ich lasse dir noch heute abend ein tolles Lexikon bringen. Da vergeht einem die Zeit *(schon wieder!)* wie im Flug. Schau doch mal nach«, brachte er unter Tränen hervor, »wie der afrikanische Kontinent erforscht wurde. Muß ziemlich spannend sein. Na, du weißt schon, Livingstone, Stanley und all diese Typen! Ciao, mein Lieber. Dein Vater zählt auf dich.«

Er blickte zum Badezimmer und fragte: »Ist da jemand?«

Sein Sohn lag mit großen Augen im Kissen. Dann lächelte er. Kater winkte ihm zu und schloff durch die Doppeltür hinaus.

»Stellen Sie für meine Frau einen Wagen bereit!«

»Einen Wagen, verstanden.«

»Plus Eskorte!«

»Eskorte!«

»Und sorgen Sie für eine freie Strecke!«

»Zielrichtung?«

»Bellevue.«

»Bellevue«, bestätigte der Sipomann und zückte dann, um die nötigen Befehle zu erteilen, sein Funkgerät. Ein anderer riß dem Bundespräsidenten die Lifttür auf, sie fuhren nach unten, rannten vors Haus, überall Sipo, Sperren, Gaffer, endlich sein Wagen, er hinein: »Zum Bellevue!«

»Zum Bellevue, Herr Bundespräsident. Wünschen Sie die Hupe?«

»Fahren Sie!«

Und sie fuhren, er hupte, es quiekte, und so war es wie immer: Viele blieben stehen, alte Männer zogen den Hut, und es sagten die Mütter mit ehrfürchtig leiser Stimme: »Schau, mein Kind, da kommt der große Kater!«

Er saß im Fond, drückte die Hupe, sauste winkend vorüber.

18 Uhr 47. Der Bundespräsident hatte im ersten Stock des Bellevue die Suite bezogen, wo er, wie ein Schauspieler, den Auftritt in Kostüm und Maske abwarten konnte. Für Marie stand ein Schminktisch bereit, der Spiegel von leuchtenden Glühbirnen umrandet, und im rollenden Garderobenständer hing ihr Abendkleid, weiße Seide mit Spitzen, wie für eine Braut, bittebitte, flehte Kater, sei vernünftig, komm her, spiel noch einmal die Gattin, ein letztes Mal, und dann, mein Dornröschen, darfst du deinen Schlaf schlafen, von erstarrten Träumen umgeben, von Stacheln geschützt, indes ich, in der Hecke der Zeit gefangen, langsam und qualvoll verrecken will.

Auf der Straße ein meerartiges Branden, anschwellend und verebbend, die Masse wurde dichter, schwenkte Fähnchen, stemmte Transparente, und auch hier oben, in der ersten Etage des Grandhotels, erinnerten die Szenen und Geräusche immer penetranter an die russische Revolution – Taurisches Palais unter Kerenskij, dachte Kater, alles in der Schwebe, tagende Matrosen- und Soldatenräte, an jeder Treppe ein Doppelposten, eigentlich dürfte niemand passieren, aber trotzdem *(man hört es!)* eilen Stiefel treppauf und treppab, in den Clubsesseln dösen siegreiche Meuterer, auf den Teppichen reihen sich

Gewehrpyramiden, und die uralten Diener, Überreste des früheren Regimes, schlurfen in bestickten Livrees durch düstere, nur von Bogenlampen beleuchtete Wandelhallen.

Natürlich gab es im Bellevue weder Matrosen noch revolutionäre Frauenkomitees, nirgendwo stand ein Hauptbolschewik faustschwingend auf einer Kiste, aber wie im Taurischen Palais – Kater roch es förmlich – wurde hinter geschlossenen Türen debattiert, unter Säulen geflüstert, und irgendwo da oben, vermutlich in einer Mansarde, saß der kommende Mann im Ledermantel am Tisch und unterzeichnete die ersten Befehle.

Da Kater das Klopfen kannte, flackerte keine Hoffnung auf, es war seine Sekretärin, nicht Marie. »Herein!«

Sie trug ihr graues Deux-pièces, unter dem Arm ein paar Dossiers, für gewöhnlich nutzten sie die Wartezeiten, um das eine oder andere Geschäft zu erledigen.

»Der Stab läßt fragen, wie wir die Abwesenheit Ihrer Frau Gemahlin begründen sollen.«

»Hat sie angerufen?«

»Vor etwa zehn Minuten«, bestätigte sie. »Wir haben in der Eile ein kurzes Kommuniqué entworfen.«

Sie hielt ihm ein Blatt hin, er winkte ab. Der Lärm schwoll an, im Flur die Stiefel, fern die Marschmusik, noch genau zwölf Minuten, dann erklangen die Glocken, und der Skandal war perfekt!

»Sind Sie nicht müde?« fragte er.

»Danke, Herr Bundespräsident. Mir geht es bestens.« Sie wandte sich zum Gehen, zögerte aber, lächelte: »Darf ich fragen«, rückte sie endlich heraus, »was wir jetzt tun?«

»Ich warte auf meine Frau.«

Sie blickte zu Boden, auf die Spitzen ihrer flachen

Schuhe, und Kater überlegte, ob er sie bitten sollte, ihm eine Tinktur gegen seine Fußblasen zu besorgen. Was wußte man voneinander? Eigentlich nichts, sagte er sich. Sie las Horaz im Original, joggte frühmorgens durch die Gassen und hatte etwas zuviel Gold im Mund, um noch als jung gelten zu können. Graue Kleider, grau getönte Brillengläser – außer den Zähnen und der Spirale war alles dezent an dieser Frau. Laut Pfiff, der sie sporadisch überwachen ließ, war sie in ihren Chef verliebt, allerdings lag die Zeit, da sie miteinander geschlafen hatten, schon länger zurück. Fragte sich nur, für wen sie die Spirale trug. Etwa für einen jüngeren, ihr unterlegenen Typen, der davon träumte, von der machtnahen Frau in seiner Beamtenlaufbahn gefördert zu werden?

Ach ja, und da war noch etwas, das zum grauen Outfit nicht so ganz passen wollte. Neuerdings lernte sie Motorradfahren und brauste frühmorgens, bevor sie im Departement erschien, mit ihrem Fahrlehrer auf einer Kawasaki vor die Stadt hinaus. Pfiff war überzeugt, diese Verrücktheit habe ihr der neue Liebhaber eingeredet, aber die Wahrheit (Kater wußte es) war das nicht...

Jetzt nahm die Sekretärin all ihren Mut zusammen und sagte: »Herr Bundespräsident, Ihre Frau sieht sich leider verhindert, die ihr auferlegten Repräsentationspflichten zu erfüllen.«

»Was raten Sie mir?«

»Oh, da muß ich passen. Aber ich kann Ihnen jemanden vom Stab vorbeischicken.«

»Ich weiß, was Sie auf dem Herzen haben«, antwortete Kater. »Ich müßte tätig werden, meinen Sie. Ich müßte den Bundesrat informieren, den Protokollchef,

Aladin, meinen Stab, das Hotel, müßte lügen und mich absichern, müßte den kranken Sohn erwähnen oder Marie eine Unpäßlichkeit andichten, und vielleicht hätten wir damit sogar Erfolg. Hier jedoch« – er legte die Hand auf sein Herz – »hier fühle ich, daß mich Marie nicht im Stich läßt. Unsere Ehe war oft schwierig, und die Krankheit unseres Jüngsten, wenn ich das vertraulich bemerken darf, hat die Probleme nicht etwa gelöst, sondern verstärkt. Wir sind diesem Sterben nicht gewachsen. Es ist ein Widersinn der Natur, und so fallen Eltern, die ihre Kinder überleben, aus der Ordnung der Zeit. Ich bin am Ende. Im Zenit und am Ende.« Jetzt stand Kater auf und stellte sich, um den Sitz von Frack und Frisur zu prüfen, vor einen goldgerahmten Wandspiegel. »Wie fallen die Schwalben?«

»Perfekt, Herr Bundespräsident.«

Er lächelte sich Mut zu, und fast sah es aus, als ließe er die Person im Spiegel aussprechen, was er selber nicht mehr zu sagen wagte: »Marie wird rechtzeitig hier sein.«

»Jawohl, Herr Bundespräsident.«

Als er sich vom Spiegel löste, war sie lautlos entschwebt, und so fiel sein Satz: »Ich danke Ihnen, daß Sie mich angehört haben!« in die Leere des dämmrigen Raumes.

18 Uhr 50. Vor dem roten Teppich legten die ersten Limousinen an, und kaum zu glauben, aber wahr, aber wirklich, das Wunder geschah, es klopfte zart an die Innentür. »Endlich!« rief er aus, grinsend vor Glück.

»Bittschön«, sagte Pfiff, »früher konnte ich leider nicht kommen.«

Sicher, nach wie vor waren sie Freunde und genossen es, im Duo zu wandern, zu schwimmen, zu klettern, aber ohne daß sie es gemerkt hatten, waren sie auf verschiedene, weit auseinanderlaufende Wege eingespurt. Während sich Pfiff mit Habernolls Frau zum Tee traf, zog Kater durch dunkle Kaschemmen, hockte mit Gleisarbeitern und Briefträgern zusammen, ein Glas Bier vor sich oder einen Kirsch (zu zwanzig Rappen), und ohne daß er ein einziges Mal davon erzählt hätte (von seiner Kindheit erzählte er nie), wußten, ja rochen diese Männer: Der kommt aus dem gleichen Essig- und Kohlgeruch wie wir. Das ist einer von uns. Ein Studierter, sogar Leutnant, städtischer Adjunkt, das Hemd weiß, der Kragen gestärkt, die Hose gebügelt, trägt Manschetten, die Knöpfe aus Gold, stets Krawatte, und der Kiefer wird täglich geschabt. Aber: Einer von uns. Kennt das Loch im Bauch, hat schwarze Suppe gelöffelt, pafft Stumpen, keine Zigarren, und beim Trinkgeld, mag die Stunde auch spät, die Runde laut sein, verschätzt er sich nie. Weiß, wieviel er geben muß, wann schweigen, wann lachen, wie reden – einer von uns. Nur: Sein guter Ruf brachte Kater nichts ein, die Partei blieb ihm verschlossen, und einzig der Umstand, daß es dem antichambrierenden Pfiff nicht anders erging, vermochte den Enttäuschten zu trösten. Ja, Habernoll wäre nicht Habernoll gewesen, die unerschütterliche Macht und dreifache Instanz – Obmann der Partei, Vormann der Feuerwehr und Fleischmann in jedem Sinn (vor allem im Sinn einer ungestümen Sinnlichkeit) –, hätte er die Gefährlichkeit der beiden Jungtürken unterschätzt. Zwar versprach er ihnen Ämter und Posten, aber diese blieben besetzt, angekündigte Rücktritte wurden zurückgenommen, und der einzige Abgang infolge Tod – ein Vorstandsmitglied war mit seinem Mercedes im winterlich grauen See abgesoffen – hievte nicht, wie allgemein erwartet, entweder Kater oder Pfiff auf den leeren Stuhl, sondern einen unbekannten Fischer, der es dann tatsächlich geschafft hatte, nicht ein einziges Mal die Hand oder die Stimme zu erheben. Habernolls Mann hockte einfach nur da, schwer wie ein volles Netz, und sah mit geröteten Äuglein auf seine großen, bleichen Fäuste.

Eines Abends, es war im frühen März, wanderte Kater allein über Land. Er fühlte sich miserabel. Von Marie hatte er nichts mehr gehört, und die hochfliegenden Pläne, gemeinsam mit Pfiff den Kanton zu entern, waren einer peinlichen Ernüchterung gewichen.

Bei Anbruch der Dämmerung betrat er ein abgelegenes Kirchlein, wo er sich in der muffigen Düsternis eines Beichtstuhls verkroch. Er wollte eine Weile ausruhen, sich selbst und der Welt entkommen. Da sah er hinter dem Gitterchen eine weiße Bartwelle. Sie umgab ein uraltes Gesicht, das einer Totenmaske beängstigend ähnlich war und mit geschlossenen Lidern hinauflächelte in ein fahles Licht.

»Hochwürden«, stammelte Kater, »ich weiß nicht, was ich mit meinem Leben anfangen soll. Ich bin in eine Sackgasse geraten. Weder komme ich weiter, noch kann ich umkehren, denn nirgendwo gibt es ein Ziel, nirgendwo öffnet sich eine Tür. Ich habe einen Freund, aber sonst habe ich nichts auf dieser Welt.«

Da begann das Totenhaupt, die Augenlider noch immer zur Decke gewandt, in der Bartwelle sanft zu schaukeln. »Mein Sohn, gründe eine Familie!«

Kater stutzte. Hatte er richtig gehört?

»Ja, mein Sohn. Werde ein Mann! Werde Gatte. Werde Vater.« Aus der Tiefe tauchte nun eine Haifischflosse auf, fuhr dem Gitterchen entlang in die Höhe und erteilte ihm den Segen. »In nomine patris, et filii, et spiritus sancti!«

»Amen«, hauchte Kater.

Wenige Tage nach dieser Beichte schrieb Marie zwei Briefe, einen an Rosenbaum und einen an Pfiff. Kater sah nur den einen. Er war mit dunkler Tinte auf ein blaßblaues Papier geschrieben, und da er befürchten mußte, früher oder später ein ähnliches Billett zu erhalten, blieben Maries Abschiedszeilen wörtlich in Katers Gedächtnis.

»Lieber Pfiff«, hatte sie geschrieben, »du bist der geborene Sieger. Du wirst eine großartige Karriere machen. Dazu brauchst du eine Frau, die deine Ambitionen teilt und unterstützt. Diese Frau kann ich dir leider nicht sein. Ich liebe jemanden, der mir gestanden hat, er könne keine Klarinette hören, ohne bitterlich zu weinen. Mach's gut, lieber Pfiff. Tausend Küsse, Marie.«

Ende April wurde geheiratet.

Pfiff gab einen brillanten Tafelmajor.

Dann begleitete er das Paar an die Bahn, stellte sich im Frack aufs Perron und rief: »Werdet glücklich!« zu ihnen herauf, »bittschön, werdet glücklich!«

»Danke«, sagte Kater, »fair von dir.«

Die Türen klapperten, die Kondukteure sprangen auf,

der Zug fuhr los, schnell und immer schneller, aber noch immer hingen er und Marie aus dem Fenster in den Fahrtwind hinaus, um mit ihren Taschentüchern zu winken, bis das befrackte Männchen nicht mehr zu sehen war.

Ihre Hochzeitsreise folgte der klassischen Route: in den Süden, in die Sonne, nach Rom, zur Kultur und zum Papst. Damals lagen ausgebrannte Wracks in den Häfen, viele Brücken hingen geknickt in die Flüsse, und wenn sie später herauszufinden versuchten, wo und wann sie das erste Kind (einen Sohn) gezeugt haben könnten, kamen sie stets auf dasselbe Hotel zurück. Es lag in einem Küstendorf südlich von La Spezia. Unten waren die Räume intakt und blitzend sauber, vor allem ein pompöser Speisesaal, wo sie Salami gegessen und Chianti getrunken hatten, oben jedoch, wo sich ihr Zimmer befand, standen sie plötzlich unter freiem Himmel. Eine verirrte Bombe, erklärte ihnen der Wirt, habe das Dach in den letzten Kriegstagen wegrasiert.

So konnte der klangvolle Hotelname – Paradiso – auf unerwartete Weise seine magische Kraft entfalten. Sie liebten sich auf einem lottrigen Grandlit. Dann lagen sie, schwer atmend beide, auf dem Rücken, und über ihnen, von den Wänden des Hotelzimmers eingefaßt, schien der südliche Nachthimmel in lauter Funken zu zersprühen, Sterne schossen vorüber, die Milchstraße schleierte, irgendwo klimperte Musik, und nah wogte das Rauschen des Meeres.

»Woran denkst du?«

»An dich«, fauchte Kater, »an uns«, und schnurrend und schleckend fiel er ein zweites Mal über sie her.

Kater hatte Marie erobert, aber Pfiff, der Sohn aus gutem Haus, startete als erster die politische Karriere. Dies geschah in Lindenweiler, einem verschlafenen Dorf im Nordwesten des Kantons – die konservative Partei hatte ihre treuesten Mitglieder, die Bauern, zu einer Versammlung gerufen. Es war ein Sonntag im September, Hunderte standen auf dem Dorfplatz, hingen in Trauben aus Türen und Fenstern, ledrige Gesichter mit Vollbärten, und wiewohl der Himmel schwarz geworden war, Wind wehte, Staub fluderte, lauschten alle dem Redner, der, auf seiner Kanzel herumhüpfend, mit gewaltiger Stimme aus den Lautsprechern brüllte: »Nein, Bauern, ihr seid nicht, wie man euch einreden will, die Buhmänner des Fortschritts!«

Applaus und Gemurmel, erste Tropfen fielen, Schirme schossen auf, Rufe wurden laut, aber noch immer tobte die Stimme mit Nachhall gegen Häuserwände, den Wind und den Himmel: »Vielmehr seid ihr, ihr Bauern, die Basis unserer Ernährung, das Bollwerk unserer Freiheit und nicht zuletzt, glaubt es mir, jener Bannwald, der unsere Heimat vor dem Zerfall der Werte bewahrt!« – Jetzt, jäh, zackt ein Blitz, kracht der Donner, prasselt Regen, Peitschen knallen, Trommeln trommeln, und einige Jungbauern, die sich eine Kuhglocke auf den Rücken geschnallt haben, wollen trotz Blitz und Sturm nicht aufhören, den Redner zu feiern, sich beugend, sich reckend, so schlagen sie machtvoll die Schlegel, go gumm, go gumm, go gumm.

»Glückwunsch, Pfiff! Vorzügliche Rede.«

»Danke, Kater. Fair von dir.«

Nun ging's durch strömenden Regen in die Krone,

alles umdrängte Pfiff und den Präsidenten Habernoll, es gab Blut- und Leberwürste, dazu Rösti und Apfelmus, »greift zu!« schrie Habernoll, den eikahlen Schädel schweißübergossen, »jetzt geht's rund!«

Nach dem Essen kam Kaffee, jede Tasse hoch mit Nidel gekrönt, und dann, lachte Habernoll, »geht's über die Obstwiesen in die Wälder hinein, vom Kirsch zum Beerenschnaps, auf unseren Redner, du Bannwald der Werte, du Bollwerk der Freiheit, sauf aus!«

Laut und lauter grölten die Tische, busige Trachten servierten, lachend und gratulierend, »unser Redner, der zukünftige Kantonsrat, er lebe!«

»Hoch!« fielen sie ein, »hoch! hoch! hoch!«

Mit lässig winkender Hand nahm Pfiff das Vivat entgegen, er hatte es geschafft, er war gestartet. »Meine Herren«, schnarrte er, »die nächste Runde auf mich!«

Wieder die Hochrufe, das Zuprosten, »Schnaps«, fistelte Habernoll, »muß von der Gurgel direkt in die Därme zischen, nicht wahr, Herr Kantonsrat?«

»In spe!« ergänzte Pfiff.

Plötzlich quietschte eine Klarinette los, Geigen schrien auf, es jauchzten die Handorgeln, es stampften die Stiefel, es tanzten die Trachten, und wie ein Schiff begann die Kronenstube zu schwanken, zu rollen, zu schlingern, Stühle sprangen auf die Tische, und die Tische, von denen Flaschen kippten, krachten mit Wucht gegen die Wände. Pfiff, der künftige Kantonsrat, sprang in die leere Mitte, gab den Takt an, die Trachten fielen ein, auch die Bauern, und während der stolze Sieger wild und immer wilder tanzte, schüttelte die Ländlerkönigin der Innerschweiz, Klarinetten-Klara genannt, ihr rotes Lockenhaar in den Nacken, ließ die Töne klettern und die Klarinette steigen, zu den Hirschgeweihen, zur Decke, zur Lampe und gleichzeitig in ein irres Geschrill hinauf, bis sie dann, mit einem runden Abschwung um die Hüften, steil in die Tiefe fiel, jammernd und barmend, au je, au je, au je. Da war es um Kater geschehen. Seine Augen füllten sich mit Tränen, Klara und Pfiff verschwammen, und jenes geheimnisvolle Wort, das im Abschiedsbillett begründen sollte, warum sich Marie gegen Pfiff entschieden hatte, war auf grausame Weise wahr geworden. Kater konnte diese Klarinette nicht hören, ohne weinen zu müssen.

Vor der Gastwirtschaft lehnte Habernoll am Geländer und sah verschmitzt auf ihn herab. Da die Krone, das goldglänzende Wirtshausschild, genau über Habernolls Eikopf schwebte, hatte sich der großmächtige Mann in einen richtigen König verwandelt, und Kater, der sich an den Fuß des Treppenaufbaus geflüchtet hatte, fühlte sich unter Habernolls blitzenden Äuglein wie der letzte Dreck.

»Hat dir die Rede gefallen?«

»Sie hatte Stil.«

»Wind«, säuselte Habernoll, »Stroh! Dein Pech, daß dieser Dünnpfiff den Bauern gefällt.«

»Ihnen etwa nicht?«

»Nein«, fistelte Habernoll, »mir nicht. Er hat etwas Jesuitisches, dein Freund. Mit frommen Krähen nippt er Tee, und dem Stadtpfarrer, diesem Ministrantentöpler, frißt er aus der sündigen Hand. Sieh zu, daß du ihn bald einholst. Ich helf dir dabei.«

»Herr Präsident –!«

Aber der Gasthausflur, ein Lärm ausstoßender, rotrauchiger Rachen, hatte Habernoll bereits geschluckt, und so hing die Krone hoch über Kater aus der Wand in die Luft. Er löste sich aus seiner Verkrümmung, ballte die Faust und schwor sich, diese Krone zu erringen, koste es, was es wolle. Währenddessen hatte Klara wieder zu spielen begonnen, das Klavier fiel ein, dann der Baß, schließlich die Geigen, und wie ein Dampfer, den zu besteigen er leider verpaßt hatte, stampfte die Gastwirtschaft in Katers Rücken davon. Der Sturm war vorbei. In blauen Scherben lag der Himmel auf dem Platz; aus den Linden, die dem Dorf den Namen gaben, lösten sich letzte Regentropfen, und hoch oben hingen die Lautsprecherboxen, durch die Pfiff seine Kandidatur erobert hatte, wie lotrechte Särge im Geäst.

»Störe ich?« fragte Pfiff.

Kater wunderte sich. Seit der Sipochef seine Suite betreten hatte, schien alles voller Spannung abzuwarten, was geschehen würde. Auf dem Flur war es plötzlich still geworden, keine Schritte mehr, kein Funkgeröchel, und sogar die Straße hatte sich beruhigt, war nun ein dumpfes Gemurmel, fast andächtig, kam es Kater vor, verfolgten sie das Anfahren der schwarzglänzenden Limousinen, das Aufklappen der Schläge und das elegante Treppaufschweben der geladenen Gäste. Kater stand am Fenster und sah halb amüsiert, halb angewidert auf das Treiben hinab. Eine spanische Primadonna, fett wie eine Tonne, verteilte dem Spalier entlang Autogramme; ein Sipomann stemmte sich mit dem Rücken gegen die vordrängenden Photographen; zwei weitere Wagen fuhren vor, und mit einer Routine, die er sich an hohen Altären erworben hatte, glitt Monsignore Tomaselli, der päpstliche Nuntius, seine Soutane raffend über die Stufen empor und tauchte unter dem Vordach weg.

18 Uhr 55. Die Zeit kam kaum noch vom Fleck. Bald würde sie stehenbleiben, und dann würde auch er, wie Dornröschen, von seinen erstarrten Träumen und Erinnerungen umgeben sein. Pfiff, wie stets im Ledermäntelchen, die Absätze orthopädisch erhöht, hatte ein verkniffenes Grinsen. Hohe Stirn. Kalter Blick. »Kater«, sagte er plötzlich, »du darfst keine Sekunde länger zuwarten. Du mußt handeln!«

Kater nickte schweigend.

»In fünf Minuten fahren die Monarchen vor.«

»Ich weiß.«

»Marie, habe ich eben erfahren, befindet sich nach wie vor in der Klinik.«

»Wundert es dich?«

»Darum geht es nicht. Wir müssen jetzt alles nur Erdenkliche tun, um einen diplomatischen Zwischenfall zu verhindern. Das Protokoll verlangt, daß der Bundespräsident und seine Gattin das Monarchenpaar vor dem Bellevue empfangen.«

»Wie steht es um die Sicherheit?«

»Alles unter Kontrolle«, rapportierte Pfiff. »Dächer besetzt, Luftraum dito. Sogar in der Kanalisation habe ich meine Leute, im Keller, im Estrich, in der Küche, im Service – Herr Bundespräsident, wir sind auf Posto.«

»Übertreiben wir nicht?«

»Im Gegenteil. Die Deutschen haben uns geraten, die

Straße vollständig zu räumen. Ihre Terries operieren international, und vergessen wir nicht, ad eins: Juan Carlos war so etwas wie Francos Ziehsohn, ad zwei: Die verrückten Basken sind mit ihrem Autonomiestatus nach wie vor unzufrieden. Kater«, unterbrach er sich selbst, »nimmst du es in Kauf, unsere Staatsgäste in aller Öffentlichkeit zu brüskieren?«

Unwillkürlich fiel Katers Blick auf seine polierten Fingernägel. Es war an der Zeit, dem gelederten Vogel einen Tatzenhieb zu verpassen. »Weißt du«, sagte er heiser, »das ist das Privileg einer schönen Frau. Sie darf uns warten lassen. Dank ihrer Schönheit hat sie das Recht, ihren Auftritt so lange hinauszuzögern, bis wir ihn als Erlösung empfinden. Aber sag bloß, lieber Freund, hat dich das deine Greti nie gelehrt?«

»Nein«, mußte er zugeben. »Greti ist pünktlich.«

Der Hieb hatte gesessen.

18 Uhr 56. Noch vier Minuten, dann würden die Glokken einsetzen. »Kennst du Musil?« fragte Kater. »Von ihm stammt eine kluge Definition der Politik. Die Menschen, schrieb er, tun das, was geschieht. Es stimmt! Nimm das Programm für morgen. Irgendwo in der Ägäis, in der Gegend der griechischen Götter, hat sich der flotte Juan Carlos auf seiner Jacht erkältet. Das zwang uns zum Improvisieren, und wir *haben* improvisiert, und daß du der gelernten Kinderkrankenschwester eine Kinderklinik zeigen willst, kann ich dir keineswegs verübeln. Der fliegende König bekommt sein Demonstrationsschießen und die Königin ihre Klinik. Er darf sich am Ballern ergötzen, sie darf Tränen weinen. Das Dumme ist nur: Dort

liegt mein Sohn. Und Marie, die leidgeprüfte Mutter, ist vollkommen überzeugt, ich würde unser Kind meiner Beliebtheit opfern. Ich, der Vater und Gatte, würde ihr zumuten, gemeinsam mit Aladins Medienpulk in das Sterben unseres Jüngsten hineinzutrampeln!«

»Kater, du hast mit diesem Damenprogramm nichts zu tun.«

»Das ist ja das Tragische, mein Lieber. Oder das Komische! Was ich nicht veranlaßt, nur zu verantworten habe, empfindet Marie als eine schlimme, unsere Ehe zerstörende Tat. Was wir unterlassen, erscheint als Handlung, und was wir zu tun glauben, geschieht ganz von selbst.«

»Willst du damit andeuten, daß du an die griechischen Götter glaubst?«

»Nein, Pfiff. Ich glaube nicht an sie. Aber die alten Griechen haben ein wichtiges Gesetz erkannt. Sie haben gemerkt, daß wir im Grunde keine Täter sind, sondern Getriebene. Vor allem wir Politiker. Wir vollziehen, was an der Zeit ist.«

»Unser Land verdankt dir ein perfektes Autobahnnetz. Hast du das vergessen, Kater? Hast du vergessen, was wir zusammen bewirkt und gestaltet haben?«

»Gestaltet? Wir haben nichts ›gestaltet‹! Wir hatten den Riecher, Pfiff, wir waren schlau genug, rechtzeitig auf abfahrende Züge zu springen und uns in den Führerstand vorzudrängeln. Als wir anfingen, verlangte das Land nach Beton, die Baumafia stand bereit, und wir, die angeblichen Gestalter, haben Tunneldurchstiche gefeiert, Brücken eingeweiht und Bänder durchschnitten. Das nennst du eine Leistung – mit einer Schere aus der

Theaterrequisite ein Silberband zu zerschneiden? Das nennst du tatsächlich eine Tat?!«

»Ich nehme an, du wirst auch heute abend die Zukunft beschwören. Wir seien verpflichtet, wirst du sagen, ein besseres Morgen zu gestalten.«

»Ja. So werde ich reden. So wird auch der König reden. Oder soll ich ihnen sagen, was ich wirklich denke? Soll ich ihnen mitteilen, daß ich am Ende bin, matt gesetzt vom eigenen Freund?«

»Matt gesetzt?«

Noch zwei Minuten, und die Stadt würde mit allen Glocken jubeln. Auch Pfiff trat jetzt ans Fenster, allerdings zog er sofort den weißen Vorhang, drückte sich in den Schatten, und Kater, der diesen Pfiff seit Jahrzehnten kannte, war plötzlich überzeugt: Du bleibst im Hintergrund, mein Freund. Es wird dir niemals gelingen, auf die Balkone und vor die Kameras zu treten und vom Volk umjubelt zu werden. Zugegeben, einmal hast du es geschafft. Das war in Lindenweiler. Aber dann habe ich aufgepaßt, und liegt der Kater auf der Lauer, hat der Vogel keine Chance.

»Kater«, sagte er, »ich wollte dich nicht matt setzen. Was ich getan habe, geschah im Glauben, dein Präsidialjahr im Glanz unserer königlichen Gäste erstrahlen zu lassen.«

»Natürlich. Es ergab sich halt. Es kam, wie es kommen mußte.«

»Soll das heißen, wir lassen das Programm laufen?«

»Ach, Pfiff, sei doch nicht so scheinheilig. Es läuft bereits. Eine plötzliche Änderung wäre ein Affront gegen die Spanier und würde zudem, und zwar innert Sekunden, Bossis Klinik zum bekanntesten Gebäude unseres Landes machen. Was in der Welt ist, in der sogenannten Öffentlichkeit, kann nicht mehr zurückgenommen werden. Es ist real, bevor es geschieht. Inzwischen kennt das gesamte Land den Col des Mosses und Professor Bossis Kinderklinik.«

»Und wenn wir es trotzdem versuchen?«

»Die Klinik zu streichen?«

»Ja!«

»Dann wäre ich ein Volltrottel. Dann hätte ich erst hinterher, nach erteilter Genehmigung, gemerkt, was ich meiner Frau, meinem Sohn und der Königin zumute, nämlich einen Staatsbesuch am Sterbebett. *(Blick auf die Uhr: 13 Sekunden vor sieben.)* Aber abgesehen davon – die Programmänderung würde mir nichts mehr nutzen. Wie es aussieht, habe ich vergeblich gewartet. Marie läßt mich hängen.«

Vom Münster erklang die erste Glocke.

»Soll ich den Platz räumen lassen?«

»Die ausbrechende Panik würde uns nur das Fest verderben. Nein, Pfiff. Die Lage ist da, wie der alte Adenauer gesagt haben würde. Vollziehen wir, was bereits passiert ist. Werden wir da unten, auf diesem roten Teppich, zur komischen Figur!«

»Wie du willst«, sagte Pfiff. Er sagte es leise und lächelnd.

Über den Giebeln und Dächern, über beflaggten Straßen und der dichtgedrängten Masse sangen und schwangen nun die Glocken, warfen ihre Jubeltöne hoch in die Luft, es war 19 Uhr, und auf dem nahen Bundesplatz begann sich die winkende Menge vor dem herangleitenden Königswagen zu teilen wie das Rote Meer vor Moses, dem Führer des Volkes. Kater hatte den Fernseher eingeschaltet und sah das Verhängnis auf dem Bildschirm näherkommen. »In dieser Sekunde«, erklärte der aufgeregte Sprecher, »treten der Schweizer Bundespräsident und seine Gattin Marie aus dem Grandhotel Bellevue, um König Juan Carlos Alfonso Victor Maria de Borbón y Borbón und Königin Sofía, die dem griechischen Königshaus entstammt, im Namen der Regierung willkommen zu heißen.«

Kater schaltete den Fernseher aus. »Sie sind gleich da«, bemerkte er leichthin. »Fürchte, ich muß ins Gefecht.«

Der Straßenlärm schwoll an, schon hörte man hysterische Schreie, dann die Motorräder, die dem Wagen vorausfuhren, und wie ein Totenhemd hing neben dem leuchtenden Garderobenspiegel das weiße Abendkleid. Eigenartig, dachte Kater, aber ich glaube nach wie vor, daß ich die Blamage verhindern kann.

Pfiff legte seine schmale Hand auf die Türklinke. »Bittschön«, säuselte er, »wenn du mich brauchst, ich bin im Haus.«

»Danke, Pfiff. Fair von dir.«

Kater schraubte einen Lippenstift auf und schmierte quer über den Garderobenspiegel: »Marie, ich ha di gärn. Kuß, Dein Kater.«

Dann verließ er die Suite, eilte über den Flur und betrat, ohne anzuklopfen, ein Cabinet, das sich auf derselben Etage befand. Es gehörte Aladin. Dieser hockte vor dem laufenden Fernsehapparat, schaute kurz über die

Schulter und zog dann diskret seine weißen Handschuhe aus. Kater wußte, was das zu bedeuten hatte: Eben war Pfiff hiergewesen. Denn Aladin litt an einer Allergie und mußte seine Haut davor bewahren, mit dem Ledermantel des Sipochefs in Berührung zu kommen. Kater tat, als würde er die weißen Handschuhe übersehen, und begrüßte mit einem Lächeln Bobo Carluzzi, den Friseur, der im Cabinet des Medienmannes auf Marie gewartet hatte.

Carluzzi war eine ziemlich verschwätzte, allerdings begabte Schwuchtel, die Pfiff diskret überwachen ließ. Leute dieser Art (mit Verbindungen in die *crème* von Politik, Kunst und Milieu) konnte der Sipochef nicht ausstehen, ihre Salons jedoch, ihre Bars und Boudoirs räuberte er ungeniert und erfolgreich aus. Insofern dürfte Pfiff schon immer gewußt haben, wie Marie über ihn dachte. Bei Bobo nahm sie kein Blatt vor den Mund, da wurde munter getratscht, auch geschimpft, und wenn es stimmte, was man hinter vorgehaltener Hand flüsterte, so war in diesem Salon ein böses Bonmot über Pfiff gefallen. Pfiff, soll Marie gesagt haben, besitze alle Eigenschaften, nur eine nicht: Größe.

Volltreffer! Das Bonmot schlüpfte von Mund zu Ohr, vom Salon in die Stadt, durch Bern und das Land, und wiewohl Pfiff zu lachen vorgab – wer alle Eigenschaften besitze, ließ er streuen, habe auch Humor –, war Kater natürlich klar, daß Marie eine Dummheit begangen hatte. Sie traute ihm sämtliche Eigenschaften zu, aber die wichtigste schien sie übersehen zu haben: die Pfiffsche Gefährlichkeit.

Nun, das Wort war in der Welt, und momentan sah es leider danach aus, als ob es sich voll und ganz bewahrheiten würde. Pfiff war gerissen, war gefährlich, war rachsüchtig, und erfolgreich war er auch.

Carluzzi, bereits für das Diner kostümiert, lehnte in müder Lässigkeit an der Wand und ließ seine Zigarettenasche lang und krumm werden. Mit schimmerndem Satinfrack und hochtoupierter Blondfrisur erinnerte er an einen Ballettänzer am Versailler Hof; an den Fingern blitzten Ringe, im Ohrläppchen Diamanten und im solariumgebräunten Gesicht ein perfektes Gebiß. Zu den schwarzen Schnallenschuhen trug er weiße Kniestrümpfe, aber Kater war weit davon entfernt, Carluzzis Kostüm zu belächeln – er kam sich ja selber vor wie Graf Danilo in der »Lustigen Witwe«.

Carluzzi schnippte die Asche in einen ausgehöhlten Pferdehuf. »Werden meine Dienste noch gebraucht?« fragte er.

»Nein«, beschied ihn Kater. »Sehen wir uns beim Diner? Fein. Dann bis später.«

Der Friseur verstand den Hinweis und verdrückte sich, nachdem er den Huf auf dem überfüllten Schreibtisch abgestellt hatte, durch eine Tapetentür ins anschließende Boudoir.

Erst jetzt schien Aladin die Anwesenheit des Bundespräsidenten zur Kenntnis zu nehmen. Er hatte mit Hörbügel und Mundmikro die Live-Übertragung verfolgt, wohl auch beeinflußt, fuhr nun auf seinem Regiehocker herum und rief: »Ihr müßt raus, du und Marie! Wir haben euch schon zweimal angekündigt!«

Das *Cabinet particulier* in der ersten Etage des Grandhotels diente Aladin als Büro. An den Wänden hingen lauter Photos: Aladin mit Helmut Kohl, zu Füßen von Jackie Onassis, bei Dürrenmatt auf der Probe, neben Udo Jürgens am Flügel, hier in knapper Badehose, da im schwarzen Talar, zwischen Pfiff und Kater, im Heißluftballon, am Fels, mit Mutter, als Student, in einer Jazzkapelle, und sogar auf der berühmten Couch, wo er, wie man flüsterte, seine Kolumnen erdachte, lag eine Stoffpuppe, in der man Aladins Züge vermuten mußte: ein jungenhaftes Gesicht mit frohforscher Ausstrahlung.

Kater hatte das Cabinet mit gemischten Gefühlen, aber durchaus mit Absicht aufgesucht. Sollte Marie doch noch kommen, eventuell zwischen Klinik und Grandhotel unterwegs sein – Aladin wäre informiert.

Er saß nach wie vor auf seinem Hocker, wie gebannt, es war 19 Uhr 01, und was Kater befürchtet, vielleicht auch ersehnt hat – jetzt ist es da. Seine Zeit steht still. Aladin ist in seinem Schrecken erstarrt. Die Fliegen kriechen nicht mehr. *Rien ne va plus. Rien?* Nein. Jene andere Realität, die Aladin und Konsorten für das Volk produzierte, behauptete auch jetzt ihre Lebendigkeit – die Live-Übertragung lief, im Schrittempo bewegte sich der Königswagen voran, und mitten im Gewühl der Jubelnden begannen Gastarbeiterinnen in andalusischer Tracht wie verzückt zu tanzen.

19 Uhr 01. »Herr Bundespräsident«, stotterte Aladin, »wo ist deine Frau?«

»Tja«, versuchte er zu scherzen, »sieht so aus, als würde mich das alte Mädchen versetzen.«

»Das darf doch nicht wahr sein!« Aladin schnappte sich ein Funkgerät, ließ sich die Einsatzleitung geben, bekam Pfiff und schrie: »Hier Aladin! Dringlichkeitsstufe eins! Habt ihr eine spanisch aussehende Sipolina? Gut. Sie soll den Wagen kurz aufhalten. Roger. Over.«

Fast in derselben Sekunde durchbrach eine schwarzlockige Frau das Spalier, stürzte mit ausgestreckten Armen auf die schwarze Limousine zu und erzwang deren Stop. »Und wieder«, bebte die Stimme des Kommentators, »wieder erleben wir hautnah mit, wie innig unsere Spanier an ihrem Königshaus hängen!«

Schnitt in die Totale, Pfützen voller Abendsonne, wirbelnde Fähnchen, winkende Hände, da streckte ein Krüppel seine Krücken, dort eine Mutter ihr Baby in die Höhe, die Sipolina wurde abgeführt, der Wagen rollte weiter, Aladin stellte den Ton ab, griff zu einem Notizblock und sagte: »Kater, als Journalist muß ich es genau wissen. Sehr genau. Hat sich Marie verspätet? Trefft ihr euch in der Hotelhalle? Sag mir, was los ist!«

»Marie ist verhindert.«

»Ganz ruhig bleiben. Durch die Sipolina haben wir Zeit gewonnen. Marie, sagst du, ist verhindert. Verhindert, ich wiederhole das Wort.«

»Ich *bin* ruhig.«

»Verzeih, aber –«

»Ja?«

Aladin japste nach Luft. »Das heißt im Klartext, du gehst wirklich und wahrhaftig *allein* hinunter? Ohne Gemahlin?!«

»Es bleibt mir nichts anderes übrig.«

»Und das Protokoll?«

Kater lüpfte bedauernd die Schultern.

»Verhindert«, notierte der begnadete Stilist, streifte den Hörbügel ab, stand auf und meinte bedauernd: »Du wirst hoffentlich nicht vergessen, wie sehr ich dich immer geschätzt habe. Ich war dein Freund, Kater. Dein Bewunderer sogar. ›Was ist ein politischer Kopf?‹ hab ich mal geschrieben. ›Ich weiß es nicht. Was ist unser Innenminister? Ein politischer Kopf, das weiß ich.‹«

Kater grinste traurig. Obwohl sein Fall erst bevorstand, hatte er bereits den ersten Nachruf gehört.

Aladin ließ ein Grinsen zucken und fragte kalt: »Wie sieht es beim Diner aus? Der Stuhl neben dem König kann nicht leer bleiben. Unter keinen Umständen!«

»Das ist mir klar.«

»Mach's gut, alter Freund!«

Den Flur durchwaberte eine nach Rosenöl und Babypuder duftende Schleppe, die, wie Kater wußte, nur einer hinter sich herzog: Monsignore Tomaselli, der Nuntius. Er mußte eben vorbeigerauscht sein, um sich konspirativ mit Pfiff zu treffen und den Stand der Dinge aus erster Hand zu erfahren.

Plötzlich zuckte Kater zusammen. Jemand hatte sich in seinen Rücken geschlichen, hielt ihn am Frackärmel fest und flüsterte: »Ich habe mit dieser Klinikgeschichte nichts zu tun, Kater. Das war Pfiffs Idee – ich bin vollkommen unschuldig. Sieh zu, daß sie zum Diner kommt! Hast du mich verstanden? Spätestens zum Diner muß Marie im Saal sein, oder du bist nicht mehr zu halten.«

Aladin sah sich vorsichtig um, dann huschte er in sein Cabinet zurück und schloß mit dem Schlüssel die Tür.

Vermutlich ging er davon aus, daß er abgehört wurde, und hatte es nicht gewagt, die vorsichtige Distanzierung zu Pfiff und dessen Machenschaften offen auszusprechen. Dafür gab es durchaus Gründe. In den Akten der Sipo wurde Aladin als Lulu geführt.

19. Juli 1979, 19 Uhr 02.

Kater fühlte, wie er wuchs.

War es die Einsamkeit, die ihn größer machte, so groß, daß er die Zehen in den viel zu engen Lackschuhen krümmen mußte? Normalerweise würde ihn bei einem Auftritt dieser Art ein ganzer Pulk begleitet haben, nun jedoch, da er den faden Geruch des Verlierers verströmte, schritt er allein durch den langen Korridor. Glaubte man Marie, besaß der Sipochef sämtliche Eigenschaften, nur die Größe ging ihm ab. Ja, dachte Kater, und bei mir ist es gerade umgekehrt! Nun, da mich das Glück, die Frau und sämtliche Freunde verlassen haben, da mich nichts mehr umgibt und ergänzt, bin ich ganz und gar zum Kater geworden, zu einem alten, dem Untergang geweihten Tier. Lautlos folgte er dem Läufer, und wie ein Schmerz, der nicht fühlbar, aber doch vorhanden war, begleitete ihn Maries Abwesenheit auf die Treppe zu. Als er für die Halle sichtbar wurde, erstarb das Gemurmel, alles drehte den Kopf, glotzte nach oben, erschrak, erstarrte – wieder wurde die Wirklichkeit angehalten, indes die Live-Übertragung auf den Bildschirmen lärmig weiterlief. Kater gab sich einen Ruck, hob die Linke zum Gruß und bog dann mit würdiger Eleganz in die Kurve ein, mit der die Treppe in die Halle hinabführte.

Die versammelten Gäste verharrten in Posen, nur ihre

Augen blitzten, ihre Brillen und Monokel, ihre Kolliers und Geschmeide, sonst kam von da unten keine Regung, kein Laut, kein Hauch – stumm vor Entsetzen umklammerten sie die Sektgläser, hielten den Atem an und wollten noch immer nicht glauben, was sie doch sahen, deutlicher von Stufe zu Stufe: Der Bundespräsident kam ohne die protokollarisch vorgeschriebene Gemahlin die Treppe herab.

Schaufensterpuppen, geblähte Militärbüsten, schärpentragende Diplomatentorsi, weiße Hälse, schwarze Schwalben, rote Schleppen, Lakaien in Livree, Bodyguards mit Sonnenbrillen, Kardinäle mit Käppchen, Friseure und Banker, Bonzen und Trachten, und dann, plötzlich: bodenlose Leere! Der Schlafschacht, der ihn zur gewohnten Zeit nicht aufgenommen hatte, war unerwartet aufgeklappt. Ja, am liebsten hätte er sich hingesetzt und wäre weggeschlummert. Wie im Museum. Da passierte es auch. Er stand vor einem Gemälde, und schon, als hätte ihn das Bild wie ein Schlag getroffen, war er müde, zum Gähnen, zum Sterben müde. Warum eigentlich? Die bleischweren Lider mit einer gewaltigen Anstrengung offenhaltend, überblickte Kater die zu einer Ausstellung erstarrte Gesellschaft, und sei's, daß sein Körper immer schwerer, sein Hirn immer wacher wurde, oder sei's, daß er innerlich bereits entschlossen war, der Politik zu entsagen und seinen Lebensabend *comme philosophe* zu verbringen – ausgerechnet jetzt, mitten auf der Treppe, dachte Kater konzentriert darüber nach, ob diese Art der Müdigkeit einen ganz bestimmten Grund haben könnte. O ja, gab er sich selber die Antwort. In den ausgestellten Bildern ist die Zeit fixiert, der Augenblick gebannt, die Gegenwart ewig. Da vergeht nichts. Alles bleibt. Aber eben: Als Museumsbesucher kann man dieses Wunder nur betrachten, die Grenze niemals überwinden, die gemalten Landschaften nicht betreten, und so versucht man halt, angesteckt von der Zeitstarre der Bilder, sich in den Schlaf zu flüchten, in den seligen Dornröschenschlaf, der die Zeit ebenfalls anhält. Unwillkürlich lächelte Kater nach rechts, wo Marie so schmerzlich fehlte, seine Lippen deuteten einen Kuß an und gaben ihr zu verstehen: Marie, ich fühle deine Nähe.

Sie nickte ihm aufmunternd zu, noch war ihr Kind am Leben, ihre Katerliebe nicht gestorben, und auf einmal spürte er, wie seine Größe, die oben im Korridor nur aus Einsamkeit bestanden hatte, zur alten Form zurückfand. Er setzte ein Lächeln auf und öffnete seine Arme.

Der große Kater schlug zu.

II

Es war ihm gelungen, das Bellevue durch einen Seitenausgang zu verlassen. Indem er sich in eine Gasse verdrückte, hörte er in seinem Rücken das Lärmen der Menge – sie hingen aus Fenstern, klumpten auf Balkonen, füllten Nebenstraßen, standen auf Abfallcontainern, schwenkten nach wie vor ihre Fähnchen und hofften wohl, die Königin würde sich noch einmal zeigen. Alles drängte sich um das grell beleuchtete Grandhotel, und so begann der Bundespräsident, der sich wie ein jagd- und nachtbrünstiger Kater davongestohlen hatte, in der menschenleeren Innenstadt zu streunen.

Die behäbigen, geranien- und fahnentragenden Sandsteinhäuser kamen ihm wie Trutzburgen vor. Sie schluchteten die Gassen, waren vom Regen feucht und dunsteten einen faden Geruch aus. Hier wohnte seine Beamtenschaft, und gerade um diese Zeit, schätzte Kater, zwischen sieben und acht, hatten sie unter dunklen Ahnenbildern Platz genommen, stopften sich die Serviette in den Kragen und flüsterten einer empörten Gattin zu, wieviel das Frackdiner den Steuerzahler kosten würde. Gesegneten Appetit! Diese Bürger löffelten ihr Leben aus wie eine ungesalzene Suppe, doch geschah dies a) mit Silberbesteck und b) im satten Bewußtsein, das Rechte zu tun, mochte es schmecken oder nicht. Wer sich erdreistete, an ihren Türen zu klingeln, wurde freundlich eingelassen, sofort zu einem Klavier geführt und mit dem Sätzlein: »Wollen Sie uns etwas spielen?« gegen die Wand gedreht. Nur ja keine Fragen! Kein Gespräch! Ihre Anzüge waren grau, und hinter grau getönten Brillengläsern verbargen sie mäusige Punktaugen. Auch seine Sekretärin entstammte diesen Geschlechtern, und vermutlich hatte Kater das alternde Mädchen nur deshalb verführt, um herauszufinden, ob sie tatsächlich lieben konnte. Ja, grau wie die Sandsteinfassaden, grau wie der Aktenstaub, grau wie die Kartonschachteln in ihren verliesartigen Archiven, so war ihre Welt, so war dieses Bern.

Ging man zu Fuß, hatte man unter den sogenannten Lauben wie durch Korridore zu ziehen. Man hatte keinen Himmel über sich, immer nur das gehobene Bürgertum, sprich ihre alteingesessenen, im Amt noch breiter gedrückten Ärsche, doch hatte dies, zumal für Kater, den Vorteil, daß man jahraus jahrein im Trockenen revieren konnte.

Als er die Gerechtigkeitsgasse hinabging, waren die Lauben teils schon dämmrig, teils von Schaufenstern beleuchtet, und Kater fand es einigermaßen merkwürdig, daß die Geschäfte gerade das anboten, was die in den oberen Etagen zu verachten vorgaben: luxuriöse Dessous und angekettete Papageien. Ein Zigarrenladen hatte Photos ins Schaufenster gestellt: ihn und den König. Man habe, fand er, gewisse Ähnlichkeiten. Beide hatten Zielbewußtsein im Ausdruck, im Unterschied zum Spanier jedoch, der den feurig männlichen Blick mit einem Lippenlächeln abschwächte, waren die Augen des Bundespräsidenten gekonnt ins Leere gerichtet, in ein besseres

Morgen, so daß Kater unwillkürlich den Eindruck bekam, von Juan Carlos als Person und von ihm selbst als Bestandteil einer Masse erfaßt zu werden. Nachdem er, einen kurzen Blick über die Schulter schickend, weiter oben in der Gasse einen Schatten registriert hatte, betrat der Bundespräsident eine Gaststube. Er wurde verfolgt, und er glaubte zu wissen, wer es war. Sein riskantes Spiel schien aufzugehen.

Es war 19 Uhr 30, im Herrgottswinkel über dem Stammtisch hing ein Fernseher, das Signet der Sondersendung erklang, und wie ein vielfarbig flimmerndes Raumschiff schwebte der Bildschirm durch den Stumpen- und Zigarrennebel der stumm um die Tische hockenden Trinker.

Was würden sie als erstes bringen?

Gebannt blieb Kater stehen, und wieder schien mitten in einer vollständigen Erstarrung nur die zweite, von Aladin gemanagte Realität lebendig zu sein, ein Bild jagte das andere, der Ton wurde laut – Glockenläuten, Fähnchen, Jubel, es tanzen die Kastilier, es drängeln die Photographen, und plötzlich sah Kater sich selbst, sah, wie er mit offenen Armen vor das Hotel tritt, auf das Spalier zugeht, zwei Spanierinnen aus der Menge herauspflückt, die eine links nimmt, die andere rechts, und tatsächlich, just im Augenblick, da der Königswagen am roten Teppich anlegt, steht er mit zwei Gastarbeiterinnen als originelles, von allen Seiten beklatschtes Empfangskomitee parat.

»Majestäten«, hörte er sich aus dem Kasten rufen *(selbstverständlich in Großaufnahme),* »Majestäten, meine Gattin Marie hat sich spontan bereit erklärt, ihren Platz an diese beiden in Spanien geborenen Mitbürgerinnen abzutreten. Denn sie, die in Algeciras oder Almería groß, aber in Amriswil oder Andelfingen heimisch geworden sind, verkörpern im wahrsten Sinn des Wortes die *Amistad,* die Freundschaft zwischen unseren Völkern. Deshalb erlaube ich mir, Ihnen gemeinsam mit diesen Damen, die ja Ihre und meine Compatriotinnen sind, den wohl schönsten Gastgruß in aller Herzlichkeit zu entbieten – Willkommen zu Hause! Willkommen, Majestäten, an unserer Tafel!«

Schnitt.

Die Königin schaut gerührt, und der sonnengebräunte König, in weißgoldener Galauniform von märchenhafter Männlichkeit, neigt sich zu den beiden Gastarbeiterinnen, die vor Schreck und Glück in Tränen ausbrechen.

Wogende Brüste, entzückte Gesichter.

In der Totale wird die Begeisterung total, erblüht in Rosen, lichtert in Blitzen, läutet mit Glocken, schluchzt und schreit: »Viva la Reina! Viva Señor Presidente! Viva! Viva!«

Schnitt.

Kater, das Königspaar und die zwei Spanierinnen wogen treppauf, der Jubel brandet mit, der Teppich wird zur Schleppe, Photographen drängen nach, ein Kind stolpert heran, nähert sich der Königin, streckt ihr ein Sträußlein entgegen, zwei Sipos kommen zu spät, die Kamera wackelt –

Schnitt

– und jetzt, jetzt setzt Kater dem Ganzen die Krone auf: Er geht in die Knie.

Ja, in die Knie. Auf Teppichen, mögen sie karogemustert oder rot sein, ist er nicht zu schlagen, von niemandem zu übertreffen – nun kniet er auf den Stufen, läßt die Brandung seitlich um sich herumfließen und birgt das Kind an seiner Brust. Dann nimmt er es auf den Arm, steht auf, dreht sich um, und so gelingt es ihm, von den wie irr knipsenden Photographen mit fahlen Lichtwolken umkränzt, für sieben volle Sekunden die Pose des Landesvaters einzunehmen.

Es ist ein Junge. Er trägt ein Toreromützchen, legt sein Ärmchen um den Hals des Bundespräsidenten und umklammert mit dem Patschhändchen nach wie vor das Sträußlein, dessen Farben, rot, gelb und weiß, Spanien und die Schweiz symbolisch vereinen.

Sieg auf der ganzen Linie! Der Empfang ist geglückt.

Hatte Kater vergessen, daß er sich absichtlich verfolgen ließ? Wohl kaum. Aber der Mann auf dem Bildschirm (er selbst) beherrschte mit dem kleinen, herzig lächelnden Torero nicht nur die begeistert schnaubende Masse; er beherrschte nicht nur die Stuben seines Landes und des fernen Spanien – er beherrschte auch den wie gebannt starrenden Kater. An dir, betete er zu sich selber empor, ist alles groß. Groß ist deine Macht, dein Schädel, dein Dusel, und am größten – das dürften sie soeben von Arbon bis Andalusien empfunden haben – am größten, großer Kater, ist deine Bescheidenheit. Die ist größer als groß, und wie schön, wie schlicht, wie edel hast du sie vor aller Welt bezeugt! Du bist el Señor Presidente, aber du genierst dich nicht, mit zwei Gastarbeiterinnen, die Aladin und Pfiff als verschwitzt bezeichnen würden, unter die Augen der Nation zu treten. Du bist der Gastgeber der Monarchen, persönlich in Bedrängnis, von Marie versetzt, aber du hast den Mut und die Zeit, die Kraft und die Väterlichkeit, um vor einem Kind, das ohne deine Hilfe verloren wäre, in die Knie zu sinken. Aladin wird die rührende Szene kommentieren, und nicht einmal der Nuntius, den du mit deinem Glockenbefehl so schrecklich geärgert hast, kann an deinem Auftritt sein Schandmaul wetzen. Ein Kindlein, und erst noch ein gerettetes, dem Menschenstrom entrissenes, ist das Gute an sich. *Verum et pulchrum et bonum.* Mit dem kleinen Torero hatte er den bereits herandonnernden Untergang noch einmal abgewendet und die Arena als stolzer Sieger (allerdings durch einen Seitenausgang) wenig später verlassen. Marie habe gefehlt? Aber nicht doch. Bescheiden und spontan hatte sie Platz gemacht, auf daß ihr Gatte das Monarchenpaar mit dem Wort des Jahres empfangen konnte: »Majestäten, willkommen zu Hause!«

Pfiff!

Sein Sipochef war eilig durch die Tür gekommen, packte ihn am Oberarm, schob ihn durch das Lokal, befahl: »Zwei Kirsch!« und nahm Platz.

Die Wirtin stand hinter dem Tresen und hatte ihre Armstümpfe ins Spülwasser getunkt. Aus den wenigen Lampenschirmen quoll Rauch, und von den meisten Trinkern waren nur die mageren Hände zu sehen und die halbgeleerten Gläser. Auch hier blieben sie Randexistenzen, außerhalb des Lichtkreises, keiner sagte ein Wort, und nicht einmal die Wirtin, eine stämmige Person mit Haargüpfi und Ledergilet, schien es merkwürdig zu finden, daß der Bundespräsident, der eben noch den kleinen Torero gestemmt hatte, in einer Nische ihrer Gaststube auf einer verdreckten Bank hockte. Lag es an der verqualmten Düsternis? Oder war die Wirtin so sehr von der zweiten, für sie und ihresgleichen produzierten Realität eingenommen, daß sie das, was sie sah, für unwirklich hielt? Nachdem sie serviert hatte, wollte sie gleich kassieren. Kein Zweifel, sie war überzeugt, daß der Bundespräsident in diesen Minuten das Galadiner eröffnete. Pfiff zog die Brieftasche und schob ihr eine Zehnernote zu. »Ist gut so.«

Mürrisch zog sie ab.

»Kater, schleichen wir um den Brei nicht herum. Du bist der offizielle Gastgeber!«

»Ja, Pfiff. Und Marie ist die Gastgeberin.«

Sie winkelten die Arme an, klappten die Köpfe in den Nacken, gossen die Gläser in die Kehle, knallten sie wie Schachfiguren auf den Tisch.

»Länger«, stieß Pfiff hervor, »können wir den Stehempfang nicht hinziehen.«

»Dann sollen sie endlich ihre Plätze einnehmen.«

»Ohne dich?« Pfiff starrte ihn an. »Kater, Maries Abwesenheit läßt sich zur Not entschuldigen, aber ohne dich kommt's zum Knall. Du mußt das Königspaar an die Ehrentafel führen! Du bist der offizielle Vertreter der Landesregierung, also verantwortlich für unsere Staatsgäste, zuständig für das Diner, bleibst du hier« – er senkte die Stimme – »haben wir eine Staatsaffäre am Hals.«

»Du hältst mich wohl für verrückt«, grinste Kater und begann, das leere Gläschen zwischen Daumen und Zeigefinger langsam hin- und herzudrehen. »Gut«, schmunzelte er, »vielleicht bin ich verrückt – verrückt nach Marie.

Oder ich bin verrückt genug, zu hoffen, sie würde sich eines einsamen Trinkers erbarmen und mich aus dieser Höhle herausholen. Aber krank bin ich nicht. Mein Hirn tickt völlig richtig. Verrückte, weißt du, leiden an Verfolgungs- oder Größenwahn. Davor sind wir Präsidenten gefeit. Wir Präsidenten, mein Lieber, können unser Leben weder durch Einbildung noch durch Wahnideen übertrumpfen. Verstehst du mich? Was ein Verrückter phantasiert, ist für unsereinen bare, nackte Wirklichkeit. Wir *sind* groß. Und wir *werden* verfolgt. Dafür bist *du,* mein Freund und Sipochef, der beste Beweis. Warum bist du mir nachgeschlichen?«

»Um das Schlimmste zu verhindern.«

»Noch zwei!« bat Kater. Dann tätschelte er Pfiffs Hand, die schmal und weiß aus dem Lederärmel ragte, und meinte: »Ich bin nicht verrückt – normal bin ich geworden. Was sind wir Ihnen schuldig, Frau Gastwirtin?«

»Mein Gott!« entfuhr es dieser.

»Pst!« machte Kater.

Aber die Gastwirtin, ihre nassen Hände an den Jeanshosen trockenreibend, wußte nun, wen sie vor sich hatte, wischte geschwind den Tisch ab, holte die Flasche, füllte die Gläser und murmelte in einem fort: »Das glaubt mir sowieso keiner. Herrschaftabeinander, und alles verdreckt, die ganze Bank verdreckt! Wie geht's dem armen Jungen?«

»Meinem Sohn?«

»Dem kleinen Torero! Gott, war der süß!«

Sie wischte sich eine Träne aus den Augen, berührte die Schulter des Bundespräsidenten, lachte kurz auf, sagte wiederholt: »So ein süßer kleiner spanischer Torero!« und hüpfte dann mit ihrer um den Bauch geschnallten Geldtasche wie ein Känguruh hinter den Tresen zurück.

Wieder winkelten sie die Arme an. »Ex!« gebot Kater.

»Halte mit!« schnarrte Pfiff.

Und mit einer synchronen Bewegung, wie sie Kater vor Jahr und Tag bei Pfiff und seiner *Maman* beobachtet hatte, kippten die beiden Freunde das zweite Glas.

»Ich ersuche dich hiermit, deine Pflichten unverzüglich wahrzunehmen.«

»Nein«, sagte Kater. »Ich bleibe hier. Wenn Marie nichts mehr von mir wissen will, steige ich aus.«

»Dein Ernst?«

»Mein voller Ernst.«

»Und das Diner? der Staatsempfang?! unsere Gäste?!?«

Pfiff, registrierte Kater, war nervös geworden. Damit hatte er nicht gerechnet: daß Kater seitlich ausbüchsen und sich in diese Spelunke absetzen würde. »Natürlich werde ich öffentlich sagen müssen, was geschehen ist.«

»Wie bitte?«

»Durch einen geschickten Schachzug, werde ich durchsickern lassen, hat mich mein Freund und Sipochef zum Kinderschänder gemacht. Zum Sterbeschänder!«

»Nicht so laut!«

»Morgen weiß es die Welt.« Er nahm das leere Gläschen und hielt es gegen die fahle Helle eines verstaubten Fensters. »Vielleicht warst du ein wenig zu gut, Pfiff. Vielleicht hast du mir etwas untergeschoben, das nahezu perfekt zu meiner Person paßt.«

»Kater – !«

»Darf ich ausreden? Marie hat mich nicht einmal angehört. Ja, Pfiff. Marie ist vollkommen überzeugt, ich hätte diese verdammte Klinik ins Programm genommen, um die Popularität, die ich verloren habe, mit dem Sterben meines Sohnes zurückzugewinnen. Trinken wir noch einen?«

»Kater«, stammelte Pfiff, »ich fahre jetzt ins Krankenhaus. Ich werde ihr alles erklären. Und wenn ich Marie verhaften muß: Ich bringe sie ins Hotel. Ich schleppe sie an deinen Tisch. Einverstanden?«

»Frau Gastwirtin«, rief Kater lächelnd, »Ihr Gesöff schmeckt gar nicht schlecht. Innerschweizer Kirschen, das rieche ich!«

»Darf ich Ihnen noch ein Gläschen bringen, Herr Bundespräsident?«

»Aber sicher. Mir und allen Ihren Gästen!«

»Ich schaffe es!« versicherte Pfiff, sprang auf und stürzte dann, beinah die Wirtin überrennend, mit gelüftetem Lederhütchen davon.

»Sipo«, bemerkte Kater. »Seien wir froh, daß wir ihn los sind!«

Die Gäste erwachten zu einem fröhlichen Grölen, die Wirtin tänzelte mit der Flasche von Tisch zu Tisch, von Trinker zu Trinker, und als der große Kater, um ihnen zuzuprosten, sein Haupt aus der Nische beugte, sagte er mit ungewohnt hoher Stimme: »So ein Kirsch, meine Freunde, muß durch die Kehle direkt in die Därme zischen. Salud!«

Die ganze Gastwirtschaft hatte sich erhoben. »Herr Präsident«, dröhnten sie, »salud!«

Als er zum Hotel zurückging, kam er an einem TV-Geschäft vorbei, in dessen Schaufenster eine ganze Batterie von Fernsehapparaten denselben Sender zeigte, so daß Kater seine Landesvaterpose in einer absurden Addition noch einmal bewundern konnte. Alle Bundespräsidenten hielten Torerobübchen auf den Armen, und wie bei einem Ballett stimmten die Bewegungen sämtlicher Präsidenten und Torerobübchen perfekt überein, schwenkten die Köpfe gemeinsam nach links, blinzelten die Kateraugen, winkten die Sträußchen, und auf seinen Stirnen, sah er, entstand eine synchrone Faltenvervielfältigung, die ihm jetzt, da er in der leeren Gasse stand, zu denken gab. Woran mochte er in diesem Augenblick gedacht haben? Richtig, an seinen sterbenden Sohn hatte er gedacht und an sein Versprechen, ihm ein Lexikon in die Klinik zu schicken. Zu dumm, er hatte es vergessen, wieder schwenkten die Präsidenten die Köpfe, erst nach links, dann nach rechts, lächelnd zwar, zum Horizont gewandt, zu einem besseren, glückhaften Morgen, aber Kater fühlte sich plötzlich klein, stand schuldbewußt im leeren Laubengang und konnte es dem befrackten Chor nicht verdenken, daß er für den vergeßlichen Vater nur ein Kopfschütteln übrig hatte. Rasch verdrückte er sich in eine Seitengasse und war froh, daß es nun zum zweiten Mal an diesem Tag zu dämmern begann, die Schatten wurden schwächer, der Himmelskanal blaß, und aus den Toren dunstete eine kellrige, nach Wein und Erde riechende Kühle. Inzwischen hatte sich die Jubelmenge zerstreut, einige eilten Richtung Bahnhof, andere stiegen in Busse, und wie nach einem niedergeschlagenen Volksaufstand spülten gepanzerte Wasserwerfer zwar nicht Blutlachen, aber Fähnchen, Blumen und Plakate mit dem Königspaar in den Rinnstein. Sollte er den Haupteingang nehmen? Nein, dann müßte er mitten in die wartende Gesellschaft hineintrampeln und würde von allen Seiten mit Blicken genagelt – das kam nicht in Frage. Aber das Gebäude war stark bewacht, die Sipo hatte mehrere Sperren aufgezogen, auch im Innern standen überall Doppelposten, weshalb es gar nicht einfach war, durch einen Hintereingang einzudringen und unerkannt, zumindest unbehelligt, in die erste Etage zu gelangen, in seine Suite.

Ob es Pfiff schaffen würde, Marie ins Hotel zu bringen? Kater zweifelte daran, trat nun aus der Gasse und wippte über den leeren, von Stacheldrahtrollen durchzogenen Casinoplatz auf das Bellevue zu. Trotz der Abendhelle strahlten eigens aufgestellte Scheinwerfer und überzogen den Asphalt mit einer kreidigen Lichtschicht. Am liebsten wäre er ins Gassendunkel zurückgehuscht, aber das würde die vermummten Bewacher, die ihn bestimmt schon gesichtet hatten, noch mißtrauischer machen – er mußte durch.

Große Gebäude, seien es Klöster, Ministerien, Irrenanstalten oder Grandhotels, sind darauf angelegt, den von außen Kommenden mit einer Täuschung zu überrumpeln. Je strenger, je klarer, je symmetrischer die Fassade, desto verschachtelter ist das Gebäude selbst. Der Besucher (oder der Eindringling) soll nicht merken, was ihn im Innern erwartet. Die Fassade lockt ihn an, saugt ihn ein, und ist er einmal drin, läßt ihn das Gebäude mit weitläufigen, niemals zum Ziel führenden Fluchten sofort spüren, daß es eine andere, eine geheimnisvolle, eine unendliche Welt ist. Dieses Gesetz hatte Kater schon mit zwölf entdeckt. Es war ein Abend im frühen Oktober gewesen, und da er das Seedorf im leichten Kittel verlassen hatte, kam es ihm vor, als sei er vom späten Sommer direkt in eine brenzlig nach Rauch riechende Kälte geraten. Über dem grau- und griesgrämigen Dorf – es lag in einem voralpinen Kessel – hing ein steingrauer Himmel, dünn trieben Flocken, ein Marronibrater pries seine Ware an, aus zahllosen Gastwirtschaften blökte Gelächter, und auf einmal wurde dem jungen Kater klar, weshalb der Strohkoffer, den er keuchend dorfauf schleppte, mit lauter Wollsocken gefüllt war – ihn hatte es in den Winter verschlagen.

Alte Häuser mit abblätterndem Putz. Verkaufsgrotten voller Rosenkränze. Ringsum bewaldete Berge, bereits verschneit, oben Vögel, kreisend wie Geier.

In der Hauptgasse ein Zug von Versehrten – in Rollstühlen, an Krücken und Stöcken quälten sie sich mühselig voran, der Kirche entgegen, der wunderwirkenden Madonna. Einige wurden auf Bahren getragen, und an der Spitze der Prozession, lappenumwickelte Krücken unter den Achseln, schwang ein Mädchen den lahmen Körper so verzweifelt hin und her, daß ihre teekesselartigen Lederschuhe klirrend über das Kopfsteinpflaster schepperten.

Und dann, plötzlich: ein Schlag.

Da stand es, dort oben: das Kloster. Talbreit wie ein Staudamm versperrte seine Front den Himmel. Das Mädchen mit den Fußkesseln hing erschöpft zwischen den Krücken, alles erstarrte, und der Gesang der Versehrten versiegte.

Kater fand eine Tür, die mit goldenen Lettern überschrieben war: GYMNASIUM, und durch einen Tunnel, der sich in funzligem Licht verlor, trat er ein.

Das Kloster war ein Gebäudekomplex aus dem 17. Jahrhundert und verzweigte sich mit all seinen Kirchen und Kapellen, mit endlosen Fluren und zahllosen Treppenhäusern so weit und wirr und wild, daß sich selbst uralte Patres in der himmellosen Steinstadt hoffnungslos versteigen konnten. Aber das Furchtbare für einen neu eingekutteten, kahl rasierten Zögling war nicht das Labyrinth – das Furchtbare war der Geruch. Denn seine Kutte hatte er von einem Vorgänger geerbt, mit der Kutte dessen Schweiß, wodurch man, ohne etwas zu spüren, innert kürzester Zeit ein anderer wurde, einer von vielen, Zögling der Klosterschule zu Maria Einsiedeln.

Meist hatte der Vorgänger dieselbe Größe, allerdings einen engeren Hals gehabt, so daß der Kuttenkragen, den sie niemals aufhaken durften, den Hals wie eine Hundeleine umschloß.

Neu die Schale, neu der Geruch, aber es dauerte nicht lange, bis man merkte, daß alle andern ähnlich rochen wie man selbst – nach Schweiß, kalter Mörtelfeuchte, Schweineschmalz und frühmorgens, wenn sie die Messe besucht hatten, nach Weihrauch und Kerzen.

Einmal in der Woche wurde geduscht, einmal im Trimester das Bettlaken gewechselt, und einmal im Monat, meist gegen Ende, nahm der Pater Klassenlehrer die Plazierung vor.

Es war eine Plazierung im Wortsinn. Vorne links, direkt vor dem Katheder, hatte der schwächste Lateiner zu sitzen, hinten rechts, an der Tür, saß der beste. So konnte der Pater Präfekt, wenn er ein Klassenzimmer betrat, sofort erkennen: Ah, das sind die Guten (sitzen hinten), das die Schlechten (sitzen vorn)!

Aber der Präfekt, den seine Zöglinge den Gütigen nannten, mochte weder die Guten noch die Schlechten – ihm waren die, die sich in der Mitte plazierten, am liebsten. »Aus unserer Mitte«, pflegte er zu sagen, »sind schon zahllose Menschen hervorgegangen – wackere Bischöfe, tüchtige Professoren und brave Politiker.«

Wie es vom Gütigen verlangt wurde, war Kater maßvoll und bescheiden, nahm fast immer einen Mittelplatz ein und sah auf jene, die vorn oder hinten saßen, auf die Frontschweine oder Lorbeerbänkler, mitleidig herab. Sie waren Sonderlinge, neigten zum Extremismus und würden es im Leben, wie der Gütige bekümmert meinte, außerordentlich schwer haben.

Der Zögling aus dem Seedorf liebte diesen Mann. Der Präfekt bestimmte den Speisezettel und die Stundenpläne, er sorgte für die Kranken und erteilte Unterricht, aber so oft er nur konnte – und er konnte oft! –, ging der machtbewußte, unbeschränkt über die Steinstadt herrschende Präfekt in die Knie und bekannte vor Gott und den Menschen seine Demut und Hingabe. Er kniete vor dem Altar, vor einer verstopften Pissoirrinne, neben einer schluchzenden Zöglingsmutter, und am liebsten kniete er im Duschkeller über dem Emailrad, um das Wasser von heiß auf kalt zu drehen.

Dann begannen die nackten Zöglinge zuckig zu tanzen, es schlotterten die Glieder, es klapperten die Kiefer, und machte ein Feigling den Versuch, den eiskalten Strahl vorzeitig zu fliehen, trat der Gütige schwarz und drohend aus der Dampfwolke hervor, packte ihn am Ohrläppchen, zupfte es ein wenig und meinte: »Scheust du etwa das Wasser, mein Sohn? Bist du vielleicht ein Jüdlein, das da meint, wir könnten es heimlich taufen wollen?«

Gewiß, Samstag für Samstag fällt dasselbe Sprüchlein, alle kennen es in- und auswendig, aber trotzdem: Die Zöglinge lachen. Auch Kater lacht. Und merkt erst jetzt: Das bist ja du – sie lachen über dich. Ja, ihn hält der Gütige am Ohr, ihn hat er zum Jüdlein erklärt, und das heißt natürlich, daß Kater noch härter an sich arbeiten muß, auf daß auch er ein Mann werde, unerbittlich gegen sich selbst, gegen die Kälte und den Hunger.

Das Lachen verklang, sie stiegen in die Kutten, traten in die Kolonne ein und zogen ab. Als Kater über seine Schulter in den Duschraum zurücksah, hatte sich der Gütige schon wieder auf die Knie geworfen, preßte die gefalteten Hände gegen die Stirn und bat Gott, seinen Herrn, um Verständnis für all die Sünder und Sonderlinge, die sich vor ihren Kameraden hervortun wollten. Da schwor sich Kater, im Massenkörper mit Haut und Haar zu verschwinden. Er gehorchte dem Präfekten aufs Wort, befolgte die Regeln, und alsbald gelang es ihm, sein Katerwesen abzutöten. Er wurde einer von vielen, einer unter andern – dieser ewig gleiche Klostertag, der sich wieder (und immer wieder) wiederholte, höhlte sein Inneres aus. Dem Gütigen blieb dieser Prozeß nicht verborgen. Während einer Religionsstunde ließ er den mittelplazierten Zögling vor die Klasse treten und fragte: »Mein Sohn, kannst du uns erklären, was ein Mensch ist?«

»Jawohl, ehrwürdiger Vater. Der wahre Mensch ist ein göttliches Gefäß.«

»Ganz recht«, lobte der Gütige. »Wenn es uns beschieden ist, auf eigene Wünsche zu verzichten, dann dürfen wir uns eine Vase nennen und adventlich erwarten, daß sich der Strauß der göttlichen Gnaden huldvoll in uns einstellt.«

O ja, o ja, durch den ewigen Tag, der sich wieder (und immer wieder) wiederholte, wurde der strebsame Zögling mehr und mehr zu einem Mittelwesen, zur Massenware, und seltsam war eigentlich nur, daß just zu der Zeit, da er auf dem Sprung war, ganz und gar zu einer Vase zu werden, in seinem Innern etwas erwachte. Der Kater war's. Er fühlte sich gefangen, eingesperrt in eine kalte Urne, schrie plötzlich auf und wollte raus. Raus! Aber die Pforten waren bewacht, die meisten Türen verschlossen, überall gab es Mauern, gab es Gitter, gab es Riegel. Da fiel es Kater ein, daß jene Klosterbrüder, denen die Brandbekämpfung oblag, den Bauplan der Anlage (und mögliche Fluchtwege) kennen müßten. Fragte sich nur, wer die Feuerwehr stellte – etwa die Metzgerei? Kommandierte auch im Kloster, ähnlich wie in der Heimat, ein Metzger den ersten Löschzug? Kater schlich sich in die Küche und erfuhr, daß seine Überlegung zutraf. Der Bruder Obermetzger war Chef der Hausfeuerwehr und hatte hinter den Schlachtbänken einen maßstabgetreuen Klosterplan an die Wand gepinnt. Ob er ihn einmal sehen dürfe? Unter wilden Flüchen jagte der Obermetzger den vorwitzigen Zögling aus der Küche, aber Kater wußte nun, daß er auf der richtigen Fährte war.

War es eine Nacht im Dezember? Schwer zu sagen, außer der Feuchte drang ja nichts herein, stets und ständig herrschte die ewig gleiche Ordnung, und jahraus jahrein roch es nach Kalk, nach Mörtel, nach Urin und in der Fleischküche nach Blut und jenen Kuhragouts, die in großen, schwarzen Kesseln vor sich hinbrodelten. Kater schlich sich hinter die Schlachtbank, stellte die Stearinkerze ab, und wahrhaftig! – nun enthüllte sich ihm auf einer alten, speckig gefleckten Planrolle das einfache Geheimnis der verwinkelten Anlage: die Heilige Dreizahl. So gab es *drei* Gebäudeteile – Kirche, Kloster und Internat –, über dem Kirchenschiff wölbten sich drei Kuppeln, und deutlich war zu sehen, daß die von den Mönchen, Brüdern und Zöglingen bewohnte Mittelwelt in der Ober- und Unterwelt von Dachstock und Keller eine spiegelbildliche Entsprechung hatte.

Der Sinn einer solchen Trias leuchtete ihm erst später ein, doch hatte er mit den scharfen Augen des fluchtsüchtigen Katers erkannt, daß jede der drei Welten in sich abgeschlossen war. Wer in der Waagrechten blieb, würde immer wieder an Mauern stoßen, in Sackgassen geraten, vor verriegelte Türen, an Gitter, an Sperren. Aber das Kloster war von zahllosen Säulen durchsetzt, und diese Säulen (das hatte Kater auf Anhieb erblickt) bargen Wendeltreppen. Wer sie benutzte, konnte sich in der dreistufigen Steinstadt problemlos bewegen. Er hatte gleichsam den Schlüssel und war in der Lage, die abgeschlossene Mittelwelt jederzeit zu unterlaufen, zu umgehen oder zu übersteigen.

Kater wußte jetzt, daß er in die Tiefe mußte, um nach oben zu gelangen. Unter der Kirche – hier war der Keller ein von Rattenurin geweißeltes Tropfsteingewölbe – fand er den Zugang zu einer Säule, und schon sog die schwindelerregend mit jeder Stufe noch enger werdende Sandsteinröhre den überraschten Kletterer so unerbittlich in die Spirale ein, daß er oben wie ein Betrunkener auf ein dämmriges Holzdeck hinaustaumelte. Er hatte es geschafft – er war im Estrich, im Dachstock der Klosterkirche. Es roch nach Holz, Teer und Staub, unter seinen Sandalen knarrten die Planken, und ein durch Sparren pfeifender Wind stäubte da und dort etwas Schnee herein.

Vorsichtig näherte sich Kater dem Eiland der mittleren Kuppel. Sie war von Vogeldreck bekleistert und wölbte sich wie ein verschneiter Hügel in die Düsternis. Da schlug im nahen Turm die Glocke, durch das Gewölbe lief ein Zittern, und aus der gipsernen Hülle sprangen plötzlich Splitter hervor, rieselten über die Wölbung, zerplatzten auf dem Deck.

Stille.

Dann Schritte.

Wer konnte es sein – etwa der Gütige? Kater hielt den Atem an. Aus der Dämmerung löste sich eine schmale Gestalt, kam langsam auf ihn zu und sagte: »Kennen wir uns?«

Kater klopfte das Herz bis zum Hals.

»Mich nennen sie Pfiff, alter Knabe.«

»Jawohl«, hauchte Kater.

»Wir sind aus dem gleichen Kanton, hab ich recht?«

Der andere hielt Kater zwei Finger unters Kinn und hob seinen Kopf etwas an. Dann drehte er ab, ließ ihn stehen und flatterte mit leise rauschender Kutte davon.

Die Zeit, heißt es, geht ins Land, also in die Äcker und Wälder, in die Kornfelder und Obstbäume, und nur ein paar seltsame Dinge, zum Beispiel der Amboß in der Schmiede, ein seit alters vererbter Schrank oder die vom Vater reparierte Stubenuhr, schienen der Vergänglichkeit entzogen zu sein. Aber hier drinnen, im ewigen Winter der Steinstadt, wohin ging sie hier, die Zeit?

Wer starb, geschaßt wurde oder seine Matura machte, überließ seine Kutte dem Sakristan, der zog sie einem Frischling über den Kopf, und so wandelten, war Wandeln erlaubt, seit eh und je dieselben Kutten durch den immergleichen Wintertag der himmellosen Steinstadt. An den Turmuhren kreisten die Zeiger, über dem Dorf die Raben, und wäre die Kaiserin nicht gewesen, die ehemalige Herrscherin über die österreichisch-ungarische Doppelmonarchie, hätten die Zöglinge kaum bemerkt, daß wieder ein paar Wochen (oder sogar Monate!) im träge kreisenden Gegenwartsstrudel von Maria Einsiedeln verschwunden waren.

Ihre Apostolische Majestät, Kaiserin Zita, führte seit dem Tod ihres Gatten ein karges Exilleben im Schweizer Rheintal. Das verließ sie nur selten, ihr Reich war untergegangen, und die Heimat blieb der geborenen Parma verschlossen. Aber im Lauf der Jahre war es ihr zu einer lieben Gewohnheit geworden, am Vorabend eines Marienfestes den Abt von Einsiedeln aufzusuchen, um an seinen tauben Ohren Sünden zu beichten, die ihre Militärs und Statthalter in längst versunkenen Provinzen, irgendwo in Galizien oder am blutigen Isonzo, im Namen der Krone begangen hatten.

Im späten Nachmittag rumpelte ein altertümliches

Automobil in den Hof herein, und noch bevor die Hupe – sie wurde vom Rücksitz aus gedrückt – schrill die Stille zerriß, waren die Zöglinge ans Fenster gestürzt, hängten sich über die Simse und sahen hinunter auf das großartige Geschehen. Noch einmal das Quieken – laut genug, um auch bei läutenden Glocken, schmetternden Militärkapellen und Schlachtenlärm gehört zu werden –, dann hielt der Wagen puffend an, über dem Hof kehrte mit herabflatternden, mißtrauisch auf den Firsten landenden Raben die Stille zurück, und Graf Gömbös, der letzte Oberchauffeur des Reiches, öffnete den Schlag. Zuerst erschien sie selbst, dann kroch die Gräfin Kerssenbrock heraus, ihre Hausdame, und dann, einer hinter dem andern die kniebestrumpften Beinchen auf den Boden setzend, folgten vier vergreiste, steckendünne Suitendiener.

Während die andern an ihre Pulte zurückkehrten, blieb Kater im Fenster und sah fasziniert auf diese Frau hinab – ihr hatte früher die Welt gehört. Nun glich sie in einer schwarzen Tüllschleppe und mit einem nach vorn zugespitzten Hütchen einem flügellahmen Adler und stocherte sich mit ausholenden Stockhieben der Pforte entgegen. Hinter ihr schritt die Kerssenbrock, wie stets in jägerähnlicher Tracht, mit grünem Umhang und Federhut, und in steifer, kerzengerader Haltung bildete das Karree der Suitendiener das eigentliche Gefolge. Sie trugen weiße Handschuhe und hielten jeder in der Rechten ein Lederköfferchen, denn diese vier Herren – Freiherr Schager von Eckartsau, Wenzel Hornyak (ein Linienschiffsleutnant in Pension), Oskar Reichel Edler von Erlenhorst sowie Lajos Fürst Windischgrätz – hatten vor Gott und den sterbenden Regimentern geschworen, Ihre

Majestät bis zum Tod zu beschützen und sie mit den spärlich noch vorhandenen Insignien ihrer Herrschaft überallhin zu begleiten.

Dumpf dröhnte unten das Portal, hell knallten die Riegel, Schlüssel klingelten, und dann – toc! toc! toc! – hallten nur noch die Stockhiebe. Ihre Majestät stieß sich durch das eisig kalte Treppenhaus nach oben, von flakkernden Fackeln beleuchtet. Ein paar Zöglinge hatten sich in geordneter Doppelreihe aufgestellt, um gemeinsam mit dem Gütigen vor der Kaiserin in die Knie zu sinken, und hätte einer dieser Kuttenkadetten den Kopf gehoben, würde er gesehen haben, daß die kniebestrumpften Beinchen der edlen Gefolgschaft wiederum etwas dünner geworden waren, noch fragiler als beim letzten Besuch. Ja, so ging die Zeit auch im Innern des Klosters ihren Gang, schleppte sich mit der Kaiserin treppauf und erreichte nun die Etage des Abtes...

Es klopfte zart an die Tür. Wer konnte es sein? Kater war vollkommen überzeugt, draußen stünde die uralte Kaiserin, von schwarzen Tüchern umschleiert. Mußte er auf die Knie fallen, ihr die Füße küssen? Um den Garderobenspiegel brannte der Glühbirnenkranz; auf dem Spiegel stand seine Liebeserklärung, mit Lippenstift aufs Glas geschmiert: »Ich ha di gärn. Kuß, Dein Kater«, und am Garderobenständer hing noch immer das Abendkleid, schön wie ein Brautgewand, weiß wie ein Totenhemd.

Er zögerte. Kamen seine Zeiten durcheinander? Wurde die Vergangenheit mächtiger als die Wirklichkeit? Er hatte sich durch den Hintereingang ins Hotel eingeschlichen, war in den Keller hinabgestiegen – und dann, dachte er verwundert, hatte es ihn in seine Zöglings- und Jugendjahre verschlagen, in die Unter- und Oberwelten der wintrigen Steinstadt.

Noch einmal klopfte es, zart wie zuvor, gerade so, als würde der Sipochef mit seinem Lederfinger für die schwarze Kaiserin um Einlaß bitten. In die Knie, Kater! Verneige dich vor diesem uralten, mitsamt seinem Reich aus der Zeit gestürzten Adler, und lege deine Lippen auf seine verhornten Fußriste! Rasch zog er die Frackjacke aus – auf seinem Schleichgang durch Keller und Estrich hatte er sie verstaubt –, schlüpfte in einen Morgenmantel, eilte an die Bar, löffelte Eiswürfel in ein Whiskyglas, und jetzt, locker sich zur Tür drehend, das Glas auf Halshöhe, rief er lässig: »Ja bitte?«

Marie.

»Marie!«

Aber Marie schwebte wortlos an ihm vorbei, und bevor Kater ein weiteres Wort hervorgebrachte hätte, war sie mit dem weißen, wie ein Engelsflügel flatternden Abendkleid im Badezimmer verschwunden. »Pfiff!« entfuhr es ihm. »Wie hast du das geschafft?«

»Keine Ahnung, Kater«, flüsterte der Sipochef, »absolut keine Ahnung!« – deutete ein Achselzucken an, hob das Lederhütlein und schob rückwärts ab.

Vom Münster schlug es acht. Aha, dachte Kater, Marie ist also doch noch gekommen. Aber warum? Was hat sie vor? Er trank das Glas in einem Zug leer, ging dann zum Telephon und bat dringend um einen neuen Frack. »Beeilen Sie sich, in sieben Minuten will ich das Diner eröffnen!«

»Jawohl, Herr Bundespräsident.«

Vorsichtig legte Kater den Hörer auf die Gabel, eilte in Schleichschritten zum Badezimmer, legte das Ohr an die Tür und – kaum zu glauben, aber wahr, aber wirk-lich – sie sang! Verdammt noch mal, was war mit dieser Frau geschehen? Hatte sie vor lauter Kummer den Ver-stand verloren? War der Staatsbesuch, das dauernde Lä-chelnmüssen (während alles in ihr weinen wollte) eben doch zuviel für sie? Er strampelte sich aus der Frackhose, setzte sich in Hemd und Socken auf die Bettkante, be-trachtete seine weißkäsigen Beine und fragte sich, ob es am Ende nicht klüger gewesen wäre, das Diner allein zu geben – ohne First Lady.

Unten hielt mit quietschenden Bremsen ein Volvo der Sipo. Kater wartete zwanzig Sekunden ab, dann öffnete er die Tür und ließ den Boten mit dem neuen Frack wie einen sterbenden Krieger ins Zimmer stürzen.

Zeit seines Lebens war Kater ein Mann der Zukunft ge-wesen, stets hatte er nach vorn geblickt, in ein besseres Morgen. Noch heute mittag, da er mit dem spanischen Außenminister einen gebackenen Hecht vertilgt hatte, war ihm zu diesem Thema ein träfes Wort gelungen: »Ver-gessen Sie die Jahre der Diktatur«, hatte er gemeint, »le-gen Sie die Vergangenheit zu den Akten.«

»Sí, Señor Presidente. Wer die Jugend hat, dem ge-hört die Zukunft.«

»Und wer die Zukunft hat«, so Katers Antwort, »dem gehört die Jugend, salud!«

»Salud!«

Zukunft. Ein besseres Morgen. Eine zufriedene, von Autobahnen umschlungene Welt. Sämtliche Sicherheitsprobleme gelöst, das Wetter unter Kontrolle, die Menschen gesund – das war sein Leben, seine Pflicht, sein grandioses Programm. Wie würde er heute abend sagen? Als Aventurier schreiten wir auf gerader Avenida voran, um eine Allianz mit dem Künftigen zu schmieden.

Seit heute nachmittag jedoch, da er nicht in den Erholungsschlaf gefunden hatte, schien sich diese Avenida immer wieder in die Vergangenheit verlieren zu wollen, und mit einer gewissen Verwunderung stellte der zukunftsorientierte Bundespräsident fest, daß ihm seine Erinnerungen nicht etwa geschadet, sondern durchaus genützt hatten. Dem Vorbild des Gütigen folgend, war er auf dem roten Teppich in die Knie gesunken, und sein heimlicher Gang durch die Klostervergangenheit – via Keller in den Estrich – hatte ihm die Peinlichkeit erspart, durch den Haupteingang in den Stehempfang hineinstolpern zu müssen.

»Wie lange brauchst du noch?«

»Drei Minuten.«

»Sagen wir sieben.«

Z wie Zeit. Z wie Zita. Warum, fragte er sich, muß ich gerade jetzt an den Auftritt der alten, schwarzen, vom Trüpplein der letzten Getreuen begleiteten Kaiserin denken? Was ist da, mit seinen Stockhieben pochend, aus der Vergangenheit heraufgekommen? Lautlos öffnete sich die Badezimmertür, und im engen Abendkleid kam sie nun schlank und weiß auf ihn zu. Weiß auch ihr Gesicht, einer japanischen Maske ähnlich, und wieder, wie schon im Krankenzimmer des Sohnes, ließ dieser blauschwarze Helm, den ihr Bobo Carluzzi um den Kopf gegossen hatte, Katers Lächeln gefrieren. Fünf Schritte von ihm entfernt blieb sie stehen, zu einer Säule erstarrt. Von Angesicht zu Angesicht sahen sie einander an.

»Gehen wir?« fragte Marie.

»Gehen wir«, antwortete Kater.

Das Diner zog sich zäh über die Runden und durch die Gänge. Daran war die Verspätung, mit der das Präsidentenpaar die Monarchen an die Tafel geführt hatte, nicht unschuldig, aber fast noch schwerer (im wahrsten Sinn des Wortes!) wog die Tatsache, daß der päpstliche Nuntius, wenn er nicht gerade Salat, Melonenschnitze, spanischen Schinken oder eine geräucherte Forelle in sich hineinschaufelte, das große Wort führte und die arme Königin mit einem endlosen Monolog zum höflich versteckten Gähnen brachte. Ausgehend von Saties »Belle Excentrique«, die er als bizarre Verwertung von Shimmy und Cake Walk bezeichnete, war der Nuntius auf die Krönung der Päpste gekommen und schilderte nun, während er sich vom ersten Gang zum zweiten Mal nachschöpfen ließ, den pompösen Einzug eines neugewählten Pontifex in den Petersdom.

Sofía lächelte müde.

Außer dem Nuntius hatte fast der gesamte Saal den ersten Gang in hungriger Eile weggeputzt, wieder kam die Bellevue-Brigade in V-Form angesaust, pflückte die leeren Teller und füllte die Gläser, nun mit einem Rioja, dessen tiefdunkles, von Sternchen durchzittertes Rot die Rosensträuße, die sich als Girlanden über die Tische zogen, erblassen ließ.

Der Bundespräsident ordnete seine Notizen. Dann erhob er sich, um seine Gäste ein weiteres Mal zu begrüßen.

Sie hörten ihm aufmerksam zu, kein Kellner störte, die Sipo blieb ruhig, er selbst jedoch hatte das ungute Gefühl, wie ein Roboter ins Leere zu schnarren. »Und darum geht es!« donnerte er plötzlich los, »das möge Ihr und unser Ansinnen sein, unser Anliegen, unsere Anastasis – wir sagen Ja, ein großes Ja zu einem besseren, zu einem glückhaften, zu einem gesegneten Morgen. Wir schreiten, Majestät, auf gerader Avenida als Aventurier voran, auf daß es uns gelingen möge, durch dieses Avancement eine Allianz mit dem Künftigen zu schmieden. Das, Eure Majestäten, sei unser gemeinsames Affedavit, das wir *affetuoso* ablegen wollen, *ad majorem gloriam Dei,* aber auch und vor allem: *ad hominem.* Für die Menschen. Für die Söhne und Töchter unserer in *Amistad,* in Freundschaft, zutiefst verbundenen Länder, salud!«

»Salud!«

Danach sprach der König, und manch ein Kopf drehte sich voller Bewunderung zu Aladin um, der eifrig mitschrieb. Spanisch konnte er also auch, dieser Teufelskerl! Der Bundespräsident grinste ihm zu und sah dann voller Kümmernis auf Marie, deren blauschwarzer Helm reglos zwischen den nickenden Häuptern schwebte. Noch während der Rede schlich sich eine Dolmetscherin in Katers Rücken und legte ihm den Text in beiden Fassungen vor, spanisch und deutsch. »Señor Presidente«, schloß die königliche Rede, »ante el Consejo Federal expuse ayer con detenimiento cuáles son nuestros sentimientos hacia vuestra nación y lo mucho que valoramos vuestra amistad, salud!«

Kater hätte die Übersetzung nicht gebraucht – »vuestra amistad«, das verstand er auch so, sprang jetzt auf, warf den Kopf in den Nacken, hob den gewinkelten Ellbogen an und trank das Glas in einem Zug leer.

Zum Hauptgang gab es Steaks von Entlebucher Kälbern, wieder flog die Brigade heran, wieder füllten sich die Teller, wieder leerten sich die Gläser, und erst jetzt wurde dem Präsidenten bewußt, daß ein junger, ihm unbekannter Mann den Service dirigierte. Ein junger Mann, nicht mehr Herr Eduard!

War die Bellevue-Legende abgetreten? Vorsichtig spähte Kater nach allen Seiten, aber nirgendwo, weder im vorderen noch im hinteren Saalteil, sah er den landesberühmten Herrn Eduard hoheitsvoll durch den Saal schweben, den Schädel auf einen Stehkragen gelegt, und die rechte Hand, wohl aus alter Tablettstemmgewohnheit, auf Schulterhöhe in Winkbereitschaft.

Herr Eduard hatte seine Kellner wie Soldaten geführt und die Gäste, wer auch immer sie sein mochten, Chemiegrößen, Filmstars oder Bundesräte, durchaus höflich, doch eher von oben herab behandelt. Er war ein Ober im Wortsinn, aber die Welt – das hatte der Innenminister mehrmals erfahren müssen – betrachtete der alte Sonderling aus der Fischperspektive. Ja, aus der Fischperspektive! Im Keller seines Reihenhäuschens, das irgendwo vor der Stadt liegen mußte, besaß Herr Eduard mehr als ein Dutzend Aquarien mit buntschillernden, lautlos hin- und herzuckenden Zierfischen aus exotischen Gewässern. Für diese schwach beleuchtete, leise vor sich hinblubbernde Tiefe lebte der Ober, und immer wieder war es vorgekommen, daß er den speisenden Innenminister mit diesen Fischen genervt hatte. »Und meine Fische, Herr Bundesrat? Was nützt es meinen Fischen, wenn Sie noch mehr Autobahnen bauen?«

Nun, so oder ähnlich dachten alle: Was nützt es mir, unseren Kindern, dem Industrieverband, der Handelskammer, dem Versicherungswesen, den Kleingärtnern, den Großbanken – und alle wollten eine Antwort, wollten überzeugt und gewonnen werden, so daß der schlaue Kater, der ja mit Fischern und Fischen aufgewachsen war, Herrn Eduards Penetranz durchaus schätzen lernte. An ihm konnte er seine Argumente erproben – überzeugte er Herrn Eduard, überzeugte er später Freund Aladin, die Industrielobby und also die Nation. Im Lauf der Jahre waren sie fast ein Paar geworden: der Minister und sein Ober, und meist hatte der hungrige, mit Terminen überhäufte Kater alles andere zurückgestellt, auch den eigenen Teller, und so lange und intensiv debattiert, bis der hochnäsige Ober einsah, einfach einsehen mußte, wie sehr seine lautlosen Lieblinge von einem Autobahntunnel durch den Gotthard profitieren würden.

Herr Eduard, das war das Berner Bellevue gewesen, der fleischgewordene Stil des Hauses, eine saaltragende Karyatide, weshalb es in der Tat erstaunlich war, daß er samt seiner Gruß-, Wink- und Stemmhand verschwinden konnte, ohne daß der gesamte Laden donnernd in sich zusammenbrach.

Der König zwinkerte dem Präsidenten zu und beteuerte dann, die Fiebergerüchte seien arg übertrieben – er habe das Schlimmste überwunden.

Auch Kater hob das Glas.

»Wie wird das Wetter, Señor Presidente?«

»Besser«, schnurrte Kater, »meine Warten melden freie Sicht am Col des Mosses!«

Da ließ die Königin einen leisen Seufzer hören, und der Nuntius, wiederum den Komponisten Satie erwähnend, erklärte kategorisch: »An der Belle Excentrique gefällt uns einzig der Titel. Oder sind Sie anderer Meinung, Frau Bundespräsident?«

Dem Letzten war nun klargeworden: *Belle Excentrique* war eine Anspielung auf Marie.

Nach dem Hauptgang sprach der spanische Außenminister, dann sein Schweizer Kollege, der Vorsteher des Äußeren, und es verstand sich von selbst, daß beide Redner noch einmal bekräftigten, was schon Bundespräsident und König beschworen hatten, nämlich die herzliche Verbundenheit Spaniens mit der Schweiz und eine weitere, erfolgreiche Zusammenarbeit auf juristischer und industrieller Ebene. Um zehn schmetterte die Primadonna eine Arie in den Saal und wurde nach ihrem heftig applaudierten Vortrag an die Ehrentafel geführt. Begeistert gratulierte die Königin zur göttlichen Stimme, ihr Versuch jedoch, sich vom Nuntius endlich abzuwenden, mißlang. Kaum hatte sich die Primadonna niedergelassen, ergriff der Vatikandiplomat Sofías Hand und bekannte, auch er pflege hie und da zu singen, am liebsten in der Badewanne. Der Tisch zeigte sich über dieses Geständnis gerührt und erörterte nun, wiederum Satie berührend, die Frage, ob dessen Musik heute noch als modern zu gelten habe.

Währenddessen richtete sich der Nuntius erneut an die Königin und fragte: »Trifft es eigentlich zu, Majestät, daß das Lieblingsgericht unseres verehrten Juan Carlos aus Pommes frites und Spiegeleiern besteht?«

»Oh«, entfuhr es der Königin, »Sie sind aber gut informiert!«

Das vom Schweiß gesalbte Rundgesicht lehnte sich lachend zurück, schob die Hände unter der Wampe ineinander (als säße er im Chorstuhl) und versetzte augenzwinkernd, neben dem Mossad und der Schweizer Sipo zähle der Geheimdienst des Heiligen Vaters zu den weltbesten Organisationen.

»Wie schön«, unterdrückte die Königin ihr Gähnen, legte ihre Hand auf Katers Unterarm und fragte unvermittelt: »Fühlt sich Marie nicht wohl, Señor Presidente?«

Kater war glücklich. Auf diesen Moment hatte er gehofft und gelauert, nun würde er reden, der Königin die Situation erläutern, vom sterbenden Sohn sprechen und von der Programmänderung, die man hinter seinem Rükken durchgezogen hatte. Er war müde, genau wie Sofía, und Sofía, davon war Kater überzeugt, würde seine Sorgen und Maries unhöfliche Stummheit sofort verstehen. Womit sollte er anfangen? In ihrem Haar blitzte ein Diadem, beide hoben das Glas, tranken sich zu, und obwohl diese Frau einer weltberühmten Dynastie entstammte und Katers Mutter (was niemand wußte) in üblen Gastwirtschaften gekellnert hatte, spürte er, daß die Spanierin Sympathie für ihn empfand. Sie lächelte noch immer, nippte am Glas und wartete geduldig. »Ach, wissen Sie«, sagte er endlich, »es ist nicht leicht, über dergleichen zu reden.«

»Nur zu, Señor Presidente!«

»Danke, Majestät!«

Und wer weiß, wer weiß, wäre Dornröschen nicht erwacht, hätte es Kater geschafft, die leidige Spitalgeschichte noch vor dem Dessert vom Tisch zu wischen. Wirklich, er hätte es geschafft, die Zeichen standen günstig, auch Sofía schien längst gemerkt zu haben, daß der Nuntius unter einer seidengefütterten Soutane und seinem Wabbelpolster ein frauenverachtendes Herz verbarg. Sie hatte vom endlosen Gesabber genug und hoffte sehnsüchtig, mit Kater ins Gespräch zu kommen.

»Trauen Sie mir nicht?« fragte die Königin.

»O doch«, antwortete Kater, und dann kam er ohne Umschweife auf das diffizile Thema. »Hat man Sie von der Programmänderung unterrichtet, Majestät?«

»Ja«, antwortete die Königin, »vielleicht ist es tatsächlich sinnvoller, der Industrie einen Korb zu geben und diese Kinderklinik zu besuchen.«

»Sicher«, sagte Kater. »Sinnvoller ist es…«

Und da geschah's. Die japanische Maske zersprang, Dornröschen wachte auf, und es dauerte nur wenige Sätze, bis Kater begriffen hatte, weshalb sie doch noch gekommen war.

Marie war gekommen, um Kater zu vernichten.

Was wußte er von dieser Frau? Gut, er kannte ihre Moden und Marotten, die schreiend bunten Puccifarben oder das strategisch eingesetzte Zuspätkommen, aber: Kannte er sie wirklich? Fühlte er durch ihre Panzerung hindurch die wahre Marie?

Obwohl gertenschlank, trug sie sogar im Sommer Korsagen, ließ die Frisur in Helmform festsprayen und verbarg ihr Gesicht hinter einem Maskenteig, den sie mit dünnen Lidstrichen und einem dezent geschminkten Mund bemalte. Wie Kater war auch Marie im Internat gewesen, irgendwo in der französischen Schweiz, wo man sie in eine harte, allerdings fein glasierte Form gegossen hatte. Parkettsicher. Stilbewußt. Die Fassade perfekt, die Haltung auch, nie eine übertriebene Geste, nie ein falsches Wort – es sei denn als Bonmot. An ihrem Mann jedoch liebte sie gerade das Gegenteil – sie liebte den ungezähmten, sich selbst und die Welt überraschenden Kater. So war man sich schließlich begegnet. Kaum hatte sie seinen Namen gehört, war er über sämtliche Konventionen und die Balkonbrüstung gesprungen, um nur wenige Stunden später, am Rand dieser alles entscheidenden Nacht, aus einem Gebüsch hervorzubrechen und Pfiffs Verlobte durch das Zwielicht des beginnenden Tages an den See, ins Land der Liebe und auf den Gipfel der Seligkeit zu locken. Geredet hatten sie nie darüber, aber beide wußten, daß sich Marie, damals von Männern und Frauen umschwärmt, gegen Rosenbaum und ihren Verlobten entschieden hatte, weil Kater wortlos bereit gewesen war, seiner Liebe den besten Freund zu opfern. Das Raubtier hatte seine Zähne gezeigt. Ohne Rücksicht auf Verluste. Gnadenlos. Gierig. Groß.

Und erst im Gang der Jahre und seines Aufstiegs schien Marie gemerkt zu haben, daß sie nicht nur ihren Kater, sondern ebensosehr ein karrieresüchtiges, von Patres abgeschliffenes Mittelwesen geheiratet hatte, einen Vasenmann, der die verschiedensten Ideen, Meinungen und Tendenzen zu demokratiegefälligen Kompromiß-Cocktails zusammenschütteln konnte – und Kinder von ihr wollte, möglichst viele Kinder!

Was ihn erfolgreich machte, konnte Marie nicht ausstehen, und was alle andern (auch ihn selbst) in Angst und Schrecken versetzte, nämlich sein Katerwesen, das umschlang sie mit Beinen und Armen, das schleckte und küßte sie ab, das versorgte sie mit moderner Literatur und interessanten Zeitungsartikeln. In solchen Nächten gelang es ihm, der Vase zu entschlüpfen, und wiewohl er, ein schwerer und starker Körper, in der Umarmung befürchten mußte, den zarten Marienleib unter seinem Fleisch zu begraben, wurde ihm doch bewußt, daß er nur so, nur als schnaufendes, schnaubendes, schweißnasses Tier, das die Gurkenscheiben ihrer Bettmaske einfach wegfraß, Maries Abwehrgürtel durchstoßen konnte.

Ein gutes, zumindest erfolgreiches Paar waren sie auch nach außen. Sie eigneten sich für Auftritte, und sogar Pfiff, der Erzfreund, der mit Greti nicht gerade bildschirmgünstig verheiratet war, hatte mehrmals zugegeben, daß sie als Präsidentenpaar hervorragend besetzt seien. Das verdankten sie ihrer Verschalung. Denn der Schliff, den Marie im Welschland, er in Einsiedeln verpaßt bekommen hatte, wirkte in der Aladinschen Wunderlampenbeleuchtung nicht etwa schal, ganz im Gegenteil, er wirkte herzerfrischend lebendig. Warum? Aladin hatte es ihm eines Tages erklärt. Die von den Medien geschaffene Realität, hatte er gemeint, sei so sehr Fassade, daß gerade das Fassadenhafte stimmig, das heißt menschlich herüberkomme.

Mit Liebe hatte das nur wenig zu tun, aber es bewies eben doch, daß ihre Verbindung funktionierte.

Funktionierte sie wirklich? Nach außen schon. Aber nach innen? Nur noch selten. Sehr selten. Denn ihr Jüngster wollte nie ganz gesund sein. Wollte nicht und konnte nicht. Er liebte weiße Krankenzimmer, weiße Schwesternschürzen und stille, durch nichts gestörte Stunden. Ja, für ihren Jüngsten war diese Welt zu laut und zu rauh. Die ersten Schritte machte er spät, gerade so, als lohne es sich nicht, vor dem frühen Abgang gehen zu lernen. Ein Spätling in jedem Sinn. Blaß und weich. Müde und lieb. Er war das geborene Muttersöhnchen, und Marie – das zeigte sich immer deutlicher – konnte nun endlich jene Rolle spielen, die ihr am besten stand: die Kriegerin. Sie kämpfte für ihr Kind. Sie schonte und verwöhnte es, managte seine Krankheiten, saß an seinem Bett, verhandelte mit Ärzten und sorgte dafür, daß kein Luft- und kein Lebenszug an diesen Zärtling herankomme. Durch ihn hatte ihre Kriegsbegabung einen neuen, lebensdominierenden Auftrag bekommen, und nie mehr, bis ans Ende seiner Tage nicht, würde sie ihrem Mann verzeihen (Frauen verzeihen nie!), daß er ihren Liebling nach Maria Einsiedeln gegeben hatte, in die Klosterschule. Ein Fehler? Mag sein. Der Jüngste sollte dort robuster werden, widerstandsfähiger an Leib und Seele, aber was beim Vater (und beim ältesten Sohn) durchaus gelungen war, die Erziehung zum Vasenmann, erwies sich in diesem Fall als fatal. Im ewig gleichen Tag, der sich wieder (und immer wieder) wiederholte, wurde der Jüngste noch schwächlicher, noch sensibler, fieberte und litt, kam wieder auf die Beine, kehrte in die Schule zurück und gab sich Mühe, endlich einen Mittelplatz zu schaffen. Die Mühe war vergeblich. Kurz vor Weihnachten brach er zusammen. Und dann kam der schreckliche Tag, da sie ihn vom Krankenzimmer des Klosters nach Bern fahren mußten, in Professor Bossis Kinderspital. Noch am gleichen Abend besann sich Marie, die ja mit ganzem Namen Rosemarie hieß, auf ihre Panzerkunst und ließ, indem sie jede Spur von Vergänglichkeit mit weiblichen Mitteln bannte, jene Dornenhecke wachsen, unter der sie den sterbenden Liebling zu retten hoffte. Marie führte den großen Krieg ihres Lebens, und sie führte ihn gegen die Vergänglichkeit. Da gab es keine Kompromisse mehr, da ging es um alles oder nichts, und Kater mußte begreifen, daß sie seine von Freund und Feind bewunderte Vasenhaftigkeit, die sie früher zwar nicht gemocht, aber immerhin toleriert hatte (sie barg ja ihren Schmusekater), inzwischen mit kalten Haßblicken verfolgte. Sie habe sich eben doch, dachte sie, an den falschen Mann verschenkt, an einen herzlosen, eiskalten Karrieristen. Aber konnte er für diesen Sohn sein Amt hinschmeißen? Und vor allem: Was zum Teufel brachte es, dem Großen Niemand den Krieg zu erklären? Maries innere Glut erblühte nun in Rosen und Dornen, aber ach, weder die Zeit noch der Tod ließen sich überlisten, und so war, ohne daß sie es gemerkt hätte, aus der stacheligen Hecke eine Grabbepflanzung geworden, unter der das arme Kind noch vor seinem Ableben zu verschwinden begann.

Marie, hätte er am liebsten geschrien, Marie, warum fällst du mir in die Flanke? Ich war bereits beim Thema. Ich hätte es geschafft, das Damenprogramm ein weiteres Mal abzuändern, die verdammte Klinik zu streichen...

Ja, dachte Kater, ich hätte es geschafft. Aber dafür war

es nun zu spät, alle Augen richteten sich auf die Gastgeberin, und sie, schärfer werdend von Satz zu Satz, ließ ihre Glut und ihre Wut, die sie sonst so perfekt verbarg, mit Macht hervorschießen. Ohne Rücksicht auf Verluste. Gnadenlos. Giftig. Groß.

Aber warum? Was hatte Dornröschen wachgeküßt?

Ein einziges, unbedeutendes Wörtlein. Der morgige Klinikbesuch, hatte er der Königin gegenüber bemerkt, sei »sinnvoller« als eine weitere Industriebesichtigung.

»Sinnvoll«, rief sie gerade, »Majestät, mein Mann hält diese Welt für *sinnvoll!*«

»Marie«, versuchte er sie zu bremsen, lächelnd natürlich, »ich glaube nicht, daß das unsere Gäste interessiert.«

»Doch doch«, bemerkte der Nuntius.

»Wissen Sie, warum? Weil er an das Gute glaubt. Ja«, fuhr Marie blitzend fort, »die Welt meines Mannes ist von Gott geschaffen, und das heißt natürlich, daß alles, was geschieht, aus Motiven geschieht, die an sich gut sind. Aber hallo, werden Sie denken, gilt das auch für ein Verbrechen? Jawohl, hat er mir mal erklärt, wenn es für jede Handlung gelte, gelte es auch für ein Verbrechen. Beispiel: Ein Mann überfällt eine Bank, klaut einen Wagen, flieht in die nächste Stadt, reißt eine Braut auf, die will nicht, er schon, also drückt er sie in eine Gasse und nimmt sie mit Gewalt.«

»Marie, bitte!« warf er dazwischen, lächelnd noch immer.

»Warum würden Sie eine Bank überfallen, Exzellenz?«

»Ich?« Der Nuntius legte seine Rechte mit dem Siegelring auf die breit gewölbte Brust. Dann blickte er schelmisch in die Runde und meinte augenzwinkernd: »Um Geld zu klauen, Frau Bundespräsident.«

»Na bravo! Um Geld zu klauen. Das ist es. Nicht um Böses zu tun, im Gegenteil – mit dem geklauten Geld kann der Täter seine Familie ernähren, mit dem geklauten Wagen entkommt er der Polizei, und die arme Frau, die wir selbstverständlich bedauern, befriedigt seine Lust. *En bref,* unser Täter ist nicht auf das Böse aus, vielmehr verlockt ihn das Gute. Oder wollen Sie einwenden, Exzellenz, es sei böse, zu Geld zu kommen, seine Familie zu ernähren, den Trieb zu befriedigen?«

»Marie!«

»Schatz, es sind deine Worte. Ich versuche nur, unseren Gästen zu zeigen, wie du denkst. Zugegeben, die Schändung der Frau ist ein Verbrechen, der Bankraub ein Delikt, aber keine dieser Handlungen, hat er mich gelehrt, entstamme dem Bösen. Wie sagtest du so treffend?« Wieder lachte sie auf, nahm das Glas und trank einen Schluck. »Da die Schöpfung eine göttliche sei, hast du gesagt, würden die menschlichen Handlungen und Ereignisse im Guten wurzeln.«

Sie hatte vom Französischen ins Deutsche gewechselt, und innert Sekunden, ohne daß jemand ein Zeichen gegeben hätte, war der runde Ehrentisch von einer Schar hübscher Mädchen umringt. Sie beugten ihre Köpfe und begannen hektisch zu flüstern. Der Nuntius wartete, bis die Dolmetscherinnen verstummt waren. Dann sagte er: »Meine Liebe, das ist durchaus richtig – Gott hat alles geschaffen. Gott ist der erste Erzeuger, der oberste Erreger, Mister Urknall und Universum. Aber das heißt doch nicht« – jetzt mußte er lächeln – »das heißt doch nicht, liebe Marie, daß der Schöpfer mit seiner Schöpfung *identisch* ist. Sonst wären ja auch wir, Sie und ich, im Zustand der Vollkommenheit, und ich frage Sie, meine Liebe: Sind wir das? Nein. Natürlich nicht. Gott ist mit seiner Schöpfung so wenig identisch wie ein König mit seinem Reich. Oder ein Innenminister mit seinen Autobahnen. Und an diesem Punkt, verehrte Frau Bundespräsident, taucht in der Tat eine heikle, auch uns bedrängende Frage auf. Sie lautet: Wie weit geht die Trennung? Ist sie absolut? Hat der Schöpfer seine Schöpfung ganz und gar von sich abgetrennt?«

Wieder sah der Nuntius in die Runde, dann lehnte er sich zurück, schloß die Arme um die Wampe und verkündete im getragenen Ton des Predigers: »Majestäten, die Konsequenz wäre fatal. Gottfern wäre die Welt, gottfremd das Seiende, und deshalb, sehen Sie, spricht der Doktor Subtilis, einer unserer großen Philosophen, von der Analogie. Wissen Sie, was man darunter versteht?«

»Eine Beziehung«, antwortete Kater fix, »eine Entsprechung.«

»Ganz recht«, lobte der Nuntius, »unter einer Analogie verstehen wir eine Beziehung, eine Entsprechung. Gewiß, eine Mutter ist etwas anderes als ihr Kind, eine Autobahn etwas anderes als ihr Planer, ein König etwas anderes als sein Königreich. Identisch sind sie nicht, nein, aber dennoch haben sie miteinander zu tun, dennoch stehen sie in einer engen Beziehung. Wie ein Kind auf seine Mutter verweist und das neue Spanien auf unser gesegnetes Monarchenpaar, so verweist die Schöpfung auf den Schöpfer.«

»Salud!« bedankte sich der König.

Auch Kater hob das Glas und meinte dann, zu Sofía gebeugt, selbstverständlich sei er weit davon entfernt, jede Handlung oder jedes Geschehen gutzuheißen. Allerdings lebe er durchaus im Glauben, das Gute sei stärker als das Böse, und betrachte man die jüngste Geschichte, so zeige sich ja, wie sich vieles zum Besseren verändere, gerade auch im glücklichen Spanien.

War es überstanden? Hatte ihn ausgerechnet Tomaselli, Pfiffs Beichtvater und Ratgeber, vor dem Schlimmsten bewahrt? Es sah beinahe so aus. Aber eben: nur beinahe. Die Schlacht war noch nicht geschlagen, und Kater spürte: Marie war in Form. Sie würde ihr Ziel erreichen. Nun ließ sie den Tisch eine Weile plaudern, und gerade im Moment, da man das heiße Thema verlassen und wiederum auf die Musik zurückkommen wollte – schließlich hatten sie jetzt eine weltberühmte Sängerin am Tisch –, kam der nächste Schlag.

»Ich verstehe«, nickte Marie vor sich hin. »Oh, ich verstehe. Die Schöpfung, meinen Sie, ist mit dem Schöpfer zwar nicht identisch, hat sich aber keineswegs von ihm abgetrennt.«

»Richtig«, bestätigte der Nuntius.

»Und dieser Gott«, bohrte sie weiter, »ist wirklich und wahrhaftig ein *guter* Gott?«

»Allwissend und allgütig.«

»Und läßt es zu, daß unschuldige Kinder qualvoll sterben?«

»Wie kann er denn verhindern, was hienieden geschieht? Ich habe eben erläutert, daß Gott durch und durch gut, aber mit unseren Handlungen so wenig identisch sei wie unsere Primadonna mit ihren herrlichen Arien. Oder ein Schuhmacher mit seinem Schuh. Falls er drückt, will ich damit andeuten, ist nicht unbedingt der Hersteller schuld. Es könnte auch sein, daß es an unseren Füßen liegt.«

Beifälliges Gemurmel, und Kater, der die ganze Zeit die Zehen krümmen mußte, sagte sich: Wie wahr! Was kann der Schuhmacher dafür, daß mir die Bundesverwaltung eine zu kleine Nummer geliefert hat.

»Ich denke«, riß Marie das Wort wieder an sich, »ich denke, Gott *weiß,* was hienieden geschieht.«

Und die Dolmetscherinnen, fröhlich nickend: »Pienso, su Excelencia, que Dios *sabe* lo que sucede aquí abajo.«

Da hob der Nuntius seine beringte Hand und rief: »Darauf habe ich gewartet. Damit kommen sie immer. Das ist in all diesen Diskussionen ihr letzter, allerdings untauglicher Einwand – die Vorsehung!«

»Nicht unbedingt.«

»Doch, doch«, grinste er.

»Nein«, beharrte Marie. »Mir geht es um die Schlüssigkeit Ihres Analogie-Systems. Wenn der Schöpfer wirklich und wahrhaftig allgütig ist, müßte doch auch in der weltlichen Entsprechung ein Hauch seiner Güte zu fühlen sein – seiner Güte, Herr Nuntius, nicht seiner Grausamkeit!«

»Ich sage ja: Sie reden von der Vorsehung.«

»Tu ich das?«

»Aber gewiß, meine Liebe.«

Auch der Nuntius sprach jetzt deutsch, so daß die Dolmetscherinnen, einer Vogelschar ähnlich, Wort für Wort in einem zwitschernden Spanisch wiederholten.

»Unsere Gastgeberin«, begann er, »ist wie viele der irrigen Ansicht, Gott sei durch die Vorsehung in unsere Taten involviert. Diese Leute verkennen allerdings, daß wir von einer Vor*sehung* und mitnichten von einer Vor*leistung* sprechen. Man muß das Wort wörtlich nehmen, und wenn ich jetzt vorher- oder voraussehe, daß man uns demnächst das Dessert serviert, so habe ich durch diese Äußerung keineswegs den Anspruch erhoben, ich, Tomaselli, hätte die zu erwartende Köstlichkeit angerichtet.«

In diesem Augenblick erreichte die Brigade die Ehrentafel, die Dolmetscherinnen flatterten weg, und alle blickten erstaunt auf die *Mousse au chocolat,* die plötzlich auf ihren Tellern lag.

»Quod erat demonstrandum!« triumphierte der Nuntius. »Meine Vorsehung hat bestens funktioniert. Ich wußte, was geschehen würde, aber das heißt natürlich nicht, daß ich in der Lage wäre, ein solches Gedicht anzurichten oder auch nur zu servieren. Unserem Herrn geht es in puncto puncti nicht anders. Er weiß alles. Und sieht alles. Und zugegeben, Frau Bundespräsident, er sieht das Kommende kommen. Aber daraus abzuleiten, er habe es ausgeheckt, direkt bewirkt oder gar verschuldet, scheint mir eine unzulässige Interpretation eines alten, schönen Wortes zu sein. Wollen Sie nicht kosten, meine Beste? Es schmeckt *superbe!*«

»Mousse! Dessert! Vorsehung! Das interessiert mich nicht, offen gestanden.«

Und der Reigen der Dolmetscherinnen, wiederum auf den spanischen Schultern landend: »Mousse! Postre! Providencia! Francamente no me interesa.«

Der Nuntius schaufelte drei volle Löffel in sich hinein. »Worauf wollen Sie hinaus, meine Beste? Dürfen wir erfahren, was Sie so unversöhnlich stimmt?«

»Gern.«

»Marie!«

»Seine Exzellenz hat mich etwas gefragt, Schatz.«

Jetzt, Kater wußte es, kam der Angriff, der ihn umhauen würde.

»Wissen Sie«, versetzte Marie, »der Bankräuber und Vergewaltiger ist mir durchaus sympathisch. Er hält sich für schlecht, vielleicht sogar für böse, und käme nie auf die perverse Idee, seine Handlungen im Urgrund des Guten zu verwurzeln. Dennoch erweist er Frau und Kind etwas Gutes. Um sie zu ernähren, raubt er eine Bank aus. Aber wie gut, frage ich mich, wie gut ist ein Politiker, der mit seinen Handlungen und Entscheidungen die eigene Familie *zerstört?*«

Am Tisch wurde es schlagartig still.

Die auf den Schultern hockenden Vögel glotzten erstaunt. Die Löffel hingen starr in der Luft. Die Majestäten thronten wie Statuen, und sogar die Primadonna schien in ihren Schweiß- und Parfümgeruch wie in eine Glocke eingegossen zu sein, absolut reglos, ohne zu atmen.

Endlich gelang es dem Nuntius, wem sonst, den Bissen zu schlucken. »Wie müssen wir das verstehen, Frau Bundespräsident?«

Fahrig griff sie nach dem Glas, schwenkte es vor dem Kinn hin und her, und während die Tränen, die sonst nach innen geweint wurden, aus ihren Augen hervorschossen, sagte sie leise und traurig: »Konkret, Exzellenz. Das dürfen Sie konkret verstehen. In Bossis Klinik liegt mein Kind. Und morgen vormittag, wie Ihnen gewiß bekannt ist, steht der Besuch dieses Kindes auf dem Damenprogramm. Tut mir schrecklich leid, Majestät«, wandte sie sich an die Königin, »aber ich kann mir beim besten Willen nicht vorstellen, inwiefern die Planung eines solchen Programmverlaufs im Urgrund des Guten wurzeln soll! Wurzelt sie nicht eher im Ehrgeiz? Aber nun muß ich Sie bitten, mich zu entschuldigen. Ich fühle mich leider nicht gut.«

Marie lächelte in die Runde. Dann stand sie auf und ging.

»Das wußten wir nicht«, hauchte die Königin. »Señor Presidente, das hat man uns mit keinem Wort gesagt. Ist es wahr? In dieser Klinik liegt Ihr Kind?«

Er hätte sich ohrfeigen können! Der Fernseher! Natürlich! Das war der Grund, weshalb sie ihre Meinung überraschend geändert hatte und doch noch gekommen war – im Krankenzimmer des Sohnes stand ein Fernsehapparat. Mit dem Torerobübchen hatte er sein Spiel überreizt. Kater schüttelte sich. Am liebsten hätte er in den Tisch gebissen. Oder aufgeschrien. Ja, das war der Grund für ihr Kommen, für ihre Tat: Gemeinsam mit dem sterbenden Sohn hatte sie seinen Auftritt in der Sondersendung verfolgt. Zum Haarölsaufen! Vor dem Bildschirm mußte ihr endgültig klargeworden sein, daß ihr Mann jede, aber auch jede Gelegenheit wahrnehmen würde, um sich populär und beliebt zu machen. Das ist ein Kinderschänder, wird sie gedacht haben, der geht über Leichen. Und war nun absolut sicher, ihr Mann habe gemeinsam mit dem allergiengeplagten Medienmann eine Firma gegründet, die Abraham & Aladin AG, die dem angeschlagenen Präsidenten zu einem Revival verhelfen sollte – mit Exklusivbildern aus dem Sterbezimmer des Sohnes!

Es gelang ihm gerade noch, das Glas abzusetzen. Dann verdrehte sich der Saal in ein Karussell, in eine schrill, bunt und schmierig vorbeisausende Fröhlichkeit. Der Präsident klammerte sich an seinen Sessel. Er wußte, daß er geliefert war. Noch heute nacht, sagte sich Kater, muß ich zurücktreten.

Die Bellevue-Brigade hatte die Rosen entfernt, die Tischtücher abgezogen, nun surrten sie mit Staubsaugern umher, lasen da eine Serviette, dort eine Menükarte auf, die Schlacht war geschlagen, das Frackdiner vorbei, und nur einer saß nach wie vor auf seinem Platz: er, der Bundespräsident, der Gastgeber.

Es war kaum eine Stunde her, daß der Festsaal ein einziger Rummelplatz gewesen war und eine feuchtfröhlich sich erhebende Gesellschaft das Monarchenpaar mit dezentem Applaus verabschiedet hatte. Noch keine Stunde – und schon kam es Kater vor, als sei dieses Treiben so weit in seinem Rücken zurückgeblieben wie irgendein Karussell, dem er als armer, vom Mitfahren ausgeschlossener Schmittenbub davongesprungen war. Durch den Herbstnebel fuhr ein farbiger Lichtwirbel, und die Orgel plärrte höhnisch hinter ihm her, weit und immer weiter entfernt. Wohin sollte er gehen? An wen konnte er sich wenden?

Die meisten Gäste hatten das Hotel inzwischen verlassen, waren in ihren Limousinen entschwebt, je nach Rang oder Gefährdung von Sipogeschwadern eskortiert. Zwar ließ ein an- und abschwellender Lärm – Klaviergeklimper, Gläserklingen und Gelächter – darauf schließen, daß Aladin, Bobo Carluzzi und die eingeladenen Künstler in der Bar heftig weiterzechten, und auch die Hochfinanz, nahm Kater an, dürfte sich nach wie vor im Haus befinden, nun *en tout petit comité,* bei Zigarren und Cognac, doch hatte er weder die Kraft noch die Verwegenheit, sich diesen Leuten zu zeigen. Durch die eigene Frau war er desavouiert worden, und natürlich würde Monsignore Tomaselli, Pfiffs Beichtvater und Ratgeber, längst dafür gesorgt haben, daß der Skandal so rasend schnell durch Bern und das Land schlüpfte wie seinerzeit Maries Bonmot über Pfiff.

Draußen in der Hotelhalle wartete eine Reisegruppe bei ihrem Kofferberg auf die nächtliche Abfahrt. Vermutlich Japaner, sagte sich Kater; wollten im Morgengrauen die nächste Destination erreichen, das Matterhorn oder die Jungfrau … »Ja«, sagte er laut, »Kater, du mußt gehen.«

Durch eine getönte Glasscheibe sah er den Concierge und die Nachtportiers hinter dem langen Tresen ihr Ballett tanzen, sah, wie sie Telephone abhoben, Schlüssel herausgaben und aus der Bar hervortorkelnde, sich gegenseitig stützende Frackgruppen mit höflichen Verbeugungen entließen. Aber die Geschäftigkeit nahm ab, ihre Bewegungen wurden langsamer, der Barlärm leiser, und unter den dünnen Sohlen spürte Kater miteins ein Bodenzittern, das von den Trommeln der Waschmaschinen erzeugt wurde. »He, Sie dort! Junger Mann!«

»Herr Bundespräsident?«

Er packte den Kellner am Ärmel und hielt ihm das leere Weinglas hin, damit er es noch einmal fülle. »Können Sie mir sagen, was mit Eduard ist? Warum hat er gefehlt?«

»Wer?«

»Monsieur Eduard. Ich habe ihn vermißt.«

»Ah, Sie meinen den Alten.«

»Monsieur Eduard ist der beste Kellner, den das Bellevue je gehabt hat.«

»War«, grinste der Kellner. »Edi *war* der beste.«

»Tot?«

»Keine Ahnung.«

»Einen doppelten Kirsch!«

Als zwei andere einen silbrigen Wagen durch die Pendeltür ins Office rumsten, ließen die hin- und herflappenden Flügel das Licht in immer kleineren Portionen in den Saal herausfallen. Die Kristallüster hatten sie ausgeschaltet und die Fenster geöffnet. Kühl flutete Nachtluft ins Dunkel; hinter den Säulen deckten sie die Tische für den nächsten Mittag, und eine Putzequipe, die am Fuß der Glasscheibe im Kauergang die Tische umrundete, übertönte mit dem Röhren ihrer Staubsauger den Lärm aus der Bar. Kater erhielt den Kirsch, stopfte dem jungen Mann ein Trinkgeld in die Hand und goß sich den Gutsch in die Kehle. »Noch einen!«

»Verzeihung, Herr Bundespräsident, aber –«

Es ist der letzte, hätte er beinah erklärt, aber wer wirklich befehlen kann – und weiß Gott, Kater kann befehlen! –, pflegt eindeutige Anweisungen weder zu begründen noch zu wiederholen. Versonnen grinste er über die abgeräumte Ehrentafel. Vom Rosenbouquet waren nur ein paar Blüten zurückgeblieben, die weißen vergilbt, die roten dunkel, fast schwarz.

»Ihr Kirsch, Herr Bundespräsident!«

Er entließ den Kellner mit müder Hand vom Tisch, der junge Mann jedoch, die Serviette über den linken Unterarm gehängt, die Haare straff nach hinten gekämmt, blieb stehen und meinte grinsend: »Keiner weiß Bescheid, Herr Bundespräsident.«

»Bitte?«

»Na, über diesen Eduard. Keiner weiß, was los ist.«

»Das kann ich Ihnen sagen, junger Mann.«

»Wirklich?«

»O ja«, sagte Kater. »Wer sich ein Leben lang mit Fischen beschäftigt, taucht irgendwann ab.«

War er eingenickt? Kater schreckte hoch, blickte mit einem verwirrten Staunen zur Saalkuppel auf, und erst allmählich, als er in seiner rechten, auf dem Oberschenkel liegenden Hand ein leeres Schnapsglas erblickte, begriff er seine Lage. Um ihn herum hatten sich die Tische von selber gedeckt, die Fenster geschlossen, die Lichter gelöscht. Einzig ein verstecktes Licht hob die Kuppel aus der Nacht heraus und ließ sie schwerelos schweben. Auf den Tischen standen spitz gefaltete Servietten, aus der Decke hingen die kristallenen Lüster herab, und wieder, wie am frühen Abend, als er vergeblich zu schlafen versucht hatte, wurde er vom Gedanken durchdrungen, eigentlich seien die Dinge den Menschen unendlich überlegen. Seine Zehen schmerzten. Seine Zehen, sagte sich Kater, würden zerfallen, vermutlich schon bald, aber die Lackschuhe – dieses höchst banale Paar – würden im Fundus der Bundesverwaltung in einer verstaubten, endlosen Gegenwart verbleiben. Ja, all diese Säulen und Gewölbe, diese Bilder und Gobelins behaupteten seit Jahr und Tag ein von Schatten und Lichtern umkrochenes Hier und Jetzt, indes er, der doch immerhin ein großer Mann gewesen war, Erbauer von Autobahnen und Herr über Wetterstationen, verantwortlich für die Sipo und Gastgeber von Königen, aus dieser Gegenwart wie im Treibsand zu verschwinden drohte. Kaum jemand hatte es für nötig befunden, sich von ihm zu verabschieden. Nicht einmal seine Ratskollegen oder Fraktionsmitglieder, die er als Freunde ansah, hatten sein Nicken, sein scheues Winken erwidert. Während er im Sand versank, waren sie verlegen an ihm vorbeigehuscht, in die Bar oder in die Cabinets, zu Geheimsitzungen oder in die nahen, von Pfiff überwachten Bordelle. Was jetzt? Wie weiter? Mühsam, schwankend stand er auf. Draußen in der Halle, wo ein gelbliches Nachtlicht schien, lagen zwei Sipomänner in den Ledersesseln, die Beine weit von sich abgespreizt, die Münder offen, und auch die Portiers und der diensthabende Concierge hingen wie leblose Puppen hinter dem Tresen, einige hockend, andere an die Wand gelehnt, dösend oder schlafend. Ob er es schaffen würde, unerkannt aus dem Haus zu kommen?

In Schüben lief das Getrommel der Waschmaschinen durch den Boden, leise klirrten die Gläser, die Scheiben und die Kristallprismen der tonnenschweren Lüster, so daß der Bundespräsident, der auf unsicher staksenden Beinen die Tische taumelig zu umgehen versuchte, den Eindruck nicht los wurde, auf einem gespensterhaft die Meere durcheilenden Luxusliner der einzige Passagier zu sein.

Gab es denn keinen mehr, der zu ihm stand?

Wo war die Sekretärin, wo sein Stab?

Abraham ruft Aladin, funkte sein Hirn, Abraham ruft Aladin! – und schon schwebte der Bundespräsident in einer trunkbedingten Steifheit aus dem Saal, durch die Halle, in den Lift und hinauf in die erste Etage.

Hinter den Türen Geschnarchel – oder Totenstille.

Im offenen Fenster träumte sich die graue Stadt mit schwarzen, scharfzackigen Giebeln als verwegen stürmisches Meer, ihre Kirchtürme waren zu sinkenden Masten geworden, und nur Bossis Klinik, ein moderner Hochbau, behauptete mitten im Traumgewoge eine Wirklichkeit, gegen die kein Suff und keine Nacht jemals ankommen würden.

So hatte er Aladin noch nie gesehen. Rotköpfig lag er auf seiner Couch und drückte mit seiner behandschuhten Rechten ein Spray in den Mund. Atemnot. Ein allergischer Anfall. War Pfiff hier gewesen? Hatte die schwarze Ledermontur den Medienmann flachgelegt?

Bobo Carluzzi, noch immer im bestickten Mozartfrack, tänzelte mit seinen Schnallenschuhen um den Schreibtisch herum, offenbar nach Tabletten suchend, fand aber nur eine weiße Mundmaske, die er am Bändel hochhielt. »Wenn es noch lange so weitergeht«, zitierte er einen der berühmtesten Aladinsätze, »geht es nicht mehr lange so weiter.«

Kater schenkte sich einen Whisky ein und nahm am Schreibtisch Platz. »Braucht er einen Arzt?« fragte er.

Keine Antwort. Inzwischen hatte Carluzzi ein Damasttüchlein aus dem Ärmel gezaubert und tupfte damit etwas Eau de Cologne an die Schläfen des leidenden Stilisten.

Der Bundespräsident nippte schweigend am Glas.

In einem gegenüberliegenden Fenster spiegelte sich das B der Hotelreklame. Nur selten sirrte ein Wagen durch die Straßenschlucht, vermutlich Sipo, die im Regierungsbezirk patrouillierte. Da einzig die Schreibtischlampe brannte, war Aladin aus seiner Photogalerie verschwunden – teils hingen die Bilder dunkel an der Wand, teils vergleißten sie im Licht. Verband er seinen Besuch mit einer Absicht? Vielleicht. Vielleicht auch nicht. Es war eine typische Kateraktion – sein Instinkt hatte ihn geleitet, ja förmlich gezwungen, ohne Anmeldung oder Anklopfen in Aladins Cabinet einzudringen. »Marie hat schöne Komplimente bekommen«, sagte er zum Friseur.

»Tja«, meinte der, »dann will ich nicht länger stören.«

Sie waren jetzt allein, aber Aladin schwieg noch immer. Schwieg und lag und litt. Kater hatte der berühmten, auf sämtlichen Vernissagen und Stehempfängen bedauerten Allergie nie ganz getraut. Er wußte, daß die Reizung durch die im Leder enthaltenen Gerbstoffe bewirkt wurde; das löste Rötungen, Bläschen und im schlimmsten Fall Ekzeme aus, allerdings nur bei direktem Kontakt, und diesen – die weißen Handschuhe zeigten es – vermochte Aladin zu meiden. Nein, dachte Kater, nicht das Leder ist die Ursache seiner Anfälle. Der Produzent der zweiten Realität reagierte mit seinen Panikschüben auf die wirkliche Wirklichkeit. Kam er mit ihr in Berührung, wurde es sofort dramatisch: als hätte ihn eine Wespe gestochen. Fragte sich nur, wer oder was diese Wespe war ...

»Marie«, stöhnte Aladin plötzlich auf, »mein Gott,

wie kann sie nur! Vor König und Königin! Vor dem Nuntius! An der Ehrentafel! Auf dem Höhepunkt des Festes! Wir sind doch« – wieder japste er nach Luft – »keine Bananenrepublik!«

Kater rollte mit dem Sessel näher an die Couch heran. Eine Weile blieb es still.

»Warum hat sie das getan, Kater? Warum?!«

»Unser Kind liegt im Sterben. Pfiff hat daraus seinen Nutzen gezogen.«

»Aus dem Sterben eures Kindes?« fragte Aladin. »Verzeih, Kater, ich kann dir nicht folgen.«

»Er hat es geschafft, Marie und mich in eine heillose Lage zu manövrieren.«

»Pfiff? Das mußt du mir erklären, Kater! Inwiefern soll denn Pfiff – ausgerechnet er! – mit Maries Ausbruch zusammenhängen?!«

Es war noch keine sechs Stunden her, daß sich Aladin (draußen im Flur, vor der Anfahrt des Königs) von Pfiff und dessen Dispositionen distanziert hatte. Kater unterließ es jedoch, den Medienmann an sein Geflüster zu erinnern. »Marie«, erklärte er statt dessen, »hat auf das abgeänderte Damenprogramm reagiert. Sicher am falschen Ort, sicher übertrieben, mir zum Schaden, aber Marie« – Kater beugte sich vor – »ist völlig zu Recht ausgerastet. Pfiff wußte haargenau, was er uns mit diesem Klinikbesuch antut.«

»Das ist eine leere Behauptung.«

»Nein, Aladin, eine Tatsache! Ich Idiot gab Pfiff Pleinpouvoir, und Pfiff, analysebegabt, wie er ist, hat sofort überrissen, daß er mich mit einem einzigen Zug matt setzen kann.«

»Matt setzen? Soll das heißen, da wird ein Spiel gespielt?«

»Jawohl, alter Knabe. Ein Endspiel.«

»Lieber Freund«, rief Aladin aus, »ich habe keine Ahnung, wovon du redest!«

»Tatsächlich? Als wir uns das letzte Mal gesprochen haben, tönte es anders. Oder täusche ich mich?«

»Du, das muß ich dir jetzt ganz offen sagen – ich mache mir Sorgen. Große Sorgen!«

»Um mich?«

»Um das Land. Offenbar seid ihr beide – wie soll ich es ausdrücken? – durch die Krankheit eures Sohnes in ein gespanntes Feld geraten.«

»Nicht mehr zurechnungsfähig? War es das, was du sagen wolltest?«

»*Deine* Worte, Kater. Ich bin weder Arzt noch Psychologe, nur ein bescheiden seine Pflicht erfüllender Journalist, aber was heute abend geschehen ist« – er verdrehte die Augen – »sprengt wohl die Grenzen des Üblichen. Das ist ein ganz, ganz dicker Hund, Kater, und ich wage vorauszusagen, daß wir noch schwer an ihm zu würgen haben. Wir alle!«

»Die Königin hat mich ihrer Sympathie versichert.«

»Die hat doch ein Faible für so was! Heult gern und am liebsten öffentlich. Aber was sagt der König? Was meint das Außenministerium? Glaubst du wirklich, mit einer Erklärung könne man Maries Ungeheuerlichkeiten aus der Welt buchstabieren?! Die Spanier haben das Fest zum frühestmöglichen Zeitpunkt verlassen. Geradezu fluchtartig!«

»Sie waren müde.«

»Sofía soll kreidebleich gewesen sein.«

»Ja! Vor Müdigkeit! Und weil der Nuntius, dieser Dummbeutel, ohne Punkt und Komma geschnattert hat!«

»Und der stramme Bourbone? Don Juan Carlos, das sagen alle, verließ den Tisch mit hochrotem Kopf!«

»Er hat Fieber.«

»Wollen wir nicht auf dem Teppich bleiben? Auf dem Teppich und bei der Wahrheit? Juan Carlos, sagt der Nuntius, hat sich dermaßen echauffiert, daß ihn seine Sofía festhalten mußte. Er war außer sich! Er war« – wieder rang der Stilist nach Worten – »verletzt! In seiner Ehre verletzt! Und die Ehre, Kater, ist einem Spanier heilig. Mein Gott, erst ärgerst du den Nuntius mit dem großen Glockenläuten, und dann wird der Mann Zeuge eines Zwischenfalls, der uns in der diplomatischen Internationalen um jeglichen Kredit bringen wird.«

»Jetzt übertreibst du aber.«

»Ich übertreibe? Marie bezeichnet dich vor unseren Staatsgästen als pervers, und ich, der ich mir erlaube, dies einen Skandal zu nennen, *übertreibe?!?*«

»Das Wort pervers ist mir neu.«

»Es sei gefallen; der Nuntius schwört es.«

»Dann wird es ja stimmen.«

»Natürlich stimmt es. Marie hat Gott als grausam, die Politik als böse und dich, ihren Gatten, als einen perversen Ehrgeizling bezeichnet. Wir sind da sehr genau, weißt du. Wir fragen nach. Wir recherchieren. Und wir haben uns von verschiedenen Seiten, unter anderem von einer weltberühmten Primadonna, bestätigen lassen, Marie habe wörtlich gesagt, du hättest sie und deine Kinder systematisch in den moralischen Ruin getrieben.«

»Ich liebe meine Familie. Und ich glaube, meine Frau und meine Kinder lieben mich auch.«

»Marie lief davon! Wortlos! Wie eine Furie! Sie ließ dich sitzen, mein Lieber! Sie hat dich vernichtet! Und wenn du das Liebe nennst, tut mir leid, ist es eine höchst *perverse* Liebe.«

»Eine Zeitlang war ich nahe daran, Marie zu folgen und sofort meinen Rücktritt zu erklären.«

»Ach ja?«

Kater nickte.

»Wirst du es tun?«

Er lüpfte die Schultern.

»Ob es dir paßt oder nicht, Kater, diese Frage *stellt* sich uns!«

»Ich weiß«, flüsterte er. »Ich weiß, Aladin, was mir die Stunde geschlagen hat.«

»Du kannst ruhig laut reden!«

Kater schüttelte den Kopf.

»Doch, Kater! Ich will nicht, daß hier geflüstert wird. Wer nichts zu fürchten hat, hat nichts zu verbergen! Schließlich muß die Sipo auf dem laufenden bleiben, das ist doch ihr Job, verdammt noch mal! Das garantiert uns die innere Sicherheit! Ja, alter Knabe, ich halte Pfiff für einen hervorragenden Mann! Unsere Dienste arbeiten zusammen, und ich glaube sagen zu dürfen: mit größtem Erfolg! Die Sipo kümmert sich um die Hinter- und Untergründe, und ich darf mithelfen, den Vordergrund zu gestalten.«

Kater nickte grinsend. Offenbar schien es klar und beschlossen zu sein, daß ihn Maries Auftritt vom Thron gestürzt hatte – und daß nur einer in Frage kam, um Kater zu ersetzen: Pfiff. Das aber bedeutete, daß alle, die sich früher mal skeptisch über die Sipo geäußert hatten, ab sofort bestrebt waren, dem neuen Mann ihre Loyalität zu signalisieren. Keiner wollte zu spät kommen – Aladin schon gar nicht! »Ja«, fuhr er mit bebender Stimme fort, »wir sind Freunde! Wir mögen uns! Ich bewundere die Pfiffsche Rasanz, seine sprichwörtliche Effizienz, und Greti, weißt du, bewundere ich auch. Grad vorhin habe ich zum Carluzzi gesagt, wie sehr mir die Greti gefällt. Carluzzi, hab ich gesagt, diese ungeschminkte, natürliche Grazie – das schreit doch förmlich nach einer Kolumne!«

Hilflos tasteten die Handschuhe nach der Asthmapumpe –

und auf einmal begriff Kater, daß die Wirklichkeit, die den Realitätsproduzenten gestochen hatte, nichts anderes war als Angst. Jawohl: Angst. Aladin hatte Angst vor Pfiff, wohl auch vor Greti, denn Greti galt als prüde, war Moralistin, und ganz Bern wußte, daß diese Greti keine Ruhe geben würde, bis ihr Mann, der neue Innenminister, Carluzzis Salon mit eisernem Besen ausgekehrt hätte. Aladin konnte sich ausrechnen, was das hieß. Auch er – gerade er – würde ins Gerede kommen. Sein Kopf glühte, die Lider schwollen zu, und kein Spray der Welt würde stark genug sein, um die aus Mund und Augen lodernde Angst zu löschen. Kater ließ ihn noch eine Weile weiterpfitzen – pft, machte die Asthmapumpe, pft-pft! –, dann drehte er den Sessel zum Schreibtisch, zog ein leeres Papier aus dem Haufen und schrieb mit Filzstift ein einziges Wort: LULU.

Das Blatt legte er Aladin auf die Brust.

LULU? Aladins Lippen formten tonlos die Silben.

»Ja!« antwortete Kater so laut, daß die Sipo problemlos mithören konnte. »Du hast völlig recht, alter Knabe, Pfiff ist im Bild! Pfiff weiß Bescheid!«

Ich? LULU? Die weiße Clownshand stellte den Zeigefinger auf die eigene Brust.

Kater nickte. »Ich dachte, das hättest du gewußt.«

»Nein«, hauchte Aladin. »Der Name ist absolut neu für mich. Absolut überraschend. Und so unpassend! Lulu«, flüsterte er, »warum gerade Lulu?«

»Das«, sagte Kater, »mußt du Pfiff fragen.«

Er hatte Lust, sich einen weiteren Whisky einzugießen, hielt es aber für klüger, Lulu in seiner Panik allein zu lassen. So würde er von selbst auf den Gedanken kommen, daß ihn nur eines retten konnte, nämlich eine Koalition mit dem alten, angeschlagenen Kater. Hast du verstanden, Aladin? Ich bin dein Freund. Schlag dich auf meine Seite, und wir schaffen es, den gefährlichen Sipomann zu erledigen. Na, was ist? Bist du dabei?

Mit letzter Kraft zerknüllte Aladin das von Kater beschriebene Papier und stopfte den Knäuel in den ausgehöhlten Huf, den Carluzzi als Aschenbecher benutzt hatte. Vermutlich ein Geschenk von Pfiff. Aladin steckte das Blatt in Brand, und gemeinsam sahen sie zu, wie es langsam verkohlte, von einem glühenden Faden gerandet. Dann warf sich Aladin wieder auf die Couch, an der Hüfte, unter den Achseln und im Nacken sich kratzend, karchelnd wie ein Sterbender, und mit einem zufriedenen Grinsen betrat Kater den leeren Flur. Ab jetzt wurde gekämpft.

Pft, machte es in seinem Rücken, pft-pft!

Lautlos zog er die Tür zu und tigerte durch den Flur

zu seiner Suite. Dort ließ er sich im Frack auf das Doppelbett fallen. Er zog nicht einmal die Lackschuhe aus – obwohl seine Zehen heißer brannten als je.

Nur sieben Minuten, murmelte er, sieben Minuten Tiefschlaf, und er würde die Geschäfte wieder aufnehmen, frisch und erholt, frisch und erholt, frisch und erholt... Kater schlief ein.

An den Uhren kreisten die Zeiger, um die Türme die Raben. Aber auch hier, im ewig gleichen Tag, der sich wieder (und immer wieder) wiederholte, ging die Zeit ihren Gang. Am Vorabend der Hochfeste fuhr die Kaiserin vor, gebeugter von Besuch zu Besuch, und waren die Suitendiener, wie vom Hofprotokoll verlangt, ursprünglich zu viert gewesen, so waren sie bald nur noch zu dritt, dann zu zweit, und an einem Novemberabend, da die Zöglinge wieder einmal im Fenster lagen, um Ihre Majestät anfahren und aussteigen zu sehen, kämpfte sich hinter dem alten, mit dem Stock pochenden Adler und der strammen, wie stets als Jägerin kostümierten Kerssenbrock nur noch eine einzige, zeigerdünne Dienergestalt aus dem Fond. Langsam schob sich die ehemalige Weltenherrscherin durch den gelblich beleuchteten Nebel auf die Pforte zu, und der letzte ihrer Getreuen, der jetzt vier Taschen zu schleppen hatte, zwei in den Händen, zwei unter den Armen, zog wie ein Kuli hinter ihr her.

Lang hat es nicht gedauert, vielleicht nur Sekunden, Pfiff hatte ihm zwei Finger unters Kinn gehalten, den Kopf etwas angehoben, dann war er mit einem leisen Rauschen seines Kuttensaums hinter der Kuppel verschwunden. Kater hatte ihm damals nachgestaunt, glühend vor Scham. Aber warum? War etwas vorgefallen? Es sah fast danach aus, denn seither gingen sich Kater und Pfiff aus dem Weg, und in dieser Steinstadt, wo alle zu allen Zeiten denselben Geboten zu gehorchen, dieselben Aufgaben zu erfüllen hatten, war das gar nicht einfach. Gemeinsam wurde in den Schlafsälen geschlafen, in den Scheißhäusern geschissen; gemeinsam wurde gegessen, studiert, gebetet, und so wurde es für Pfiff und Kater, die beiden Nicht-Freunde, zu einer peinlich befolgten Spezialregel, *ihre* Gemeinsamkeit (die Begegnung im Dachstock) vor allen andern zu verheimlichen. Blickte Kater, ohne es zu merken, im Speisesaal umher, beugte sich Pfiff über den Teller und löffelte konzentriert die Suppe. Das Zwielicht, in dem sich ihr Atem vermischt hatte, schien wie ein Engel an ihren Kutten zu kleben, weshalb jeder bemüht war, nur ja nicht in die Nähe des andern zu kommen und dadurch zu verraten, daß ihre Begleiter (oder Verfolger) zusammenpaßten. Das Vergangene vergessen, hieß ihre Devise, den Engel abstreifen. Mensch werden. Vase sein. Und besonders dem älteren (der sich im Estrich als der Aktive, ja im eigentlichen Sinn als *Handelnder* erwiesen hatte: Mit seiner Hand hatte er Katers Kinn berührt!) ist diese Mensch- oder Vasenwerdung bestens geglückt. Sein Name verschwand. Kein Ruf, keine Eigenschaft, mittelprächtige Lateinnote, nirgendwo eine Schwäche, nirgendwo eine Stärke. Auf diese Weise entsprach Pfiff (oder das, was von ihm übrigblieb) geradezu vorbildlich dem Maßstab, der hier angelegt und im übrigen auch im Mathematikunterricht benutzt wurde: links die negativen Zahlen, rechts die positiven, und dazwischen, also strichgenau in der Mitte, die Nullstelle. Die traf Pfiff. Der allzeit aufmerksame Präfekt nahm es zur Kenntnis. Wer sich in Demut auf Null gebracht hatte, war voll und ganz zum Menschen geworden und durfte hinfort das eine oder andere Ämtlein übernehmen, um sein neues Menschentum an den Kameraden auszuleben. Pfiff schien diese Beförderung heiß ersehnt zu haben und erfüllte die Erwartungen, die die Präfektur in ihn setzte, so gut wie kein anderer. Er hatte Gehorsam erlernt, nun sollte er führen lernen. Er hatte sein Selbst unterdrückt, nun sollte er andere unterdrücken.

Eines Tages erkrankte der Deutschlehrer von Katers Klasse, und die Präfektur ordnete an, ein Maturand habe die Stundenaufsicht zu übernehmen. Dieser Maturand war der erklärte Lieblingsjünger des Gütigen, nämlich Pfiff (oder das, was von ihm übriggeblieben war), und so sind die beiden Nicht-Freunde, die sich während eines vollen Jahres konsequent aus dem Weg gegangen waren, doch noch aneinandergeraten.

Der zum Aufseher ernannte Pfiff führte Katers Klasse ins Schiff der Wallfahrtskirche. Ihre Aufgabe: Sie sollten das pompöse Abendmahl, mit dem C. D. Asam, ein berühmter Barockkünstler, die höchste Kuppel ausgestaltet hatte, in einer möglichst genauen Beschreibung wiedergeben. Die Zöglinge legten die mitgeführten Kartonmappen auf ihre Oberschenkel, schlugen die Hefte auf, kippten die Schädel in die Nacken und versuchten nun, den schwindelerregenden Abgrund über ihnen in sämtlichen Einzelheiten zu erfassen. Der Aufseher umflatterte sie wie ein Geier. »Radieren und Flüstern«, heiserte er, »strictissime verboten!«

Als die meisten genug beobachtet und bereits mit der Niederschrift begonnen hatten, staunte Kater noch immer nach oben. Es war ein trüber Nachmittag. Die Kanzeluhr bimmelte die dritte Stunde, doch im Innern begann es bereits zu dämmern, die Nischen wurden dunkler, die Statuen flacher. Und dann geschah's – was eben noch Asams Gemälde gewesen war, hatte sich miteins in ein Raumschiff verwandelt, das hoch oben zwischen Tag und Nacht balancierte, zwischen Himmel und Erde.

Da er dem uhrenreparierenden Vater für immer entkommen wollte (wohl auch den stummen Fischern, ja dem gesamten Seedorf), war Jules Verne, der Beschwörer künftiger Welten, Katers Lieblingsautor. Deshalb sah er nicht verstört, eher begeistert nach oben – so oder ähnlich hatte er sich die Zukunft schon immer vorgestellt. Reglos und stumm hockte die Besatzung am Kommandopult, die Gesichter fahl, die Blicke entrückt, kein Zweifel, der Geist dieser Raumfahrer lebte in anderen Galaxien. Aber was ist denn das? Was lauert unter der Abendmahlstafel, äugt blinzelnd hervor und lappt gierig einen Teller leer?

Eine Katze!

Mit dem Raumschiff ist eine Katze eingeschwebt, und heißa! – auf einmal weiß Kater, weiß und sieht und fühlt es: Ich bin nicht mehr allein. Der Katze ergeht es wie mir. Leben will sie, leben, fressen, lieben, denn anders als die Apostel, die gewaltige Vasen sind, reine Bereitschaft, offen für Gott, dankbar fürs Brot, funkelt das unterm Tisch fressende Tier vor Hunger, Lust und Leben. Fast hätte der Zögling, der seit Jahr und Tag bemüht war, sein Katerwesen abzutöten, vor Freude gejauchzt. Aber dann beugte er sich über sein Heft und entwarf in leichten Sätzen, ohne die schleckende Katze zu erwähnen, ein aus Luft, Licht und Dämmerung gewobenes Gefährt, das hoch über den Menschen gleichzeitig Vergangenheit und Zukunft sei, also Gegenwart, aber ewig, schwerelos und schön.

Nach der Schule ließ ihn Pfiff aus dem Studiensaal herausrufen. Er hatte Katers Heft in der Hand, grinste ihn an und fragte: »Dreckskerl, wo hast du das her?«

Kater wußte, daß ihm der Aufsatz gelungen war. Das schien auch Pfiff, der ihn offenbar gelesen hatte, bemerkt zu haben. Jetzt begab er sich in eine Fensternische, steifte den Rücken und sagte zum Hof hinaus: »Ich gebe dir eine letzte Chance. Leg ein Geständnis ab. Gib zu, daß du betrogen hast, und ich will alles tun, um dich auf den rechten Weg zurückzuführen.«

Nur mit Mühe verbarg Kater seinen Triumph. »Verzeihung, alter Knabe. Ich weiß nicht, was du meinst.«

Da fuhr Pfiff herum. Sekundenlang starrten sie einander an. »Das da«, schrie der Aufseher plötzlich, das Heft um Katers Ohren pfitzend, »wo hast du es her?!«

»Aus mir selber.«

»Du lügst!«

»Nein.«

»Doch, alter Knabe. Du hast auf plumpe Weise betrogen. Dieser Aufsatz stammt nicht von dir.«

»Mensch, Pfiff, du hast uns doch die ganze Zeit beobachtet. Wie soll ich da abgeschrieben haben?«

»Das frag ich dich«, zischte Pfiff. »Und ich rate dir sehr, versuch nicht, den Betrug zu leugnen.«

»Ich habe nicht betrogen. Wort für Wort, Satz für Satz floß aus meiner Feder.«

»Bittschön«, bemerkte Pfiff, »dann legen wir die Sache unserem Vater vor.«

Die Präfektur war ein saalgroßer Raum. Drei Kugellampen aus Milchglas hingen von der hohen Decke; die Fenster waren in dicke Nischen eingelassen, und die schwarzgebeizten Schranktüren, die in verschiedene Zellchen und Kästen führten, gaben dem Raum etwas Düsteres, etwas von Durchgang, Zoll und Wartehalle. Von irgendwoher drang leise ein Ticken; auch die Zeit hatte der Gütige ein- und weggeschlossen, auch sie, wie die Toilette oder das Bett, empfand er als obszön.

Kater fuhr herum. Der Gütige stand drohend und dunkel im Raum, die Lippen wie stets ein wenig offen, und rieb sich mit einem Handtuch die Hände trocken. Aus einer Fitneßzelle war er gekommen – ehemalige Zöglinge, die durch ihn zu Menschen geworden waren, hatten sie ihm gestiftet.

Pfiff stellte sich auf die Zehenspitzen und flüsterte dem Präfekten eine längere Rede ins Ohr: »Abgeschrieben ... geleugnet ... profilieren ... Sauerei ... Denkzettel ... durchgreifen!«

Der Gütige nickte und nickte. Dann schob er die Brille in die Stirn und begann zu lesen. Pfiff hatte indessen einen Schrank geöffnet, stieg hinein und knipste, nachdem er an einem eingebauten Pültchen Platz genommen hatte, eine Lampe mit chartreusegrüner Haube an. Dann schob er in der Wand eine Klappe hoch und linste durch ein augengroßes Loch in den anschließenden Studiensaal hinaus. Auch das gehörte neuerdings zu seinen Pflichten – er observierte seine Kameraden und kreidete jeden Schwätzer auf einer Schiefertafel an.

»Meine Söhne«, sprach der Gütige nach längerem Schweigen, »das hat ein Dichter geschrieben.«

Kater lächelte. »Ich«, sagte er leise.

»Du?«

»Ja. Ich.«

Der Präfekt, die Hände auf dem Rücken, stand in einer Fensternische, und auf dem Sims lag das offene Heft. »Warum lügst du, mein Sohn? Wen willst du betrügen – deine Kameraden, deinen Präfekten oder am Ende gar dich selbst?«

»Ich habe nicht betrogen.«

»Doch, mein Sohn.«

Wie sollte er dem Gütigen klarmachen, daß er die Wahrheit sprach? Es gab nur eine Möglichkeit. »Ich schwöre bei Unserer Lieben Frau, der Gnadenmutter, daß dieser Text von mir ist.«

»Du schwörst es?«

»Jawohl, mein Vater.«

Pfiffs Vogelauge hing noch immer am Guckloch. Draußen hockten an die hundert Kutten, schrieben den Monatsbrief an die Eltern, lösten Gleichungen, lasen Thukydides, bohrten in der Nase, ließen Winde fahren, und siehe: Sie waren maßvoll und mäßig, und die Obervase, nach der sie geformt wurden, lebte mit ihnen und in ihnen – sie war ihr Denken und ihr Fühlen, ihre Leere und ihre Schale.

Erst jetzt begriff Kater, daß ihm ein böser Fehler unterlaufen war. Ein Fehler? Nein, schlimmer, viel schlimmer: Er hatte Talent gezeigt! Nicht mäßig, unmäßig wollte er sein, nicht menschlich, sondern etwas Besonderes, und das galt hier, wo Massenware produziert wurde, Vasenware, als Verbrechen. Die Stille bebte. Starr stand der Gütige da. Starr vor Abscheu. Nur noch mit Mühe schien er sich zurückzuhalten, dann fuhr sein Ärmel hoch, flatternd wie ein Flügel –

Kater zog den Kopf ein, schloß die Augen, und die Schultern, als könnte er Deckung in sich selber suchen, drückte er nach oben. Im Schreibschrank kratzte die Kreide, im Uhrenschrank die Zeit. Mein Gott, dachte er, jetzt wissen sie, daß ich anders bin, keiner von ihnen: ein fremdes, wildes Tier. Aber als er die Verbuckelung zu lösen, die Augen wieder zu öffnen und unter der gerunzelten Stirn vorsichtig hochzublinzeln wagte, setzte die Hand, die ausholend hochgefahren war, nicht zum Schlag an – sie gab ihm den Segen: »In nomine patris, et filii, et spiritus sancti!«

»Amen«, ergänzte der Zögling.

Der Präfekt zerriß das Aufsatzheft. Dann wandte er sich ab, von Ekel gepeinigt. Schluchzend ging der Zögling hinaus. Fortan hielt er sich unter Kontrolle. Das Schreiben wurde ihm zur Qual. Seine ersten Reden entwarf Marie, dann arbeitete Pfiff für ihn, schließlich der Stab. Sicher, hie und da fügte Kater ein paar eigene Zeilen an, meist mit A-Wörtern gespickt, aber er hütete sich, sein Wesen durch Sätze zu verraten.

Ja, selber schrieb er kaum noch – der Politiker *ließ* schreiben, und vielleicht, wer weiß, hat er schon zur Zeit des spanischen Staatsbesuchs gewußt, zumindest geahnt, daß ich, sein ältester Sohn, das von ihm ererbte Talent eines Tages nutzen werde, um mich in sein Fell zu hüllen und durch das nächtige Bern zu tigern.

Als er sein Büro erreicht hatte, war es kurz vor zwei. Er knipste nur die Pultlampe an, so daß sich der saalgroße Raum im Dunkel verlor. In den hohen Fenstern schimmerte eine fahle Helle, und schließlich entstand auf den Wandschränken, aus denen ein leises Ticken drang, ein tiefschwarzer Firnis. Nicht viel hätte gefehlt, und Kater wäre aufgesprungen, um eine Tür aufzureißen – es kam ihm vor, als würde der junge Pfiff noch immer am Pültchen sitzen, von der chartreusegrünen Lampe in ein giftiges Licht getaucht. War die Vergangenheit nicht gar so vergangen, wie er immer geglaubt hatte?

Am Vorabend des Krieges, als man sich wiederum über den Weg gelaufen war, nun mit Brustband und Bierzipfel, das Käppi schräg am Schädel, hatte Kater zwar den Gruß verweigert, Pfiff jedoch, sein Vulgo trefflich beglaubigend, war pfiffig genug gewesen, die Geste nicht mit früheren Zeiten in Verbindung zu bringen. Über den Aufsatz war nie ein Wort gefallen, auch nicht über Marie, und erst vor einigen Jahren, als sein Sipochef die Absicht geäußert hatte, den Sicherheitstresor als Fitneßzelle zu tarnen – »Erinnerst du dich, alter Knabe? Auch unser Vater, der Gütige, hat zwischendurch ein wenig geturnt« –, begann im zukunftsorientierten Innenminister der Verdacht zu keimen, ihre reibungslose, allgemein als effizient gefeierte Zusammenarbeit würde die alten Geschichten, ob sie nun die Klosterschule betrafen oder Marie, nur oberflächlich überdecken.

Kater fuhr zusammen.

War er wieder eingenickt? Hatte er nicht gemerkt, daß das Telephon surrte? Pfiff? Oder Aladin? Hatte Aladin, vom Übernamen aufgeschreckt, mitten in der Nacht auf Akteneinsicht bestanden?

Der Schweiß brach ihm aus. »Ja?«

»Herr Bundespräsident«, meldete der Nachtpförtner, »Ihre Frau ist da.«

»Wer?«

»Die Frau Bundespräsident.«

»Sie soll warten. Ich komme runter.«

Als er das Fenster schloß, schlug es zwei. Auf den Zinnen sah er einen glühenden Punkt von Schatten zu Schatten schweben – offenbar ließ die sich langweilende Sipo einen Joint kreisen. Kater zog die Vorhänge. Es war durchaus möglich, daß dort drüben auch Pfiff auf Posto stand, das schwarze Hütlein auf dem Kopf, und durch seinen Feldstecher das Büro des Präsidenten observierte. Ja, er fühlte sich von Pfiff umzingelt, das Ledermäntelchen war jetzt überall, in der Gegenwart und in der Vergangenheit, auf den Dächern und im Schrank, und seine Hoffnung, den Sipochef noch in dieser Nacht auszuschalten, sank so rapide wie der Lift, der ihn seiner Frau entgegenfallen ließ. War sie gekommen, um ihren Mann um Verzeihung zu bitten? Zischend fuhr die Stahltür auseinander, und was die Entreehalle in klatschenden Sätzen durchquerte, war nicht mehr der Bundespräsident – das war der große Kater.

Ihre Lippen entblößten feucht schimmernde Zähne, ihre Augen bleckten sich, wurden leer, weiß, feucht – Nägel krallten sich in seine Schulter, ihr Unterleib stemmte sich hoch, ein Klatschen, ein Schnalzen, jetzt ein Schrei, dann ein Wimmern, ein Stöhnen, der Kopf, den sie eben noch hin- und hergeworfen hatte, beruhigte sich, die Lippen lächelten, und plötzlich hatte die Frau die Pupillen wieder drin.

Eine Weile lagen sie stumm nebeneinander, Kater schnaufend und schweißübergossen, Marie wie tot. Es stank nach einem billigen Parfüm, im Schirmständer stak eine schwarze Peitsche, und über die Fußleiste der eisernen Bettstatt waren Hand- und Fußfesseln gehängt. Die Tapete hatte ein Blumenmuster, aber die Blüten waren verblaßt, wie von Schnee bedeckt. Endlich fragte Marie: »Bist du öfter hier?«

Das Zimmer lag unter Straßenhöhe, und von Zeit zu Zeit, wenn Nachtschwärmer durch die Lauben torkelten, widerhallten im Fensterschacht die Stimmen, die Schritte. »Nein, nicht oft«, antwortete Kater.

»Aber du kennst die Wirtin?«

»Flüchtig.«

»Hast du mit ihr geschlafen?«

»Früher mal.«

»In diesem Zimmer?«

»Sie benutzen es zu dritt. Die Wirtin und zwei Nutten.«

»Hast du auch mit den Nutten geschlafen?«

»Interessiert es dich?«

»Nein«, sagte Marie. »Eigentlich nicht.«

Wie ein Freier lag er auf dem zerwühlten, grau verschwitzten Laken, eingesperrt in eine muffig nach Schweiß und Sperma riechende Einsamkeit. War dies das Ende ihrer Ehe? Hörte in dieser Absteige auf, was unter Sternen begonnen hatte?

Es war alles so schnell gegangen, daß er sich kaum erinnern konnte, wie sie in dieses Zimmer geraten waren. Der Pförtner hatte ihnen ein Taxi besorgt, Kater war die Absteige eingefallen, der Name der Wirtin und die Adresse, spöttisch hatte der Fahrer genickt, ein schelmischer Mitwisser, und dann, plötzlich war unter ihm ein fremdes Gesicht gewesen, die verschmierte Maske der Kriegerin, gebleckt die Augen, gebleckt die Zähne – das war alles, was er noch wußte. Jetzt stieg Marie aus dem Bett, noch immer im *Corselet,* sie hatte es nicht ausgezogen, nur zwischen den Beinen aufgehakt. Empfand sie seinen Blick als obszön? Mein Kätzchen, dachte er, komm, laß uns alles vergessen! Laß uns noch einmal von vorn anfangen, aber ohne Politik, ohne Kinder, nur wir zwei, und über uns die schleiernden Milchstraßen und all diese Sterne, die am Himmel kreisen wie Fäuste, rot, grün und weiß geschweift.

Sie langte mit der Linken zwischen den Beinen hindurch, ging leicht in die Knie, erwischte den Spickel, hielt inne und fragte: »Bist du in Ordnung, Kater?«

»Bißchen müde.«

»Wir haben dich im Fernsehen gesehen. Das mit den beiden Spanierinnen war prima.«

»Mit den Spanierinnen?«

»Vor dem Bellevue. Als du den König empfangen hast. Deine Söhne fanden dich sehr gut.«

»Ist der Ältere da?«

»Ja. Für die Dauer des Staatsbesuchs kümmert er sich um seinen Bruder.«

»Wir haben uns lange nicht gesehen.«

»Wie hast du dich mit dem König unterhalten?«

»Er gefällt mir von Tag zu Tag besser.«

»Ja.« Marie verhakte den Spickel mit den Ösen des *Corselets.* »Er hat uns auf seine Jacht eingeladen.«

»Am liebsten ißt er Pommes frites.«

»Der König?«

»Pommes frites und Spiegeleier.«

»Ach ja. Der Nuntius hat mit seinem Geheimwissen geblufft...«

Sie stellte sich an die Spiegelkommode und wischte sich die Maske mit Kleenextüchern ab. Wenn sie sich heftig bewegte, klatschten die Strumpfbändel um ihre Oberschenkel, und Kater gierte danach, sie noch einmal zu nehmen.

»Was hast du vor?«

Er lüpfte die Schultern.

»Wie soll es weitergehen?«

»Mit uns?«

»Mit dem Staatsbesuch.«

»Aladin hält zu mir.«

»Bist du sicher?«

»Absolut«, log er. »Solange wir verbündet sind, hat Pfiff keine Chance.«

»Da wäre ich nicht so sicher.«

Sie klappte ein goldenes Döschen auf und schminkte ihre Lippen.

»Wenn ich an unsere Ehe denke«, hörte er sich auf einmal sagen, »könnte ich heulen.«

»Dann tu's«, antwortete sie, während der rote Stift über die Unterlippe fuhr.

»Ich weiß genau, wann es passiert ist – am Tag, da sie unseren Jüngsten nach Bern gefahren haben. Seither ist es aus. Wir haben nicht mehr miteinander geschlafen.«

»Eben haben wir's getan, oder nicht?«

Als würde sie einen verwunschenen Teich betreten, stieg Marie in ihr Kleid hinein.

»Ich treibe Selbstbefriedigung«, erklärte Kater. »Eine Zeitlang habe ich darunter gelitten, auch religiös. Dann habe ich gebeichtet. Es geschah auf Vorschlag von Pfiff. Der Nuntius konnte mir helfen. Da wurde es besser.«

Sie stellte ihren linken Fuß auf den Plüschhocker und begann, den schwarzen Strumpf hochzuziehen. Dabei ließ sie ihn nicht aus dem Blick. »Kater?«

»Ja, Marie?«

»Wie sicher ist dieses Zimmer?«

»Drüben im Lokal verkehren Kellner. Die meisten arbeiten für die Sipo.«

Flüsternd: »Kann er uns hören?«

»Pfiff? Nein. Als ich das letzte Mal hier war, haben sie offen über ihn geredet.«

»Ich verstehe.« Marie lächelte. »Sich selber hören sie nicht ab.«

Auch Kater lächelte. Der Schlafschacht hatte sich geöffnet, und er brauchte seine ganze Kraft, um nicht hineinzugleiten und irgendwo dort unten, in einer schlaffen Seligkeit, sich selbst und Marie zu verlieren. Endlich gab er sich einen Ruck. »Marie«, fragte er, »warum bist du gekommen?«

Sie knipste den Strumpf an die Bändel des *Corselets.* »Weißt du es nicht?«

»Ich kann es nur ahnen.«

Sie strich das Kleid über den Oberschenkeln glatt und schlüpfte in die Schuhe. Dann hielt sie ihr Gesicht nah an den Spiegel, hakte den Zeigefinger in die Unterlippe und kontrollierte ihr Zahnfleisch. Mit den Jahren werden die Zähne länger, dachte Kater. Die Zähne länger, der Atem kürzer. Aber Marie wußte das zu kaschieren. Sie zog den Lidstrich nach, tupfte etwas Puder auf die Wangen und zog dann die von Carluzzi gestaltete Perücke, die sie vollends von ihrem Mann entfernte, vorsichtig über das eigene, glattgestrichene Haar. Sie war nun eine junge und elegante Frau geworden, indes er, das alte graue Tier, noch immer im Bett hockte, den Nacken ans Gitter gelegt, zu kaputt, zu verbraucht, um richtig jagen und killen und lieben zu können.

Sie setzte den breitrandigen Hut auf und ließ ihn über den Schultern ein wenig wippen. Alles an ihr war bereit, dem Mann Adieu zu winken.

»Kennst du das Land Morija?«

Sie schüttelte den Kopf, wieder flügelte der Hutrand.

»Dort sollte Abraham seinen Sohn abschlachten.«

Sie schob die Sonnenbrille vor die Augen. »Ach so. Abraham.«

»Ja, Marie. Ich bin Kater Abraham«, bekannte er grinsend. »Ich habe Aladin darum gebeten, von der medialen Ausschlachtung unseres Kindes Abstand zu nehmen.«

»Wie stellst du dir das vor?«

»Simpel und einfach. Du besuchst mit der Königin die Klinik. Nur ihr zwei. Ohne Entourage.«

»Ohne?«

»Ja. Ohne Kameras, ohne Journalisten, ohne Sipo.«

»Kater«, sagte sie kalt, »das ist eine hirnverbrannte Idee. Das geht doch nicht!«

»Es *muß* gehen.«

»Warum sollte die Königin eine Klinik besuchen, wenn sie nicht gefilmt oder photographiert wird? Das wäre doch völliger Unsinn, oder nicht?«

War es Zynismus? Oder meinte sie ihre Worte ernst? Marie hatte es geschafft, für Kater ein Rätsel zu werden, und er ahnte, daß er weder die Zeit noch die Kraft haben werde, es zu lösen. Sie war auf dem Sprung. Nur das Cape fehlte noch, ein bunter Sommertraum von Emilio Pucci. Jetzt zog sie es vom Stuhl, schlang es um die Schultern, und ihr Lächeln zeigte an: Das war's, Kater. Sieh zu, wie du über die letzten Runden kommst!

»Nein«, entfuhr es ihm, »warte!«

»Worauf?«

»Marie, ich bin unschuldig! Ich schwör's dir! Das korrigierte Damenprogramm ist Pfiffs Rache. Darauf hat er gewartet. Vermutlich seit Jahren. Seit unserer Heirat!«

Um ihre Lippen zuckte ein verächtliches Grinsen. »Er hat dich reingelegt...«

»Ja, Marie.«

»Nicht sehr fair von ihm.«

Aber raffiniert, hätte er gern hinzugefügt, ein sauberes Matt. »Ich halte euch die Presse vom Hals – das ist alles, was ich tun kann.«

»Sofern Aladin mitspielt.«

»Warum zweifelst du daran?«

»Ich lese seine Kolumnen.«

Was sollte er darauf antworten? Marie hatte recht. Aladin begeisterte sich stets für den starken Mann.

Plötzlich schien ihr etwas einzufallen. Sie sagte: »Abraham hat seinen Sohn nicht geschlachtet, hab ich recht?«

»Er hat statt dessen ein Tier geopfert.«

»Ah ja?« bemerkte sie lächelnd. »Er hat statt dessen ein Tier geopfert.«

Katers Unterkiefer erschlaffte. Der Mund offen, die Augen geweitet: So starrte er sie an. »Du meinst, ich soll zurücktreten?«

»Wie du vorgehst, ist mir egal.« Sie schlüpfte in dünne Handschuhe. Dann knetete sie mit den Fingern die Luft und sagte: »Hauptsache, der Klinikbesuch wird gestrichen.«

»Gestrichen?«

»Ja. Gestrichen. Ohne Wenn und Aber. Unser Kind liegt im Sterben.«

»Marie«, stammelte er, »der Klinikbesuch hat so gut wie stattgefunden!«

»In den Medien«, erklärte sie, »in der Wirklichkeit noch nicht. Also?«

»Also was?«

»Finde das Tier, das anstelle unseres Sohnes geschlachtet wird.« Sie legte die Hand auf die Türfalle. »Kater, es war sehr schön. Mach's gut! Adieu.«

Er lag rücklings auf dem Bett und starrte zur Decke. In den oberen Etagen rauschte eine Spülung, dann gluckerte sie durch die Wand und plumpste tief unter der Stadt in einen träg dahinziehenden Kanal. Es war ein papierumwickelter Kothaufen, der von der Strömung abgetrieben wurde, bis er in einer Grotte liegenblieb. Dort ruhte das Wasser, und auf einmal hatte der witternde Kater das Gefühl, unter der Stadt herrsche ein schöner, stiller Friede.

Es war drei Uhr morgens. Da die Frühschicht in den Vororten bereits die Klosetts bezogen hatte, eine Tasse Nescafé in der Hand, begann der Kloakenspiegel langsam zu steigen, in den Kanälen zog die Strömung an, und in einem Bootswrack, das an eine Wand gekettet war, rauschten die Strudel.

Kater atmete schwer. Wer konnte ihm jetzt noch helfen?

Mit letzter Kraft stand er auf, zog sich an, gelangte ins Treppenhaus (wo es noch immer nach Marie roch), stieß die Tür zur Gaststube auf, gab am Tresen den Zimmerschlüssel zurück und hockte sich dann an einen leeren Tisch.

Lange blieb er nicht allein.

Ringsum hatten die Nachtclubs zugemacht, und in Rudeln trafen die Kellner ein, um hier unten, chez Claire, ein letztes Bierchen zu zischen. »Ist es erlaubt?« fragte ein Junger.

Eine ganze Gruppe nahm Platz. »Bis jetzt gearbeitet?«

»Ja.« Kater nickte müde. »Bis jetzt.«

»Aus dem Bellevue?«

»Ich?«

»Du trägst einen Frack. War sie nett, die Königin?«

»Die Königin? Ja. Sehr nett.«

»Mensch, Alter, sag bloß«, rief der Junge begeistert, »du hast die Königs gehabt? Dann bist du ja eine Berühmtheit!«

Kater gab eine Runde aus, orderte für sich eine Flasche Fernet, trank und grinste mit, und obwohl sich seine Tischgenossen unentwegt mit ihrer Menschenkenntnis brüsteten, kam keiner von ihnen auf die Idee, der schweigende Herr könnte ein hohes Tier sein: der Bundespräsident. Er ließ sie plappern. Wie komme ich aus der Scheiße heraus, fragte er sich, was stelle ich an, um Maries Forderung zu erfüllen?

Einmal sagte der Junge: »He, Alter, geht dir das immer so? Du kommst rein, und die Weiber fliegen auf dich?«

Gelächter.

»Nein«, machte er. »Wieso?«

»Claire gafft dauernd herüber. Sie mag dich, die Kleine. Mir ist das mal in Montreux passiert.« Er blies genüßlich den Rauch unter die Lampe. »Montreux-Palace. Schon am ersten Abend zieht mich Madame ins Bett. Ehrlich! die Chefin! Legt mich flach und rutscht auf mir rum, bis ich fast den Verstand verliere. Aber das war erst der Anfang. Am nächsten Abend will sie wieder, und wieder geht die Post ab. Da sag ich: ›Madame‹, sag ich, ›Sie haben doch haufenweise freie Suiten. Was halten Sie davon, wenn wir ein besseres Quartier beziehen?‹ Sagt sie, und zwar wörtlich: ›Nein. Hier will ich dich haben. Hier, in diesem verlausten Kabuff, auf dieser verwichsten Matratze gefällst du mir am besten, du ... du ...‹ irgendwas mit A, das Wort hab ich vergessen.«

»Arsch«, grölte einer.

»Adonis«, korrigierte Kater.

»Ja«, meinte der Junge, »könnte sein. Adonis! Freunde,

das war eine harte Saison, hart, aber schön. Trinken wir noch einen?«

Nach einem langen Schweigen sagte der Junge: »Sag mal, Alter, ist Edi noch bei euch?«

»Nein«, antwortete Kater, »den haben sie pensioniert.«

»Hast du ihn gekannt?«

»Wir waren Freunde.«

»Edis Freunde«, erklärte der Junge, »haben Flossen. Kiemen. Freunde« – seine Augen schielten an Kater vorbei – »hatte Edi nicht.«

Einer sagte: »Fische!«

Und ein anderer: »Wie kann man als Kellner Fische lieben! Etwas Heikleres gibt es nicht. Kaum auf dem Teller, sind sie kalt.«

In Katers Glas hatte sich die schwarze Flüßigkeit konzentrisch gerillt, durch die Gasse wälzte sich ein Beben, vermutlich gepanzerte Spähwagen, *business as usual,* alles unter Kontrolle, alles i. O.

I. O.? Oh, nein! Er brauchte ein Tier. Ein Tier, das sich als Schlachtopfer abstechen und fettzischend verbrennen ließ. Eine Musikbox leuchtete wie ein Altar aus der Düsternis, langgezogene Töne wimmerten, WISH YOU WERE HERE, und dann, als hätte das Wünschen geholfen, tauchte am Tisch eine neue Gestalt auf. Ebenfalls Kellner. Aber was für einer! Die Haare in der Mitte gescheitelt, die Hände lang und gepflegt, die Wangen gepudert, so schraubte er sich elegant in die Runde, seiner Bedeutung gewiß. »Ihr glaubt es nicht«, flüsterte der Typ, »aber ich weiß es aus einer sicheren Quelle, der Bundespräsident ist hinüber!«

»Der Bundespräsident?«

»Ja, der Bundespräsident. Mutterseelenallein saß er nach dem Frackdiner im Saal. Mutterseelenallein!«

»Der Bundespräsident!« riefen die Kellner im Chor.

Da wandte sich der Junge an Kater und sagte: »He, Alter! Du bist doch aus dem Bellevue. Ist das wahr? Ist der Präsident hinüber?«

Sollte er lachen oder heulen? Da war man Herr über Wetterstationen und Hochschulen, empfing Könige und baute Autobahnen, aber in der wirklichen Wirklichkeit war man nicht mehr vorhanden. Für sein Volk gab es den Präsidenten nur noch auf dem Bildschirm. Oder in Schaufenstern. Oder als Schlagzeile: SKANDAL BEIM FRACKDINER!

Wieder rillte sich die Fernetbrühe, wieder rasselte oben eine Patrouille, Spähpanzer im Morgengrauen, und verdammt noch mal, was war mit diesem Boden los? Warum kippte er in die Schräge? Mit letzter Kraft stand Kater auf und torkelte hinaus, auf die Toilette.

Gekachelte Wände, ein gleißendes Licht.

Hauptsache, er konnte die kühle Luft atmen, etwas Wasser trinken, hielt sich am Spülbecken fest, wollte tauchen, nach dem Strahl schnappen, aber halt, aber holla, aus dem Spiegel starrte eine ganze Reihe von Bundespräsidenten, und sämtliche Bundespräsidenten, die man in der Tat für eine Kellnerbrigade halten konnte, richteten ihre Augen unverwandt auf ihn, Kater, der unverwandt auf die starrenden Präsidenten starrte.

Sie troffen vor Schweiß.

Sie glühten vor Hitze.

Sie schmorten in der heißesten, weißesten Sonne, indes er, Kater, zwar ebenfalls schwitzte, aber verdammt noch mal – ihn fror's wie im Winter.

Er winselte vor Kälte.

Er schlotterte an allen Gliedern.

»Du?« fragte er. »Bist du's wirklich?«

Dann wurde ihm übel. Der Kopf klappte nach vorn, und in einem Schwall erbrach er seine Schnäpse, den Whisky und das süßlich riechende Diner. Die Präsidenten waren jetzt wächsern, fast durchsichtig, und ihre rotgeränderten Augen schielten paarweise an ihm vorbei in die kirchengroße, weißgekachelte, von plitschenden Tropfen durchhallte Toilette.

Er drehte den Wasserhahn auf und kam nicht umhin, die silbrige Röhre großartig zu finden. Großartig! Nur ein Ding, aber den Menschen unendlich überlegen. Wie die Stubenuhr. Ja, nimm zum Beispiel die Stubenuhr. Während ein Geschlecht nach dem andern in die Gräber krabbelt, hängt stets dieselbe Uhr an der Wand und läßt ihre Stunden wie Gongblasen ins Unendliche entschweben. Die Uhr hat eine andere Zeit als wir Menschen, und dieser Hahn hat eine andere Zeit, und deshalb, verstehst du, habe ich Autobahnen gebaut, ein ganzes Netz von Nationalstraßen, deren Betonbänder das Land und die Zeit zusammenhalten.

Mit wem sprach er? »He«, flüsterte er ins Leere, »wer bist du?«

Niemand.

»Großer Niemand, bist du's?«

Keine Antwort. Die Präsidenten glotzen.

Wie lange ist es her, seit er sich im Feuer verirrt hat?

Eine Ewigkeit, aber die Tieraugen hat er nie mehr vergessen, ihr blubberndes Hervorbrechen aus schwarzen Kadavern, und dort, siehst du, stapft der große Habernoll mit wehendem Mantel über die rauchenden Trümmer, tritt verkohlte Balken entzwei, stößt sein Schlachtmesser in die Leiber, M wie Morija, Erinnerung an Hügel, an Höhen, ja, denkt er, auf einem Hügel waren die Tiere verbrannt, und morgen, nein, heute, in wenigen Stunden, würde er mit dem König auf dem Col des Mosses stehen, von Raketen umzischt, von Staffeln umdonnert, alles geht auf, alles zerfällt, A wie Abraham, Z wie Zero.

Zero? Nein. Noch hat er Zeit. Und noch hat er die Macht, mit dieser Zeit zu spielen...

Kater wußte jetzt, wie er vorgehen würde.

III

A *wie Abraham.* 20. Juli 1979. Um 4 Uhr früh, kurz vor Sonnenaufgang, saß der Bundespräsident hinter dem großen, leeren Pult, klammerte die Pranken um die Lehnen und ließ den todmüden Kopf in den Nacken sinken, doch nicht in den Schlaf, vielmehr in ein zartbläuliches Erwachen hinein, in die allmähliche Entstehung der Farben und Formen aus dem Zurückfluten der Nacht. Noch waren die Bilder grau, die Dinge flach; noch verharrten die Giebel und Zinnen, die postierten Sipos und die steinernen Urväter als nächtige Masse vor einer rötlichen Himmelshelle. Noch waren die Schatten bleich, unscharf die Ränder, und hinter den Schranktüren schien die Vergangenheit lebendiger zu sein als der anbrechende Tag. In seiner Schreibkoje notierte der grünlich verweste Pfiff die Namen von Schwätzern und Furzern, und die Uhr, die aus einem der Schränke tickte, gehörte zur Präfektur, nicht zur Machtzentrale des Innenministers. Ja, noch war die Nacht stärker als der Morgen, und Hodlers Krieger, über den Schränken aus der Wand hängend, schaffte es nicht, aus dem Glanz des Firnis hervorzubrechen. Oder doch? Katers Augen verengten sich zu Schlitzen, und tatsächlich – der Krieger umkrallt sein Schwert, gelb reckt sich das Kinn, kühn glüht das Auge, gleich stürzt er los und landet mit einem Schrei auf dem Rosenbaumschen Teppich. Aber dann verhallt über den

Dächern ein fernes Läuten, in den Winkeln versickern die Nachtreste, und vollkommen geräuschlos schmiegt sich der wilde Mann in die mythische Landschaft ein, die Ferdinand Hodler für ihn gemalt hat. 4 Uhr 35. Die Vögel schrillen jetzt, als gelte es die ganze Stadt vor dem bösen Kater zu warnen. Im Schrank beginnt ein Fernschreiber zu rattern, auf den Zinnen fließt goldene Flüssigkeit, die Sonne steigt, der Verkehr nimmt zu, und Kater weiß: Ich bin in Abrahams Lage. Ich habe den Auftrag, ins Land Morija zu ziehen und dem Gott der Öffentlichkeit meinen Sohn als Schlachtopfer darzubringen. Das sollte um elf Uhr vormittags passieren, und wollte er das Schlimmste abwenden (und statt des Sohnes ein Tier schlachten), blieb ihm nichts anderes übrig, als etwas ganz und gar Unsinniges zu wagen – er mußte dafür sorgen, daß das Herrenprogramm vorverlegt wurde. Jawohl: Zeit mußte er sich verschaffen, nämlich die Zeit, selber in Bossis Klinik zu erscheinen. Aber wie war das möglich? Die Termine standen fest: Abflug um zehn, Demonstrationsschießen um elf, und um elf, verdammt noch mal, wurde leider auch das Damenprogramm eröffnet! Konnte er sich teilen? Nein. Aber er konnte den Zeitplan über den Haufen schmeißen. Dazu brauchte er nur seine Sekretärin, niemanden sonst, und da die Fenster seines Büros sperrangelweit offen standen, ging Kater davon aus, daß sich die ledergepolsterte Tür kurz vor sechs öffnen und die Frau mit einem: »Herr Bundespräsident, guten Morgen. Was kann ich für Sie tun?« über den langen Teppich heraneilen würde...

Die Menschen, sagt Musil, tun das, was geschieht. Also tun sie wieder (und immer wieder) das gleiche, punkt fünf piepst der Wecker, ihre Füße schlüpfen aus dem Bett, eilen ins Bad, schlucken gurgeln spucken, Kopf hoch, Kopf tief, rasch die Zähne geputzt, das Geschäft verrichtet, und während ihr Liebhaber, gähnend und sich kratzend, aus dem Grandlit kriecht, ist die Sekretärin bereits aus dem Haus und zieht im silbrigen Jogginganzug ihre Runde durch die Innenstadt. Andere führen ihre Hunde spazieren, grau die Anzüge, grau die Hütlein, farbig nur die Pudel, rosa und violett, und fast könnte man meinen, all diese Ober-, Mittel- und Unterstreber hätten ihren Kot nur deshalb ins Kanalisationsnetz eingespeist, um ihm nun, da sie ihre Morgengänge absolvieren, an der Oberfläche nachschnüren zu können. Jedenfalls ist es eine Tatsache (Kater hat es vor Jahren überprüfen lassen), daß die Joggingroute seiner Vorzimmerdame ziemlich genau dem Weg entspricht, den, eine Stufe tiefer, ihre Spülung nimmt ... Nein! Heute nicht. Heute treibt die Spülung weiter, der Münstergrotte entgegen, indes sie, auf einmal stehenbleibend, hochstarrt zu den Fenstern ihres Chefs. Warum sind sie geöffnet? Sitzt er bereits an der Arbeit? Mein Gott, er wird doch nicht versucht haben, mich anzurufen! Endlich ein Taxi, rasch nach Hause, unter die Dusche, ins Deux-pièces, und wirklich – kurz vor sechs, wie von Kater vorausgesehen, eilt sie über den Teppich heran: »Herr Bundespräsident, guten Morgen. Was kann ich für Sie tun?«

»Einiges, meine Liebe.«

Sie versteht, schließt die Tür, kommt näher.

Ohne Blick auf die Teppichmuster – diese Frau steht

mit beiden Beinen auf dem Boden, hat für Spiele keinen Sinn, meidet Untergänge, scheut das Risiko, und der junge Liebhaber, der sich von ihrer Machtnähe eine Förderung seiner Karriere erhofft, arbeitet als Statistiker bei der eidgenössischen Alters- und Hinterbliebenen-Versicherung.

Er winkt sie hinters Pult, sie beugt den Kopf, schließt die Augen, und fast tonlos, also wanzensicher, erteilt Kater seine Anweisungen. »Haben Sie verstanden?«

»Jawohl, Herr Bundespräsident.«

Nun verläuft alles nach Plan. Die Sekretärin läßt sich vom Departement zu einer Fahrschule chauffieren. Dieser Termin gehört seit Anfang Juni zu ihrem Alltag – sie nimmt Unterricht im Motorradfahren. Das weiß auch die Sipo, weshalb Kater damit rechnen kann, daß man die Beobachtung seiner Vorzimmerdame spätestens vor dem Theorielokal der Fahrschule aussetzen wird. Es handle sich, wird der Sipomann denken, um die übliche, meist vor Arbeitsbeginn absolvierte Fahrstunde. Aber genau das ist es nicht! Das heißt, nach außen schon: Wie an anderen Tagen auch schnallen sich der Motorradlehrer und seine Schülerin in ihre Monturen ein, stülpen die Helme auf, kicken die Kawasakis an und brausen dann durch die morgenstille Eiger-Allee davon. Aber was der Sipomann für eine gewöhnliche Fahrstunde hält, ist in Tat und Wahrheit eine raffinierte Kontaktaufnahme mit einer Außenstelle der Meteorologischen Zentralanstalt. Die Sekretärin rast zum Flughafen Belpmoos hinaus, wo sie, unbemerkt von der Polizei, dem diensthabenden Wetterburschen eine Bitte ihres Chefs überbringen soll. Keinen Befehl, nur eine Bitte. Er möchte noch einmal, vermutlich zum letzten Mal, die Zukunft gestalten – eine Gewitterwand!

Kater ist zum Sterben müde, aber überzeugt, daß er das einzig Richtige, das einzig noch Mögliche veranlaßt hat. Seine Sekretärin wird die diensthabenden Meteorologen dazu bringen, das Wetter ein wenig zu manipulieren. Nicht sehr. Nur ein wenig. Kurz nach zehn, werden sie demnächst melden, sei am Col des Mosses mit einem schweren Temperatursturz zu rechnen...

20. Juli, 6 Uhr 57. Kater lag im Morgenmantel hinter seinem Pult, frisch geduscht und rasiert. Offiziersdolch, wie befohlen, parallel zur Schreibunterlage. Marie, beziehungsweise ihre Photographie, unter der Lampe, daneben er selbst, ebenfalls gerahmt, am Beginn seiner Karriere. Alles andere war weggeschlossen, in Schubladen und Schränken versorgt, hier herrschte Ordnung, hier herrschte Leere, und Pünktlichkeit herrschte auch. Rechtzeitig zu den Siebenuhrnachrichten fanden sich seine engsten Vertrauten – also die Sekretärin (vom Einsatz zurück), Aladin und Pfiff – in Katers Büro ein. Dies wurde die »kleine Lage« genannt. Sie entschied, wie sich der Bundespräsident und das Innenministerium zu anfallenden Problemen verhalten würden.

Kater beäugte die Schritte der langsam durch die Sonnenflut sich nähernden Gestalten. Er fühlte sich prächtig. Nach einem Katerbier, das ihm die Kantine heraufgebracht hatte, war er in den Schlafschacht abgetaucht und hatte sich an Leib und Seele erholt.

Die drei Schemen (mehr sah er nicht von ihnen) blieben plötzlich stehen. Tja, sein Schlaftrick funktionierte auch heute! Er wollte nur ihre Spuren lesen, ihre Fährten erkennen, also wissen, mit wem er es zu tun habe, aber die Eintretenden, von der reglosen Schlaffheit seines Körpers, den ruhigen Atemzügen und den halb geschlossenen Lidern getäuscht, waren auch an diesem Morgen der Meinung, den Chef im Schlaf zu stören.

»Oh, haben wir dich geweckt?« entschuldigte sich Aladin und erreichte, da er die Teppichmuster mit keinem Blick registrierte, als erster das Pult. Aladin kam vom Schwimmen (in der Aare), trug eine Baseballmütze, einen gelben Kaschmirpullover, weiße Shorts, weiße Kniesocken (in denen ein Kamm steckte) und weiße Handschuhe. Vom nächtlichen Allergie- und Angstanfall war nichts mehr zu spüren. Wie Kater befürchtet, im Grunde aber erwartet hatte, roch der Medienmann nach einem neuen Rasierwasser. Es war nicht mehr das Rasierwasser von Kater, es war jenes von Pfiff – Aladin hatte mit Haut und Haar die Seite gewechselt: Pfiff, wir können uns riechen. Wir machen gemeinsame Sache. Du organisierst den Untergrund, ich produziere den Vordergrund – so hauen wir den Alten noch heute aus dem Sessel. »Freue mich auf den Col!« rief er lachend. »Ausgezeichnetes Flugwetter, ich gratuliere!«

Langsamer und umständlicher überquerte Pfiff die Teppichstrecke. Er hatte sein Ledermäntelchen an, drückte das Hütlein gegen die schmale Brust, und wiewohl er ein untertänig beflissenes Lächeln vor sich herschob, verrieten die von Feld zu Feld staksenden Plateausohlen den *rien ne va plus*-bewußten, absturz- und angriffsbereiten Raubvogel.

Aber was war denn mit seiner Sekretärin passiert?

Kaum zu glauben – die vasenglatte Bürgerstochter, die noch heute früh so achtlos über die Teppichmuster hinweggegangen war wie all die Jahre zuvor, hatte sich vollständig verwandelt. Seit ihrem konspirativen Motorradritt war sie eine andere geworden, nämlich eine Hasardeurin, die ihre Schritte in die weißen und schwarzen Quadrate präzis verteilte. Was hatte ihre Wandlung bewirkt? – Sie mußte sich entscheiden, ob sie dem Chef die Treue hielt oder zum Neuen überlief. Das heißt, sie sah sich plötzlich gezwungen, entweder auf Rot oder auf Schwarz zu setzen, auf Alles oder Nichts, und eben dies, nämlich der Übertritt in die Kategorie der Spielenden, ließ sich an ihren Füßen ablesen.

Katerlüsternheit? Mag sein, ja, aber was konnte er dagegen tun? Das hatte er im Blut, das war seine Natur – er mußte, ob er wollte oder nicht, mit geiler Gespanntheit beobachten, wie diese Frau dahergehüftelt kam, wie jeder Schritt, jedes Schrittchen abwechselnd in der einen, dann in der andern Schulter begann, um über wiegende Hüften und mahlende Gesäßbacken strümpfeknisternd nach unten bewegt zu werden, in Füße hinein, die, erstaunlich schmal, erstaunlich sexy, nicht etwa neben-, sondern hintereinander über die Schachfelder ballettierten. Hm, dachte Kater, hmhm! wo ist denn mein graues Mäuschen geblieben?

Seine Sekretärin war zur Hasardeurin geworden, und glaubte man Rosenbaum, dem jüdischen Oberleutnant, so würde sie ab sofort bereit sein, dem großen Gesetz der Spielenden zu gehorchen. Mit anderen Worten: Seine Sekretärin hatte sich entschlossen, an Katers Seite unterzugehen. Danke, meine Liebe. Weiß es zu schätzen. »Guten Morgen«, brummte er und wollte sich gerade erheben, um seinen Leuten die Hand zu reichen. Da geschah etwas Merkwürdiges. Die Spielerin zeigte nach hinten, zur Tür. »Er hat im Vorzimmer gewartet«, bemerkte sie errötend. »Darf er kurz hereinkommen?«

Und hoppla! Schon kam er. Ungebeten. Und verdammt, wie ließ sich der Typ qualifizieren? War's ein Spieler, war's ein Angestellter? Nahm er die Felder wahr – oder nicht? Jetzt beschrieb der Fuß einen Bogen, landete genau im Feld... und jetzt: das Gegenteil! Mensch, was für ein Sonderling kam da anstolziert? Wer kaprizierte sich darauf, weder als Hasardeur noch als Untertan, sondern geradewegs als etwas Drittes zu gelten? Endlich löste sich die Silhouette aus der Sonnenflut. Sein Ältester war's. Er streckte die Hand aus und verlangte Geld. »Geld?«

»Mama hat mich gebeten, für meinen Bruder ein Lexikon zu besorgen.«

»Gut, daß sie daran gedacht hat.« Kater grinste verlegen. »Es stimmt. Gestern abend habe ich meinem Jüngsten ein Lexikon versprochen.«

Pfiff zückte die Brieftasche, Aladin hatte einen Scheck zur Hand, und die Sekretärin sprang auf, um ihre Tasche zu holen. Aber der Chef winkte dankend ab. »Nein«, befahl er. »Die Buchhandlung soll mir die Rechnung schicken. Sonst noch was? Fein. Dann bis später.«

Sein Ältester verstand, wünschte der Runde einen guten Morgen und stakste dann so sonderbar hinaus, daß Kater den Kopf schütteln mußte. Für diesen Gang, dachte er, gab es nur *eine* Erklärung. Sein Ältester hatte irgendwann die Rosenbaumsche Broschüre entdeckt – er kannte das System, schien sich aber nicht entscheiden zu können, was er dem Vater anbieten sollte: den untergangsverliebten Spieler oder einen gemäßigten Vasenmenschen. Oder war er am Ende beides – außen glatt, innen ein Tier? Geschliffen der Stil, aber der Inhalt gefährlich? Jetzt ging er nachlässig über die Muster hinweg, und jetzt, sich umwendend, stellte er sich fußgenau auf ein schwarzes Quadrat. Du bist wahrhaftig mein Sohn, dachte der Alte, du bist ein echter Kater. Angepaßt und anschmiegsam, aber nicht gezähmt, im Innersten wild, schlau, böse und berechnend. Lautlos schlüpfte er hinaus; lautlos schloß sich die Tür. Durchaus denkbar, dachte der Alte, daß er eines Tages über mich schreibt – der Sohn war gekommen, um das Büro zu inspizieren. »Ich bitte um Entschuldigung«, erklärte der Bundespräsident, »fangen wir an!«

Die »kleine Lage« war ein Ritual. Die Sekretärin öffnete den Radioschrank und stellte die Nachrichten an. Aladin legte die Tagespresse aus, und wie üblich rapportierte Pfiff als erster. Das Monarchenpaar, meldete er, habe gut geschlafen. Ein Ritual, reine Routine, alles wie immer. Aber plötzlich sprang Aladin auf: »Habt ihr gehört?« unterbrach er Pfiff. »In der Waadt bildet sich eine Gewitterfront!«

Die Sekretärin stellte erschrocken ihre Tasse ab. »Was«, hauchte sie, »ein Gewitter?«

»Ja«, rief Aladin, »in den Waadtländer Alpen!«

»Das gibt's doch nicht!« entfuhr es der Sekretärin.

Sie rannte zum Schrank, und tatsächlich – aus einem

der sieben Fernschreiber tickerte soeben die Bestätigung: SONDERMELDUNG DER ZENTRALANSTALT + + + UNERWARTETER TEMPERATURSTURZ IM GEBIET DER FLIEGERDEMO + + + COL DES MOSSES AB 10 H GEFÄHRDET!

Das Blatt ging von Hand zu Hand.

Die Sekretärin stellte das Radio ab.

Alle drei blickten wortlos zum Chef – der hatte langsam das Kinn gehoben, sah nun zum Lüster hinauf und sagte: »Meine Freunde, das Glück hat mich verlassen. Beim Diner attackiert mich die eigene Frau. In Bossis Klinik stirbt mein Jüngster; und jetzt – jetzt müssen wir auf den Col verzichten!«

Dann beugte er sich vor, stützte die Ellbogen aufs Pult und legte das Gesicht in seine Hände. Unten rauschte der Morgenverkehr, fern verklang ein Glockenläuten. »Wer möchte das Wort?«

Pfiff hob die Hand. »Es gibt nur eine Lösung«.

»Die wäre?«

»Wir fliegen früher.«

»Schaffen wir das?«

»Ich denke schon. König, Waffenindustrie und Aladin bestehen auf der Durchführung. Eine Absage kommt nicht in Frage.«

»Danke, Pfiff. Aladin, wie siehst *du* die Sache?«

»Ich bin voll und ganz deiner Meinung, Sipochef. Wenn wir in einer Stunde starten, können wir das Demonstrationsschießen bis zehn Uhr durchziehen.«

Wieder schien Kater zu überlegen. »Was meinen Sie?«

»Ich schließe mich den Herren an«, sagte die Sekretärin.

Kater strich über sein Kinn, sah kurz auf die Uhr, erhob sich und sagte: »Ihr habt recht. Wir starten um acht. Die Sitzung ist beendet, ich danke.«

Sofort begann es auf der Etage zu summen.

Aladin informierte die Presse, Pfiff die Sipo, und die Sekretärin übernahm es, die veränderte Lage dem diplomatischen Corps und der Armee zu melden. Dabei kam es zu einer heftigen Auseinandersetzung, und Wildbolz, der kommandierende Korpskommandant, teilte mit, er könne die befohlene Vorverlegung nicht verantworten. Schließlich wurde er zum Bundespräsidenten durchgestellt. Der nahm den Hörer ab und sagte: »Sie sind Offizier, Wildbolz. Ich erinnere Sie an Ihren Eid. Um neun haben Sie anzugreifen.«

»Jawohl, Herr Bundespräsident. Um neun greifen wir an.«

»Ausführen!«

Danach ließ er sich mit dem König verbinden. Juan Carlos war eben erwacht, murmelte etwas von Erkältung und Fieber, versicherte jedoch, punkt acht am Start zu sein.

»Danke, Majestät!«

»Zufrieden?« fragte die Sekretärin.

»Sehr«, antwortete Kater. »Wenn wir um zehn zurückfliegen, kann ich mich ab elf den Damen widmen.«

Sie grinste anerkennend. »Haben wir deshalb ein Gewitterlein gemacht?«

»Ja, meine Liebe. Deshalb. Erst absolviere ich das Herrenprogramm, und dann begleite ich die Damen in Bossis Klinik.«

Sie half ihm in die Fliegerjacke.

Er setzte die Sonnenbrille auf, drückte ihr einen flüchtigen Kuß auf die Wange und eilte dann, von einigen Stabsleuten gefolgt, zum Wagen. Mit quiekender Hupe rasten sie zur spanischen Botschaft hinaus, punkt acht erschien der König, mit leichter Verspätung Aladin, im Park schwebten die Helikopter ein, und als die Flotte um 8 Uhr 05 abhob, winkte ihnen das versammelte Botschaftspersonal so lange nach, bis es im rasch kleiner werdenden Rasengeviert zwischen all den Dächern, Gärten und Straßenzügen verschwunden war.

In der vordersten Maschine saß Pfiff. Er ließ über dem Häusermeer eine Steilkurve drehen und ratterte dann mit gelüpftem Hütlein voran – über Wälder und Felder, die allmählich steiler wurden, schmaler, auf das Hochgebirge zu.

B wie das Böse. Nach gut zwanzig Minuten Flug zeigte der Bundespräsident auf eine Alpweide hinab und rief: »Sehen Sie das Vieh, Majestät?«

Die Helme waren mit Bügelmikro und Kopfhörern ausgestattet; so konnten sie sich trotz des Rotorenlärms in Französisch verständigen. Der König und Aladin saßen auf den Rücksitzen, lehnten jetzt zur Seite und blickten hinab. Dem ausgebildeten Jetpiloten schien der Alpenritt zu gefallen, der Medienmann jedoch, der mit seinen Glacéhandschuhen eine Kotztüte umklammerte, hatte sich blaßgrünlich verfärbt. Ahnte er, was kommen würde?

»Das Vieh da unten«, fuhr Kater fort, »scheint genüßlich zu weiden, fernab von uns Menschen, aber schon im August werden die Alpen entladen und die armen Tiere am Fließband geschlachtet. Ja, Majestät, alles, was ist, muß leiden. Auch was uns schön erscheint, was uns lieblich erscheint, es muß leiden. Majestät, bitte entschuldigen Sie die gestern abend geäußerten Ansichten meiner Frau. Marie hätte besser geschwiegen, das Diner war gewiß nicht der Anlaß, um über dergleichen zu reden. Aber ich möchte mich nicht von Ihnen verabschieden, lieber Juan Carlos, ohne Ihnen gesagt zu haben, daß meine Frau vollkommen recht hat. Unsere Welt ist mitnichten im Guten verwurzelt. Sie ist schön, zumindest an diesem Morgen, auf diesen Alpen, mild scheint die Sonne, lau geht die Luft, und die Bergwiesen stehen in blühender Pracht. Wenn wir aber Augen haben, wenn wir nachdenken, wenn wir diesen grünbunt in der Sonne schimmernden Teppich durchdringen und ins Innere der Schöpfung schauen, sehen wir Leiden, überall Leiden. Nicht das Gute, das Böse ist wirkungsmächtig. Jede Blume leidet durch die Hitze, nachts durch die Kälte, an den Gräsern rupft das Vieh, die paar Bäume klammern sich verzweifelt an den Fels, und was uns jetzt, an diesem strahlenden Morgen, wie das Paradies erscheint, ist in Wahrheit eine Stätte des Übels, des Sterbens, des Verwesens. Schon um zehn, melden meine Wetterburschen, fegt ein Gewitter heran, aus schwarzen Wolken zackt der Blitz, dann kommt der Schnee, und alles erstarrt unter dem weißen Tod. Majestät, ich bin der Vater eines Sohnes, der elend krepieren muß. Er habe, sagt Professor Bossi, ein schlechtes Los gezogen. Wie wahr! Während wir die Schönheit dieses Morgens und einer unberührten Welt erleben, liegt mein Sohn in seinem Zimmer und stirbt. Das aber heißt: Auch ich habe ein schlechtes Los gezogen. Denn ich bin sein Vater, und es zeugt von Übel, ja von einem gräßlichen Widersinn der Natur, daß wir alten Tiere ins Hochgebirge einziehen – und er, der doch die Zukunft verkörpert, quält sich jämmerlich zu Tode. Zukunft? Besseres Leben? Majestät, das war ein Irrtum. Alles falsch! Falsch gedacht. Gestern abend bin ich sehend geworden. Meine Frau hat mir die Augen aufgerissen. Sogar dieser Garten da unten, dieser schäumende Teppich, ist nichts als Leiden, nichts als Sterben, er ist ein Paradies der Verwesung!«

Die Alp brach ab, Pfiff tauchte steil in die Tiefe, und die Flotte, im Keil über die Kante setzend, tauchte mit. »Ich sage das nicht als Atheist, Majestät. Ich bin und bleibe ein frommer, demütiger Mensch. Ich möchte nur einen Irrtum korrigieren. Ich möchte Ihnen sagen, daß ich bis gestern, bis zu diesem peinlichen, jedenfalls unpassenden Aufschrei meiner Gattin in eine völlig falsche Richtung gedacht und geglaubt habe. Ich habe Gott im Guten vermutet. Ich habe ihn immer wieder in die Zukunft verlegt, in eine bessere, schönere Welt, die ich gemeinsam mit meinen Freunden zu gestalten versuchte. Wie gesagt: Es war ein Irrtum. Nun bin ich klüger. Ärmer, kleiner und klüger. Ich weiß jetzt, daß es das Gute hienieden nicht gibt. Nirgendwo. Ich habe es gut gemeint, o ja. Aber mit meinen Autobahnen habe ich das Land verschandelt, und von den Maßnahmen, die mein bester Freund getroffen hat, der Chef unserer Sicherheitspolizei, will ich lieber schweigen. Er wird mein Nachfolger sein. Er wird den leisen Terror weiter perfektionieren. Unser System, das will ich gern zugeben, kann sich sehen lassen. Die Landesinsassen fühlen sich wohl, die Volksgesundheit erreicht internationale Spitzenwerte, und als Innenminister darf ich mit Stolz bekennen, daß unsere Alters-, Hinterbliebenen- und Invalidenversicherung bis ins nächste Jahrtausend gesichert ist. Alles unter Kontrolle, alles i. O. Aber ich weiß auch, Majestät, daß ich Gott in diesem Staatswesen nicht finden kann. Ich finde ihn nicht im Guten, nein – im Sterben meines Sohnes offenbart mir Gott seine Abwesenheit.«

Wieder näherten sie sich einem Gebirgszug. »Seine Abwesenheit«, fügte Kater hinzu, »und durch diese Abwesenheit teilt er mir mit, daß es ihn gibt.«

Eine steilrechte Wand schoß heran, Pfiff schraubte sich hoch, hüpfte über den Grat, und die Flotte, durch Wolkenfetzen gleitend, tat es ihm nach. »Ich danke Ihnen, Majestät. Vielen Dank, daß Sie mir zugehört haben.«

Der König saß versteinert auf dem Rücksitz, und Aladin, der sich auf der Kotztüte ein paar flüchtige Notizen gemacht hatte, bedeckte mit dem weißen Clownshandschuh seine Augen.

»In zehn Minuten erreichen wir den Col«, meldete der Pilot, worauf alle drei – Kater, der König und Aladin – den rechten Daumen reckten: Gut gemacht, junger Mann, sauber geflogen!

Die Schatten der Helikopter huschten über Matten und Wälder, dann über die eisblaue Fläche eines Stausees, wieder stach Pfiff hinab, wieder tauchten sie mit, versanken im Schatten, und was hoch über ihnen als märchenhafte Stadt erschien, hatte die Sonne aus Eis- und Firnzacken in den Grat geblitzt. Der Pilot rief die Namen der Gipfel aus, man war erneut gestiegen, hatte das Schattental verlassen, surrte der Sonne entgegen, und plötzlich, als schlage sich eine neue Schöpfung auf, hatten sie das ewige Eis unter sich, windumstäubte Gipfel, Schluchten, Täler und einen Gletscher, der wie ein erstarrter Milchstraßenwirbel zwischen den Wänden lag. Pfiff drückte die Schnauze, sie überquerten das Eis, die Schollen, die Spalten, worin der Helischatten, der sie mittlerweile überholt hatte, plötzlich verschwand, jetzt hervorschloff, über Zacken glitt, über Steine, durchs Geröll, hangauf, in den Fels, und weiter ging's, wieder über Alpen, über Matten, und flogen sie an winkenden Wanderern oder nah an Bergsteigern vorbei – die hingen buntgewandet im senkrechten Fels –, hoben Kater und der König mit routinierter Lässigkeit die Hand. Der Plan ging auf. Um elf würde Kater zurück sein, und sollte sich Marie verweigern, konnte er ohne protokollarische Umstände an ihre Stelle treten und die Königin in Bossis Klinik führen. *Bref:* Der letzte Besuchstag war gerettet. Um zwölf würde man sich ein letztes Mal zum Essen treffen, würde noch einmal die *Amistad* beschwören, die Freundschaft, und eine gemeinsame, von Industrie und Handel getragene Zukunft, Abfahrt nach Zürich, Händeschütteln auf dem Rollfeld, eventuell eine Umarmung, und schon um 15 Uhr, stand es in Aladins Drehbuch geschrieben, hoben die Gäste ab. Alles überstanden? Ja, dachte Kater: alles. Der Helikopterritt auf den Col des Mosses war sein Abschiedsflug über das Land, dem er seit seiner Wahl in den Regierungsrat treu und beflissen gedient hatte. Sein Glaube war von ihm abgefallen, der Glaube an die Zukunft, nun sah er die Welt mit offenen Augen, und für einen Politiker – das war ihm sonnenklar – war eine solche Einsicht tödlich. Den Rest seines Lebens würde er *comme philosophe* verbringen, verschattet vom Tod des jüngsten Sohnes, und vielleicht, wer weiß, würde er eines Tages tatsächlich und bis ins Tiefste ergründen können, was über dem alpinen Blumenteppich aus ihm herausgebrochen war. Sicher, ohne Maries Auftritt beim Frackdiner hätte er nie und nimmer die Kraft gehabt, sein jahrzehntelang in allerlei Reden beschworenes Denken von heute auf morgen umzustoßen. Aber dieser Putsch gegen sich selbst warf ihn nicht in etwas Neues, nicht in etwas Künftiges hinaus, im Gegenteil – zurück warf er ihn, vor die Schwelle seines Katerlebens, heim ins Seedorf, in die Schmiede, zum Vater. Warum ließ es der Herrgott zu, hatte er damals gebetet, daß ein unschuldiges Kätzchen leiden mußte? Ja, zum Teufel, warum?! Der Rotor ratterte, unten flitzten die Schatten, durch die Kanzel blitzten Strahlen, im Azurblauen leuchtete das Matterhorn, es grünten Weiden, grüßten Spaziergänger, jetzt sauste ein Gipfelkreuz vorbei und jetzt, gefährlich nah, ein Panoramarestaurant, auf dessen Terrasse halbnackte Schönheiten in der Sonne badeten, Schnauze tief, Sturz ins Leere, es drehte sich der Strahlenfächer, es kehrte sich der Magen, und schon zeigten im Gelände verteilte Truppen an, daß man in den abgesperrten Bezirk des Demonstrationsschießens eingeflogen war. Warnflaggen standen steif im Wind, die Matten waren leer, und Kater konnte nur hoffen, daß man die Gegend rechtzeitig und restlos gesäubert hatte. Punkt neun würde Wildbolz angreifen lassen, jeder Schuß ein Treffer, jedes Photo ein Knüller, Z wie Zenit, Z wie Zero. Mit diesem Tag war er zurückgekehrt, war er heimgekehrt, wieder dachte er dasselbe wie damals: Wenn der Vater ein unschuldiges Kätzchen töten will, kann die Welt nicht gut sein.

Pfiff ließ seine Maschine anhalten. Dann drehte er in der Luft die Nase, blieb an Ort und Stelle schweben, und im Defilee zog das Geschwader an ihm vorüber. Als sie den Sipochef passierten, lüpfte Pfiff sein Lederhütlein, Kater und der König salutierten, dann sackten sie ab, der Boden schoß heran, aber der Pilot, ein eleganter Könner, fing seinen Helikopter rechtzeitig auf, blieb wieder stehen, preßte einen Kreis ins mattgraue Gras und hockte sanft und sicher darin ab.

Das Ziel war erreicht.

C wie Col des Mosses. M wie Morija. Erinnerungen an Berge, an Hügel, so viele Höhen, so viele Tiefen, was für ein Leben, was für ein Weg, und wie dunkel, wie kalt war jene Nacht gewesen, da ihn sein Vater, damals noch jung und kräftig, vor das Dorf hinausgetragen hatte! Mein Gott, dachte Kater, wie weit lag das zurück! Und wie nah war es plötzlich, wie klar, über dem Land erschien eine fahle Helle, und siehe da, auf einmal erhob sich aus der Ebene ein Hügel, und dieser Hügel trug eine schlanke, schattendunkle Krone. Staunend blieben sie stehen. Im Dorf setzte dumpf ein Läuten ein, die Helle färbte sich rötlich, der Vater stellte ihn ab, packte seine Hand, und so, an der Seite des wimmernden Vaters, sah er freudestrahlend zu, wie die Krone auf der Hügelkuppe lebendig wurde. Ihre Zacken verneigten sich, dann nahmen sie vom Boden etwas auf – es war eine längliche Kiste – und stemmten sie zwischen die Köpfe. Der Dunst verflog, der

Himmel wurde blau, die Wiese grün, der Weg weiß, aber schwarz – schwarz wie die Nacht – blieben im prunkend frischen Morgen die sechs Feuerwehrmänner und ihre geheimnisvolle Fracht. Es war die Mutter. Sie war tot. Die Feuerwehrmänner, erklärte ihm der Vater, hätten den Sarg von der Bahn geholt, über Land getragen und auf dem Hügel, um zu verschnaufen, eine Weile abgestellt. Der Bub wollte und konnte es nicht glauben, staunte noch immer zum Hügel hinauf, aber die Krone hatte sich längst in einen Käfer verwandelt und krabbelte nun vielbeinig hangab, wurde groß, wurde laut, donnerte mit genagelten Schuhen vorbei, zog weiter, und was wie ein Schwänzlein am Sargende flatterte, war ein Bahnzettel, vielfach überklebt und gestempelt – für die Tote, wurde später höhnisch behauptet, sei es gar nicht einfach gewesen, den Weg nach Hause zu finden, in ihr Dorf, in ihr Grab, widebum, widebum, es trommelte die Trommel, es läutete die Glocke, widebum, widebum, widebum.

»Komm«, befahl der Vater.

Vor den Häusern, in den Ladentüren und hinter den Vorhängen standen Leute, Frauen schlugen das Kreuz, Männer zogen den Hut, aber der Sarg, dem sie folgten, er und der Vater, glitt wie ein Zeppelin an allen vorüber, glitt durch die Gassen, über die Treppen, zum Kirchhof und jetzt in ein Läuten hinein, das so laut war, so hallend, daß es mit seinen Schlägen den Himmel zu zerschmettern drohte, den Himmel, den Vater, den Sarg, und dann, plötzlich: Stille. Der Bub zog den Kopf ein. Drückte die Augen zu. Wartete. Betete. Zitterte. Und als er unter der gerunzelten Stirn, die noch immer das Einstürzen des Himmels erwartete, vorsichtig hochzublinzeln wagte, sank der Sarg, in den steifen Seilen ein wenig knirschend, langsam und schaukelnd in die Grube, unter die Erde und ins Vergessen. Noch am Beerdigungstag packten sie Vaters Matratze auf einen Karren, wieder ging es über Land, in den Dunst, in die Nacht, und nie mehr wird er vergessen, wie er auf einmal einen neuen, ihn erregenden Geruch in der Nase hatte – das war der See. An der Uferstraße bezogen sie ein verwittertes Haus, unten war die Schmiede, oben die Küche, und so dröhnten die himmelzerscherbenden Schläge, die der Bub über dem Sarg der Mutter vernommen hatte, tagaus tagein durch die Decke, widebum, widebum, was grad ist, wird krumm, was krumm ist, wird grad, widebum, widebum, um dy Muetter isch's nid schad.

Im Dorf riefen sie ihr Verslein, feixten und lachten. Der Vater redete nur noch selten, und nachmittags um drei, zur Todesstunde des Herrn, stand er im Gewölbe an der Wand, aus dem verrußten Gesicht starrten weißrote Augen, und der zahnlose Mund stieß nur noch ein einziges Wort hervor: »Nichts.«

Er trank immer mehr. Holperte die Flasche über den Boden, kroch er ihr auf allen vieren nach – bis er mit beiden Händen in der Glut stand, ohne es zu merken.

Eines Tages wagte der Bub zu fragen, was das sei.

»Nichts? Alles«, lachte der Vater.

»Auch die Mutter?«

»Ja«, schluchzte er, »o ja, auch die Mutter.«

Angeblich war sie Kellnerin gewesen, irgendwo in der Stadt. Angeblich hatte sie das Leben geliebt, den Tanz, die Klarinette und die Männer. »Vergiß diese Frau«, hörte er den Vater eines Tages brummeln, mit

Augenlupe und Pinzette über den Uhrenkasten gebeugt, »streich sie aus deinem Gedächtnis!«

»Aber sie ist doch meine Mutter!«

»Nein, Bub. Eine Mutter war das nicht. Sie folgte jeder Musik und jedem Maskenzug, lachen wollte sie, immer nur lachen, tanzen, leben und lustig sein.«

Als er, knapp elfjährig, seinen Strohkoffer zum Bahnhof schleppte, um nach Maria Einsiedeln zu reisen, in die Klosterschule, wagte keiner mehr, den Schmittenbuben zu hänseln, in den Ladentüren und hinter den Vorhängen standen Leute, scheu winkten Frauen, Männer zogen den Hut, und das rotgescheckte Kätzchen, dem er seinerzeit das Leben gerettet hatte, taperte bis an den Waggon hinter ihm her. Dann rumpelte das Züglein davon, der See fiel zurück, das Dorf verschwand, der Sommer verwich, der Winter kam, dieser eine und einzige Tag, der sich wieder (und immer wieder) wiederholte, und seltsam – an das Seedorf dachte er nie mehr, an den Vater nur noch selten, aber jeden Abend, wenn er im Schlafsaal unter die Decke schloff, glaubte er auf dem Herzen seine Katze zu spüren, fühlte ihren Atem und hörte ihr Schnurren.

Mit Schallgeschwindigkeit preschten zwei Mirages auf die Krete zu, jaulten in 30 Meter Höhe drüber weg, legten sich an die Wand, kippten in die Kurve und verloren sich innert Sekunden im zerdonnerten Himmel. Major Bernardo Hofmann, einer der Übungsleiter, kommentierte die Anflüge über Lautsprecher. Er wies auf eine tiefer gelegene Hütte hin, dann nach Westen, wo die Maschinen, donnernd noch immer, eine silberglitzernde

Schleife flogen, so daß alle, die auf dem Hügel versammelt waren, ihre Hand flach an die Stirn hielten, sich nach links drehten, und – krawumm! – schon schoß weiter unten ein Feuerball aus dem Boden, die Hütte spritzte auseinander, und die beiden Stahlvögel, steilrecht im Unendlichen verschwindend, sogen das Gedonner so vollständig in sich ein, daß Kater und der König, die zuoberst auf der Krete standen, in einer absoluten Stille zurückblieben. Weder hörten sie das Geprassel des Feuers noch die Lautsprecherstimme des Majors; was sie sagten (oder zu sagen versuchten), kam über eine Kieferbewegung nicht hinaus, und für lange, wunderbare Augenblicke ragten sie nun in eine Ruhe hinein, die hier oben, hoch über den Menschen, seit Urzeiten den Felsen gehörte, dem Himmel und ein paar geduldig kreisenden Dohlen. Der König reckte den Daumen; Kater bedankte sich mit einem Lächeln. Noch immer staken sie in ihrer Lautlosigkeit, und das Gebirge, das ihnen zu Füßen lag, verlor sich in einer dunstigen Ferne. Kater streckte die Hand aus, und der König ergriff sie. Beide hatten Ohrenschützer über den Kopf gestülpt, und den Wind, der ihre Hosen zum Flattern brachte, hörten sie nicht. Der König schien heftig zu fiebern, Kater war von der langen Nacht übermüdet, und so ging es beiden ähnlich – sie schwitzten und fröstelten zugleich, spürten auf der Stirn die Sonne und an den Wangen eine schneenahe Kälte. Aber der Moment, da sie miteinander den Berg und seine Stille spürten, dauerte nur kurz, schon plärrte es wieder, der Major kündigte neue Ziele an, andere Maschinen, weitere Treffer, und Aladin, der plötzlich neben dem König kauerte und ihm ein Mikrophon vor die Lippen hielt, fragte schreiend, womit er, Juan Carlos, die Präzision der Einschläge am ehesten vergleichen würde.

»Mit einer Schweizer Uhr«, antwortete der König.

»Denken sie an bestimmte Marken?«

»Omega, Eterna matic und Rolex.«

»Danke«, jubelte Aladin, »das war sehr gut!«

Weiter unten schlug es wieder ein, es brannten Hütten, es rauchten Felsen, durch das magere Gras züngelten Flämmchen, und der Himmel, von Tigers durchheult, von Raketen durchzischt, verlor seinen Glanz. Welle um Welle griff an. Der Major rief die Namen der Munitionsfabriken aus, die Gäste applaudierten, der Col stand im Krieg, es stank nach Rauch und Kerosin, wieder ein Blitz, wieder Gedonner, jeder Schuß ein Treffer, jedes Photo ein Knüller. Kater zog die Sonnenbrille ab und sah prüfend empor. Dann schweifte sein Blick nach unten. Am Rand des Plateaus standen die schwarzen Helikopter; davor war eine lange Tafel aufgebaut, und ein Dutzend junger, braungebrannter Leutnants stand bereit, die entkorkten Flaschenhälse zu senken. Aber all die uniformierten Militärattachés, sämtliche Industrievertreter, Offiziere, Presse- und Sicherheitsleute zeigten dem Picknick den Rücken, denn Pfiff, der Sipochef, hatte einen Findling erstiegen, ließ den Saum des Ledermantels wehen und schien der andächtig lauschenden Männerschar eine flammende Rede zu halten. Wie ein Bolschewik, der die Genossen zu den Gewehren ruft, legte er sich in den Wind und ins Zeug, schwang seine Faust, zeigte zu den brennenden Hütten, zum Grat und immer wieder zum Pic Chaussy hinüber, so daß auch Kater, der Geste unwillkürlich folgend, ein weiteres Mal hochblickte.

Täuschte er sich? Oder begann es um den Pic wirklich und wahrhaftig... dunkler zu werden? Es riß ihn hin und her. Einerseits war er absolut sicher, daß der hellhörige Sipochef von seiner Wettermanipulation erfahren hatte und eben dabei war, offen gegen ihn zu putschen. Andererseits stellte er den plötzlichen Temperatursturz an sich selber und auch am König fest. Juan Carlos hatte den Kragen hochgeklappt und beide Hände in die Taschen gestopft. Weil er einen Fieberanfall erlitt? Oder war es tatsächlich kühler geworden? Aber das würde ja bedeuten – Kater schlug sich die Hand gegen die Stirn –, daß sich die Falschmeldung, die er von seinen Wetterburschen erbeten hatte, als *wahr* erwies! Er zuckte zusammen. Es schauderte ihn. Aus der Tiefe krochen Nebelschlangen herauf, reißende Wasser tosten, und die Dohlen, die das wilde Ballern kaum erschreckt hatte, versuchten nun verzweifelt, vom Wind nicht fortgerissen zu werden – mit ihren Flügeln rüttelnd standen sie über dem Grat in der Luft. Sollte er lachen oder heulen? Kater wußte nicht, ob er dem Wettersturz trauen durfte. Erlag er einer Einbildung? Gelang es ihm nicht mehr, zwischen Innen und Außen zu trennen? War das, was ihn vom Himmel her überfiel, aus dem eigenen Hirn hervorgewundert? Oder hatte der große Kater noch einmal, wohl zum letzten Mal, gezeigt, wer er war, wie er wähnen, wittern und Künftiges erspüren konnte? Der Wind nahm zu, und mit ihm die Verwirrung. Was war Einbildung, was Wirklichkeit? Präsidenten, hatte er gestern abend zu Pfiff gesagt, seien vor dem Verrücktwerden gefeit, denn was Verrückte sich einbildeten, würden Präsidenten in Tat und Wahrheit erleben. Jetzt jedoch, mit dem König auf dem

Grat stehend, zugleich frierend und von Hitzeschauern durchströmt, war er versucht, auch diesen Satz zu revidieren, er wußte nicht mehr, woran er sich halten konnte, was Wahn war, was Wirklichkeit. Fern rollten Donner. Oder donnerten die Staffeln? Jäh zuckte ein Blitz. Oder feuerten sie weitere Geschosse ab? Nein, entschied Kater, am Col des Mosses zogen nachtschwarze Wolken auf, sein Instinkt hatte das Gewitter gewittert – der Kater war eins mit der Welt.

Nachdem sich die Staffeln im Defilee verabschiedet hatten, pfeilten sie zum Pic Chaussy hinauf und entschwanden im Licht. Aus den Lautsprechern kam ein Knistern, von weiter unten ein Prasseln, an der Krete pfiff der Wind, aber der Rauch verzog sich, und was Kater für Nebel gehalten hatte, war nichts als Dampf, der nun, da der Himmel bläulich wurde, in Fetzen davonstrudelte. Kater grinste versonnen. Die Rede, die er im Anflug gehalten hatte, war auf frappierende Weise wahr geworden. Der blühende Teppich brannte. Überall rauchten Trümmer. Kein Gewitter. Kein Wettersturz. Den düsteren Himmel hatten sie selber produziert.

Pfiff stand noch immer auf dem Findling und verfolgte mit seinem Feldstecher die abziehenden Staffeln. Um ihn herum drängten sich die Attachés und Industrievertreter, und es machte den Anschein, als sei nichts Besonderes vorgefallen – keiner der Herren sah mitleidig nach oben zu Kater, niemand verbarg ein Grinsen. Aber Pfiff hatte doch das Wort ergriffen, hatte sich in Szene gesetzt, und das bedeutete: Der Sipochef war aus dem Unter- und Hintergrund hervorgetreten, um sich just im richtigen Moment als Mann der Zukunft vorzustellen. Sein Auftritt würde heute abend die Tagesschau eröffnen, und vermutlich ging die Kolumne, die Gretis Natürlichkeit pries, bereits in Druck.

Die Stille hielt an. Der große Krieg war vorbei, wieder blaute der Himmel, schrie eine Dohle, und noch immer standen sie an der gedeckten Tafel zum Einschenken bereit, über dem Unterarm eine Serviette, in der Rechten die Flasche, Weißwein aus der Waadt und dem Wallis, Féchy und Fendant. Am Tischtuch riß der Wind. Pfiff sprang vom Stein. Applaus für den neuen Mann? Nicht einmal das. Die Gesellschaft spazierte plaudernd zum Picknick. Die gleichen Witze wie immer, nichts von Bedeutung, *business as usual,* alles i. O. Aber die Ruhe, die das prasselnde Verbrennen der tiefer gelegenen Zielobjekte hören ließ, zeigte an, daß auf dem Col tatsächlich eine Schlacht stattgefunden hatte, die Entscheidung war gefallen, sein Sturz perfekt. Kater fröstelte. An seiner Stirn klebte ein Schweißfilm, die Augen schmerzten, er brauchte jetzt dringend ein Bier. Oder wenigstens ein Glas Wein. Am liebsten einen Schnaps. Seine Finger zitterten, ihm war schlecht, es fehlte nicht viel, und er mußte sich übergeben – Kater hatte einen Kater. Er führte den König zur Tafel. Dann befahl er, seinem Gast eine Decke zu bringen. Die wehrte er zwar ab, bat aber um Verständnis, daß er auf den kalten Weißwein verzichten und nur mit etwas Mineralwasser anstoßen würde. Die Leutnants senkten ihre Flaschen, die Attachés griffen zu, es klickten die Kameras, das Fernsehen filmte, auf der Paßstraße fuhr ein Bus vor, Jodlerinnen purzelten heraus, huschten in den Halbkreis und brachen sofort in einen wehmütigen Gesang aus. Ihr Auftritt, erklärte ein kopfschüttelnder Aladin, sei durch die unnötige Vorverlegung der Fliegerdemo leider durcheinandergeraten. Wußten er und Pfiff Bescheid? Vermutlich schon – der Sipochef hatte überall seine Horcher, wohl auch in den Außenstationen der Meteorologischen Zentralanstalt. Ein Wetterbursche, nahm Kater an, würde die Manipulation verraten haben, doch hatte sie ihren Zweck erfüllt, die Munition war verschossen, die Attachés erklärten sich beeindruckt, und die Industrievertreter fielen sich beglückt in die Arme. In einer markanten Rede bedankte sich Korpskommandant Wildbolz für die Zusammenarbeit mit der Sipo, lobte die Feuerkraft der spanischen Raketen und schloß mit dem Satz: »Ich überlasse es Ihnen, Majestät, über die stupende Wendigkeit unserer Piloten ein Urteil zu fällen.«

Kater grinste. Obwohl kaum etwas vorgefallen war, hatte sich alles verändert. Jedes Wort deutete an, daß der Machtwechsel reibungslos vonstatten ging, und in der Tat, Wildbolz hatte recht, die Wendigkeit dieser Herren war stupend!

Der Sipochef hob wiederum das Glas, dankte Armee und Industrie für den Einsatz, lobte die Piloten, lobte die Jodlerinnen und gab schließlich der Hoffnung Ausdruck, die *Amistad* möge dauern, salud!

»Salud!«

Die Attachés tranken ex.

Dann ging Pfiff von Gruppe zu Gruppe, schüttelte Hände, berührte Ellbogen, klopfte auf Schultern, scherzte, prostete, lachte, und wäre der König nicht gewesen – er hatte nun doch die Decke um die Schultern gelegt –, würde der Bundespräsident mutterseelenallein auf der Alp gestanden haben, eine graue Ruine auf verbranntem Feld. Aber konnte er ihnen einen Vorwurf machen? Die Menschen tun das, was geschieht, seine Zeit war um, Z wie Zenit, wie Zero, was nun kommen würde, war Abstieg und Abgang, war Rückzug und Rücktritt. Indem er den König zum Helikopter führte, fühlte er eine unbändige Lust, noch einmal zurückzuschauen, hochzublicken zum Grat, aber die Furcht, dort oben könnte eine Krone stehen, hielt ihn zurück. Was ist der Mensch? Ein König, ein Käfer, ein Nichts. Die Krone krabbelt ins Grab. Der Zenit war sein Sturz. Er lächelte Juan Carlos zu, und dieser lächelte zurück. Der junge Mann wußte, daß sich auch Kater, nicht nur das Armeekorps, gewendet hatte. Er ahnte, wie das Tier an seiner Seite grau und alt und müde geworden war und miteins in eine andere Richtung blickte – in die Vergangenheit.

»Ja bitte?«

»Nichts, Majestät.«

»Oh, Verzeihung, Señor Presidente, ich dachte, Sie hätten etwas gesagt.«

Der Staatsbesuch hatte seinen Höhepunkt gehabt – nun würde er sich rasch dem Ende nähern. Wir schaffen das schon, sagte sich Kater. Wir ziehen das durch, wie wir so vieles durchgezogen haben, begleiten die Königin in die Klinik, tätscheln die Glatzschädel der Chemotherapierten, grinsen in die Kameras, beschwören die Zukunft, und die Sache ist geritzt, der Staatsbesuch überstanden, Aladin hat seine Bilder und das Volk seine Realität.

»Können wir schon fliegen, Señor Presidente?«

»Eigentlich nicht«, gab Kater zu. »Aber im Prinzip

müßte es möglich sein, hie und da einen eigenständigen Befehl zu erteilen.«

Da lachten sie beide.

»Zielrichtung Bern!« herrschte er den Piloten an.

»Jawohl, Herr Bundespräsident.«

»Sehen Sie«, sagte er zum König, »so wird das gemacht.«

Alles starrte erschrocken nach oben, der Helikopter ging knatternd in die Kurve, und mit einem müden, an alten Päpsten geschulten Winken der rechten Hand stiegen König Juan Carlos de Borbón y Borbón und der Schweizer Bundespräsident ins Strahlengeblitz der Vormittagssonne, schlüpften über den Grat und flogen davon.

N wie Niemandsland. Kater kam es vor, als habe er eine weite Reise hinter sich, eine Irrfahrt durch Länder und Kontinente, so daß er sich nicht gewundert hätte, wenn er zu spät gekommen wäre, um Wochen, gar um Monate zu spät.

Als er ans Bett trat, erkundigte sich sein Sohn nach dem Stand der Blutwerte. Er stellte seine Frage kühl und höflich, gerade so, als hielte er ihn für einen Arzt. Kater merkte wohl, daß den Kranken die Antwort nicht im mindesten interessierte – er glotzte mit großen, glasigen Augen, und diese Augen, stellte der Vater erschrocken fest, gehörten dem Tod. »Du«, stieß der Sohn hervor.

»Ja«, sagte der Vater, »ich.«

Stille. Um die Schmerzen zu dämpfen, hatten sie ihm Morphium gespritzt, vermutlich eine hohe Dosis, denn unter den halboffenen Lidern zuckten die Pupillen so wild hin und her, als würden sie ein Insekt verfolgen.

Der Vater begriff: Sein Sohn bettelte um eine Berührung, wollte umarmt oder geküßt werden, aber der Schmerz, der die Knochen so gläsern gemacht hatte, daß selbst ein Windhauch zur Qual werden konnte, schloß den Kranken in eine Glocke ein, die der Vater nicht zu zerschlagen vermochte. Über ihre Gesichter huschte ein Schatten von Blässe. Wie am Vorabend, als er im Entree der Klinik auf das Lager der Kindergreise gestoßen war, hatte Kater auch jetzt das Gefühl, seine Pranken seien die eines Riesen, größer und schwerer als Bratpfannen, und, verdammt noch mal, wie sollte er damit den unsichtbaren Sarg heben?! Sein Sohn, zum Winzling verkümmert, lag in der Tiefe des schachtartigen Raumes. Voller Entsetzen sah Kater auf ihn hinab. Konnte man sich näher sein – und gleichzeitig weiter voneinander entfernt? Aber seltsam: Gestern abend hatte er den Schock über die eigene, alles überragende Gesundheit nur im Angesicht der transportbereiten Kinder erlebt, während er heute, da sie miteinander allein waren, dieses Körpererlebnis am Bett des Sohnes erleiden durfte. Stundenlang. Tagelang. Ewig. Der Zeitfluß war versickert und hatte nichts als ein nach Angst- und Sterbeschweiß dunstendes Bett zurückgelassen. Keine Zeit mehr. Nur noch Raum. Dann ein Schlag. Die Stille, als wäre sie aus Glas, zerbricht, wieder beginnt's zu sickern, zu fließen, es geht auf elf zu, und in den unteren Etagen, wo man die vorzeigbaren Fälle zu einem Spalier arrangiert hat, proben sie das Schwenken der Fähnchen. »Weißt du, wo Mama ist?«

»Sie holt die Königin ab.«

»Das überrascht mich.«

»Mama bedauert, was gestern abend passiert ist.«

»Bedauert?« Kater lächelte. »Du redest wie ein Politiker, mein Lieber. Wie war die Nacht? Hast du ein wenig schlafen können?«

Eine Weile stand er stumm am Bett. Dann ging er zum Fenster, stieß es einen Spalt weit auf und blickte durch einen Tränenvorhang hinaus. Über Stadt und Land lag ein diffuses Licht, es war schwül geworden, fast stickig, und Kater hätte sich nicht gewundert, wenn von einem träge dahinziehenden Fluß ein Insektenschwarm aufgestiegen und gegen das Hochhaus von Bossis Klinik geflogen wäre. Eine hübsche Schwester kam, kontrollierte die Infusionsflaschen und fragte flüsternd, ob der Herr Bundespräsident etwas zu trinken wünsche. Dann beugte sie sich über den Kranken und legte ihre Hand behutsam auf den kahlen Schädel. Unter der Schürze zeichnete sich ihr Höschen ab, und Kater sah schmunzelnd zu, wie sich die prallen Gesäßbacken bewegten. Hört das denn nie auf? fragte er sich. Bleibt man bis zum bitteren Ende ein scharfes, nach Frauen gierendes Tier? Sie fühlte sich beobachtet, warf einen Blick über die Schulter, und sekundenlang schätzten sie einander ab, der alte Mann und die junge Schwester, die ihre Brüste wie paradiesische Äpfel in die Schürze hängen ließ. Kater hatte sich neben dem Fenster an die Wand gelehnt, und zwar, fand er, in der Art eines Kellners, der sich meist am Rand des Geschehens aufhält, doch jederzeit bereit ist, aus seiner Haltung zu klappen, einen Wunsch entgegenzunehmen, eine Tasse abzutragen, ein Trinkgeld zu kassieren.

»Dürfte ich vielleicht ein Autogramm haben?« fragte die Schwester.

»Aber bitte«, sagte Kater.

Er wischte zum Tisch, zückte die Brieftasche, entnahm ihr ein Photo und schrieb seinen Namen. Dann stand er auf, überreichte das Autogramm und öffnete der Schwester, sich verbeugend, die Tür. Es ging ihm wie seiner Mutter. Lachen wollte er, lieben und lustig sein.

»O danke.«

»O bitte.«

Sie schlüpfte hinaus.

Er sah ihr nach und konnte den Blick nicht abziehen, bis sie im Gleißen, das den langen Korridor durchfloß, zu einer flirrenden Silhouette geworden war. Dreh dich um, betete Kater, Mädchen, mein Mädchen, dreh dich um!

Da tauchte sie ins Licht ein, und Kater, halb enttäuscht, halb erleichtert, zog sich zurück in die schwüle Unendlichkeit seines Niemandslandes.

Drei vor elf. Nur noch wenige Minuten, und der hohe Besuch, von Bossi angeführt, würde durch die Tür treten. Aber würde er diese Minuten, da er mit dem Sterbenden allein war, aushalten? Jede Sekunde schien sich wie eine Schlange dehnen zu wollen und wand sich in engen, ihn würgenden Packungen um seine Brust. Endlich gelang es ihm, sich ans Bett zu setzen und die Augen zu schließen. Der Col des Mosses lag weit zurück, in einer andern Zeit, in einem andern Land. Auch der klammheimliche Machtwechsel, der sich fast von selbst vollzogen hatte, war bereits Vergangenheit.

Zugegeben, die Art des Putsches hatte ihn überrascht. Pfiff, ein Meister im Analysieren, hatte den kleinen Fehler, der ihm gestern abend unterlaufen war, sofort und gnadenlos ausgenutzt. Vermutlich hatte er schon seit Beginn des Staatsbesuches auf seine Chance gelauert. Schließlich war es ihm, dem perfekt informierten Sipomann, nicht verborgen geblieben, daß die arme Marie ihre Pflichten nur mit Mühe und Not zu erfüllen vermochte. Während sie nach außen unentwegt lächeln mußte, immer nur lächeln grüßen winken, waren nach innen die Tränen geflossen, und weiß Gott, weiß der Teufel – unter solchen Umständen kann ein einziges Wort genügen, um die tagelang und tapfer geschluckte Verzweiflung ausbrechen zu lassen. Dies geschieht. Pfiffs Rechnung geht auf. Als sie vom veränderten Damenprogramm erfährt, weigert sich Marie, weiterhin die strahlende Gattin zu mimen. Tragisch oder komisch? Nun muß Kater versuchen, die Scharte auszuwetzen, packt den kleinen Torero, stemmt ihn in die Kamera, Marie vor die Nase, und damit, wen wundert's, ist das Maß voll, die Katastrophe perfekt. Gereizt und verletzt – tödlich verletzt! –, kommt sie doch noch angestürmt, schlüpft in das weiße Abendkleid und wartet dann eiskalt ab, bis ihr ein Stichwort in die Hand fällt, mit dem sie ihren Kater killen kann.

Aber warum hat er sich nicht gewehrt? Warum spielte er mit?

Sie waren doch vorbereitet! Sie hatten den Pfiffschen Angriff erwartet, und natürlich nahm seine Sekretärin, die lieber vor Arbeitsbeginn joggte oder eine Seite Horaz las, nicht zufällig (und nicht ganz freiwillig) ihre Motorradstunden. Eines Tages, das wußte Kater seit Wochen, würde es nötig sein, die ständige Observation zu unterlaufen, um hinter dem Rücken des Sipochefs tätig werden zu können. Dabei hatte er keineswegs an eine Außenstelle der Zentralanstalt gedacht, eher an die Villa eines Betonkönigs, und es versteht sich wohl von selbst, daß es diesen Leuten gelungen wäre, den Helikopter mit dem schwarzen Ledermantel gegen eine weiße Firnwand krachen zu lassen. Auch Aladin, der miterlebt hatte, wie Pfiff zum Angriff überging, schien mit dieser Möglichkeit gerechnet zu haben. Da er verhindern wollte, gemeinsam mit Pfiff in die Luft zu gehen, hatte er diskret um einen Sitz in der Präsidentenmaschine gebeten, sicher ist sicher...

Gewiß, auch für Profis wäre es nicht ganz einfach gewesen, an die Helikopter heranzukommen und die nötigen Manipulationen vorzunehmen, aber ein Adlatus, der dem Sipochef unmittelbar vor dem Abflug eine Mappe hinter den Sitz schiebt (oder einen von Greti geschickten Picknickkorb), hätte sich bestimmt gefunden. Kurzum: Wäre die Motorradschülerin zur besagten Villa gefahren, hätten die Betonisten die Sache in die Hand genommen, und das Damenprogramm, sofern es nach dem Absturz des Sipochefs überhaupt noch stattgefunden hätte, wäre für niemanden mehr ein Thema gewesen.

Nein, technische Probleme hatten in seinen Überlegungen keine Rolle gespielt. Aber gestern abend war sein System zusammengebrochen, und seither, schau mich an, bin ich ein anderer. Ja, mein lieber Bub, Mama hat mir den Glauben an das Gute genommen, und ohne diesen Glauben, der mich ein Leben lang getragen hat, fehlt mir die Kraft, im Interesse des Landes zu walten und zu wirken. Auch ich habe keine Zukunft mehr. Was noch kommt, wird ein einziger langer Abend sein, und so mag es uns trösten, uns beide, daß wir zum Glück die richtige

Natur haben, um in der Dämmerung zu bestehen. Er bückte sich vor und flüsterte: »Die Dämmerung ist die Stunde der Kater.«

Niemandsland. Elf Uhr vormittags. Läutete irgendwo eine Glocke, jaulte eine Sirene, flappten Helikopter? Nein, still war es geworden, die Welt entfernte sich, und allmählich, ganz allmählich schien die eingefleischte Lust, Reden zu halten und Befehle zu geben, in Katers Gliedern zu erlahmen. Er wurde ruhiger, er wurde gelassen, und so wurde sein Tag, der sich wieder (und immer wieder) wiederholt hatte, von der »kleinen Lage« bis zu den abendlichen Diners, ein Gestirn, das hoch und höher dahinzog, bis es dann, vom Dunst geschluckt, hinter dem Horizont verschwand. Daß er sich eben noch nach dieser Krankenschwester verzehrt hatte – er verstand es nicht mehr. Es war ihm, als sei er vom Sterben seines Sohnes angesteckt worden. Vom Bett her wehte ein schwüler Fieberwind und wurde zu einer Glutwelle, die ihm durch Kopf und Rücken floß. Gestern abend, also vor wenigen Stunden, hatte er hier sein lexikalisches Afrikawissen ausgebreitet, und schon kam es ihm vor, als liege dieser Abend weiter entfernt als der schwarze, ihm nur in Lexikonformeln bekannte Kontinent. Hinter der Doppeltür war ein Trampeln zu hören, wohl eher ein Getrommel, das Nahen der beiden Frauen jedoch, das von den Trommeln verkündet wurde, ließ ihn vollkommen gleichgültig. Nichts geschah, und sogar der Wunsch, sein Sohn möge wieder gesund werden, löste sich auf. Alles löste sich auf. Die Inhalte verloren sich. Pfiff? Kein Thema mehr. Es gab kein Vor, es gab kein Nach – nun gab es nur noch die Gegenwart, wie sie in den Dingen, in den Bildern, aber nie in den Menschen ist. Er wartete, o ja, doch hatte dieses Warten keinen Sinn und kein Ziel. Er wartete halt. Saß da, starrte in die Helle und wartete.

Niemandsland. Und das Land wurde größer, so groß wie Afrika, das an seinen Rändern im Flirren zerfließt. Aber was war denn das? Auf dem Nachttisch lag eine zerlesene Zeitung. Auf der Frontseite sah Kater ein Pressebild: drei Herren, er in der Mitte, eine Planrolle haltend. Die beiden andern, Pfiff und Aladin, beugen sich über den Plan. Er nicht. Er, der Chef, ist schon weiter, das Studium der Akten hat er hinter sich, so daß sein Blick – just im Knipsmoment! – über den Rollenrand hinaus in jene Zukunft geht, die, dank ihm, eine bessere sein wird, die beste aller Zeiten. Dem gilt es Rechnung zu tragen. Er tut's. Trägt Rechnung. Pfiff und Aladin tragen mit, und im Hintergrund, gerade sich abwendend, schleichen die Juristen der Betonlobby diskret aus dem Bild.

Wie lange war diese Zeitung unterwegs gewesen, bis sie diese abgelegene Station erreicht hatte? Aber wer, fragte er sich, wer könnte sich mitten im Niemandsland für die Linienführung einer Autobahn im Planquadrat B 7 interessieren?

Der Lärm der Vögel setzte aus. Eine Art Generalpause entstand, doch nur für Sekunden, dann kündete das Gejaul das Nahen von Frau und Königin an. »He«, sagte er zu seinem Sohn, »wach auf, sie sind da.«

Im Kissen lag der abgezehrte, fast fleischlose Schädel. Die Augen standen jetzt offen. Die Pupillen zuckten nicht mehr, und die lange, schmale Hand hing wie ein Flügel geknickt über die Bettkante.

Als er den Kopf in den Korridor streckte, mußte Kater zu seinem Erstaunen feststellen, daß die Sipo ihre Doppelposten abgezogen hatte. Nirgendwo klebten sie mit ihren MPs an der Wand, nirgendwo lungerten Reporter, und im Gleißen, das bis auf einen Rest versickert war, stand nur ein einzelnes Stativ. Ohne Kamera. Ein dreibeiniger Vogel, kopf- und körperlos, schien in einem Tümpel darauf zu warten, daß die Sonne den Zenit erreichte und die letzten Glanzgunten im Linoleum verdampften. Keine Königin, keine Marie, kein Aladin – niemand. Ein leerer Flur mit weißgelblichen Türen, dahinter Grabesruhe, und nicht einmal das Telephon, das sonst durch die Etagen jammerte, schuf eine Verbindung zur belebten Welt. Waren sein Sohn und er die einzigen Bewohner? Er zog die Sonnenbrille ab und steckte sie in die Brusttasche seiner Fliegerjacke. Elf Uhr vormittags. Die Zeit stimmte. Angst machte ihm nur das Gebäude. Nachts hatte es kantig im Gewoge der Giebel und Dächer gestanden, ein beleuchteter Block in wilder See, doch jetzt, da Kater von Tür zu Tür glitt, hörte er außer dem Knirschen seiner Sohlen keinen Laut, das Gebäude war eine Ruine, ohne Menschen, ohne Leben. Trotzdem ging er weiter, eine innere Uhr trieb ihn an – sie rief die Zöglinge zum Mittagessen.

Suppe fassen. Beten. Setzen. Alles funktionierte, und es funktionierte perfekt. Etwas war allerdings seltsam: Die Stille hielt an. Kein Schlürfen, kein Schmatzen, nichts.

Alle Geräusche, selbst die Körpergeräusche, wurden unterdrückt. Vorsichtig schielte er nach links, schielte nach rechts, aber die Besonderheiten eines jeden Zöglings waren im Schmelztiegel der Klosterschule so vollständig ausgebrannt worden, daß man kein einziges Gesicht erkennen konnte, keine einzige Gestalt, nur ihre Teller sah Kater, acht Stück pro Tisch, sonst nichts. Mein Gott, dachte er, bin ich der einzige, dem es niemals gelingen wird, dem eigenen Selbst zu entsagen? Kann ich mein Katerwesen nicht abtöten? Darf ich nie, wie alle andern, zum Menschen, also zur Null werden? Und schluckte. Und löffelte. Und war dann doch erleichtert, als er feststellte, daß sich vorn, am erhöhten Aufsichtstisch, der Gütige und seine Subpräfekten mit Appetit über die Suppe hermachten. Da sie frontal zum Saal in einer Reihe saßen, sah es aus, als würden sie ein Wettessen veranstalten – so tief waren sie über die Teller gebeugt, so gierig schnappten ihre Münder nach dem Löffel, und in der Tat, der totale Gehorsam ihrer Zöglinge erlaubte es ihnen, auf Kontrollblicke ganz und gar zu verzichten. Kein Teller fiel zu Boden, kein Furz explodierte, niemand flüsterte, niemand grinste, vollkommen geräuschlos füllten sich dreihundert Nullen mit Suppe ab.

Auf einmal hoben die Präfekten ihre Häupter.

Die Münder blieben offen, die Löffel in der Schwebe.

Dann zog der Gütige seine Serviette aus dem Kuttenkragen, legte sie neben den Teller und winkte den Sonderling, der als letzter und einziger noch auffallen mußte, nach vorn, an den Tisch.

»Warum bist du hier, mein Sohn?« fragte er schmunzelnd. »Warum bist du nicht in die Ferien gezogen?«

Erst jetzt begriff Kater: Heute hatten die Ferien begonnen, alles war lärmend abgereist, er jedoch, der Sohn des Schmieds, hatte kein Zuhause mehr. Der Vater, war ihm mitgeteilt worden, habe den Verstand verloren, das Haus sei verkauft, das Inventar vergantet – im Seedorf war er nicht mehr willkommen.

Die Subpräfekten ließen die Nase hängen. Da sie weiteressen wollten, behielten sie den Löffel in Mundnähe, während der Gütige, um den ungehorsamen Zögling zu mustern, die Arme vor der Brust verschränkte. Muß er sich wieder hervortun, sagte seine Miene, ist ihm der Aufsatz keine Lehre gewesen?

Der Zögling sank schuldbewußt in die Knie. Oben schlürften sie wieder, schlürften und schmatzten, und schließlich kratzten sie mit ihren Löffeln den letzten Rest Flüssigkeit aus den angeschrägten Tellern.

Katers Augen hatten sich mit Tränen gefüllt und hingen ihm wie brennende Bällchen am Gesicht. »Es handelt sich um meinen Vater«, stieß er endlich hervor. »Sie haben ihn in die Anstalt gebracht. Ich kann nicht mehr nach Hause.«

Der Sommer in der leeren Klosterschule dehnte sich ins Zeitlose aus. Kater schlenderte durch die kalten Gänge, ersehnte die Dämmerung herbei, und wenn er vor Einsamkeit und Langeweile zu ersticken drohte, stieg er in eine Säule ein, spiralte sich bis ganz nach oben und zog durch die fad nach Holz riechende Wildnis der Dachstöcke. Er hatte Heimweh, aber nicht nach dem Vater, nicht nach dem Seedorf, kaum nach den Fischern... und als er eines Tages auf eine Fährte stieß, von kleinen Pfoten in den Staub getupft, war er sofort überzeugt, sein rotgeschecktes Kätzchen habe es geschafft, dem verganteten Schmittenhaus zu entkommen, der Bahnlinie durch die Täler zu folgen und zu guter Letzt in die menschenleere Dachwelt des Klosters zu gelangen. »Bs, bs«, machte er, »bist du da?«

Er fand es nicht, eines Nachmittags jedoch, da die Sonne ein paar Strahlen durch die Dachschindeln stieß, dünn wie Insektenbeine, wagte Kater einen gefährlichen Gang. Er stieg auf die vergipste Außenhülle der Abendmahlskuppel hinauf. Die war dick mit Taubendreck bepflastert, knisterte wie Eis, und oben, ziemlich genau am Pol, öffnete sich ein runder Krater. Als er dessen Rand auf allen vieren erreicht hatte, legte er sich auf den Bauch und schob sich dann vorsichtig, Zentimeter für Zentimeter, über die Öffnung. Aus der Tiefe wehte warmer Dunst herauf, Kerzenwärme und Weihrauch, und obwohl Kater längst gemerkt hatte, daß hier, auf dem Zenit der Kuppel, die Gipsdecke dünn war, weich wie Karton, brüchig wie Glas, überwand er seine Angst, holte Luft, und jetzt, allen Katermut zusammenreißend, tauchte er seinen Kopf in den Schlund hinein.

Ihm wurde schwarz vor Augen. Mit Bauch und Armen lag er auf dem Dach der Welt, während sein Kopf, als hätte er sich vom Körper getrennt, in das pompöse Abendmahl des C. D. Asam hineinhing.

Ihm schwindelte. Er wagte kaum zu atmen.

Tief unten krabbelte eine Wallermasse mit Stöcken, an Krücken zum Altar, betend und jammernd und singend, und wie ein gewaltiger Kragen lag das Kuppelgemälde um Katers Hals. Aber seltsam! Aus der Nähe betrachtet, schien an diesem Gemälde nichts zu stimmen. Alles war zu groß, zu wuchtig, zu rund. Der Blutkelch hatte sich in eine klumpige Breite und das gebrochene Brot in eine fladige Länge verformt. Die Apostelgesichter waren groß wie Teiche, und ihre Haare tosten zu beiden Kopfseiten wie braune Wasserfälle in die Tiefe.

Er ahnte, daß er einem Geheimnis auf die Spur gekommen war. Wie hatte sein Vater gesagt? »Sie war keine Mutter. Vergiß diese Frau! Leben wollte sie, immer nur leben und lieben und lustig sein.«

Kater fährt zusammen. Dort! – dort hockt sie, vom Tischtuch halb verdeckt, knisternd vor Kraft, sprühend vor Leben, gierig und listig, groß wie eine Tigerin, und funkelt ihn mit geschlitzten Augen an.

Jetzt, jäh, ein Schrei, nachklappernd sein Echo, in der Tiefe verhallend, und auf einmal starren all die Versehrten da unten nach oben: zu ihm und seiner Katze – das ist mein Leib, das ist mein Blut.

Starr stand er da. Ihm gegenüber: Marie, die Königin und dahinter der Troß, ebenfalls erstarrt. Gestern abend, als er sich über die Bellevuetreppe der versammelten Gesellschaft genähert hatte, war es sein Wunsch gewesen, eines Tages zum Bild zu werden, um die Zeit zu bannen, den Augenblick zu fixieren, den Sohn zu retten, und siehe da, schon ist das Unsinnige wirklich geworden, ähnlich wie vor Jahr und Tag, da er durch den Krater in Asams Gemälde hineingekrochen war. Aber damals war er endgültig zum Kater geworden, während er jetzt, da er vom Sterbebett seines Sohnes kommt, so groß und leer und wuchtig ist wie ein Apostel in Asams Gemälde, ein Riese mit ovalem Gesicht, leere Schale, nur noch Vase – der Kater ist tot. Wo mag er gestorben sein? Vielleicht im Helikopter, vielleicht auf der Krete, vielleicht im Sterbezimmer des Sohnes, doch kommt es darauf noch an? Natürlich nicht. Das Niemandsland ist ein unendliches Afrika, *rien ne va plus, nature morte* – die krebskranken Kinder, in langen Reihen aufgestellt, vorn die Kleinsten, dahinter die Größeren stehen reglos hinter dicken, keimfreien Glasscheiben. Von den Chemo- und Strahlentherapien sind die meisten ratzekahl, ohne Wimpern, ohne Brauen. Viele klammern sich an ihre Infusionsständerchen, andere tragen die Harntasche wie einen Einkaufsbeutel, aber alle halten in der freien Hand ihr Papierfähnchen, Fähnchen rot, Fähnchen gelb, Fähnchen weiß, Spanien oder die Schweiz, und sie halten sie wie Standarten!

Gut möglich, daß all diese Fähnchen eben noch geflattert haben.

Gut möglich, daß die beiden Frauen – von fern erinnern sie an zwei Professionelle, die jeden Abscheu und jeden Ekel ungerührt, ja lächelnd hinnehmen können – noch vor wenigen Augenblicken gewunken und an die Glaswand geklopft und sämtliche Pflegerinnen- oder Schwesternhände dankbar geschüttelt haben.

Gut möglich, daß währenddessen die Blitzlichter gezuckt, die Kameras geklickt und drängelnde Photographen: »Majestät!« gerufen haben, »Majestät, das war sehr schön, das machen wir gleich noch mal!«

Gut möglich, daß sich das spanische Klinikpersonal auf die Knie geworfen und schluchzend: »Viva la Reina!« geschrien hat, »viva la Reina!«

Ja, eben muß hier alles voller Leben gewesen sein,

überschäumende Begeisterung, und der Kinderjubel, obgleich durch die Glaswand gedämpft, laut, echt und zu Herzen gehend. Aber nun steht der steingraue Riese da, und das schön frisierte, den Besuchertroß anführende Dornröschen ist mitten im Schritt erstarrt. Erstarrt ist auch die Königin, und der fette Nuntius, der unmittelbar hinter den Damen dahergerollt kam, hat über dem Nakken eines knienden Pflegers die Hand erhoben, entweder zum Segen ansetzend oder zu einer Ohrfeige. 11 Uhr 11, und dabei bleibt's. Die Fliegen kriechen nicht mehr, die Funkgeräte haben aufgehört zu röcheln, und mit fiebrig glänzenden Augen und fischhaft offenen Mündern kleben die Kindergreise an der Glaswand fest. Haben sie Angst vor der Größe des Riesen? Oder rührt die allgemeine Erstarrung, die sogar die Uhrenzeiger erfaßt, am Ende nur daher, daß er sich dem Besucherpulk drohend in den Weg gestellt hat? 11 Uhr 11, und dabei bleibt's, zumindest für ihn und sein Dornröschen, denn wenn die Zeit wieder ins Fließen kommt, werden sie beide im Niemandsland zurückbleiben, für immer und ewig.

Beide lächeln jetzt, schauen sich in die Augen und ahnen, daß sie sich so nah sind wie noch nie zuvor. Für einen einzigen Augenblick haben sie das Sterben ihres Kindes aufgehalten – sie sind sich in der Zeitlosigkeit begegnet.

»Du«, sagt sie.

»Ja«, sagt er, »ich.«

Der Alte weiß, daß er gewonnen hat. Das heißt, eigentlich ist es umgekehrt – beim Protokollchef handelt es sich um eine niedere Charge, bei den Medienleuten um die dritte Garnitur, kein Aladin sorgt für Stimmung, kein Pfiff für die Sicherheit, es fehlt die Primadonna, es fehlt Carluzzi, und einzig der Nuntius, der seine Segens- oder Ohrfeigenhand nach wie vor über dem Pflegernacken hält, vertritt die Crème de la crème der Berner Prominenz. Entweder wollte er sich den Gang zu den krebskranken Kindlein nicht entgehen lassen, oder er hat den heimlichen Machtwechsel schlicht und einfach verschlafen.

Ja, mein schönes Dornröschen, ich habe mich an Abrahams Rezept gehalten. Um zu verhindern, daß unser Jüngster unter den Kameraaugen des Öffentlichkeitsgottes krepieren muß, habe ich ein Tier geopfert: mich selbst, den Kater. Das bedeutet natürlich, daß mich Pfiff geschlagen hat. Zur Zeit dürfte er seine erste Medienkonferenz geben, aber bitte, dadurch fällt es mir um so leichter, das Nötige, das noch zu tun ist, mit Anstand und Würde zu erledigen.

Er machte einen Schritt auf die Königin zu. »Majestät«, sagte er, »ich bedaure außerordentlich, Ihnen mitteilen zu müssen, daß sich der Zustand Ihres Gatten auf dem Col des Mosses verschlimmert hat. Ich bin sofort mit ihm zurückgeflogen, und selbstverständlich ist er bei seinem Leibarzt in bester Obhut. Zur Sorge besteht kein Anlaß, allerdings wäre es das beste, wenn Sie mir erlauben würden, das Damenprogramm vorzeitig abzubrechen. Dann könnten Sie unverzüglich an das Bett Ihrer Majestät eilen und die Vorbereitungen zum Rückflug selber in die Hand nehmen. Ohne unsere Frauen, Sie wissen es ja, sind wir Männer verloren.«

»Señor Presidente«, antwortete die Königin, »ich danke Ihnen.«

Der Alte küßte ihr die schlanke, kühle Hand. Dann wandte er sich an seine Frau und sagte: »Unser Sohn erwartet dich. Bis später.«

Zum Abschied deuteten Marie und die Königin eine scheue Umarmung an. Dabei knipsten sie, um sich ihre Vertrautheit zu beweisen, das professionelle Lächeln für einen Augenblick aus.

»Ich wünsche Ihnen und Ihrem Sohn viel Kraft.«

»Danke, Majestät. Alles Gute für Sie und Ihre Kinder.«

»Und für Spanien«, fügte der Alte hinzu, worauf sich die beiden Frauen, ihre Tränen weglächelnd, zum letzten Mal einen Blick zuwarfen. Typisch, mögen sie gedacht haben, sie können es nicht lassen, diese Männer!

Dann ging Marie allein durch die Glastür, und der Bundespräsident führte die Königin, vom stumm trottenden Pulk gefolgt, an den adieu winkenden Kindergreisen entlang zu den Liften.

Damit war das Damenprogramm vorzeitig, jedoch offiziell und auf besonderen Wunsch des spanischen Hofes beendet.

Ein Wagen der Botschaft fuhr vor, und die Königin, um die Gesundheit ihres Gatten besorgt, brauste mit einer Motorradeskorte davon. Eine Weile stand der Alte allein auf dem Vorplatz. Dann gelang es seiner Sekretärin, sich durch die Sperren zu zwängen. »Um halb eins werden Sie und Ihre Frau in der Botschaft erwartet«, las sie von ihrem Stenoblock ab, »leichtes Mittagessen mit dem Monarchenpaar. Ebenfalls anwesend: Kreditanstalt, Bankverein, sowie einige Größen aus Wissenschaft und Kunst, leider alle mit Gattinnen. Anschließend Fahrt nach Zürich und Verabschiedung auf dem Rollfeld. Wo wollen Sie sich umziehen? Der Chauffeur könnte Ihre Sachen ins Büro bringen.«

»Fahren wir«, befahl der Alte.

Er stieg ein, ließ sich die Hupe reichen und freute sich, als er an den Straßenrändern die gezogenen Hüte erblickte, staunende Kinder und ihre Mütter, die mit dem Finger auf ihn zeigten: »Schau, Bub, da kommt der große Kater.«

Winkend raste er vorbei.

Wie in all den vergangenen Jahren saß die Sekretärin während dieser Fahrt an der Seite ihres Chefs, so daß sie *en passant* ein paar dringende Geschäfte erledigen konnten. Er diktierte zwei Schreiben an die Betonlobby, gab ihr einige Unterschriften und fragte dann: »War noch was?«

»Das Lexikon.«

»Das Lexikon?«

»Ich sollte mich vielleicht erkundigen«, sagte sie mit einem entschuldigenden Lächeln, »ob ihr Ältester daran gedacht hat, das von Ihnen versprochene Lexikon zu besorgen.«

O *wie Ober.* Nach dem Tod seines jüngsten Sohnes – er starb im Februar – gab der Alte endgültig auf, verließ sein Departement und verschwand aus der Stadt. Marie absolvierte die nötigen Behördengänge, und da sie mit Stil von der Bühne gehen wollte, lud sie am Vorabend ihrer Abreise zu einem *Dîner d'adieu* ins Grandhotel Bellevue.

Viele kamen nicht, aber es war ihr doch möglich, Greti Pfiff (er selbst war leider unabkömmlich), Bobo Carluzzi und Aladin alles Gute zu wünschen. »Mein Mann«, schloß sie die kurze Rede, »hat mich gebeten, in diesen Wunsch auch das Land einzuschließen. Das habe ich hiermit getan. Liebe Greti, lieber Aladin, möge es euch und dem großen Pfiff vergönnt sein, auf gerader Avenida voranzuschreiten, um eine Allianz mit dem Künftigen zu schmieden.«

Zum Dessert erschien überraschenderweise ein weiterer, von niemandem erwarteter Gast: der Nuntius. Er bezeichnete die Mousse als *superbe,* putzte eine doppelte Portion weg, schwärmte von Aladins letzter Kolumne – »besser als Frisch, zehnmal besser!« –, dann nahm er seine Chorstuhlhaltung ein, umfing mit beiden Armen die Wampe und erklärte schmunzelnd, er könne sich durchaus vorstellen, *la belle excentrique* eines Tages zu vermissen. Ein Friedensangebot war das nicht, aber doch eine versöhnliche Geste, der man allgemein applaudierte. »Wenn Sie es in einer Klatschspalte einfließen lassen«, sagte der Kirchen- zum Medienmann, »haben wir nichts dagegen.«

»Danke, Exzellenz!«

Zu den Gästen gehörte auch Herr Eduard, der ehemalige Bellevue-Kellner. Er hatte während des gesamten Essens Greti Pfiff in Beschlag genommen. »Und meine Fische?« hatte er gejammert. »Madame, was nützt es meinen Fischen, wenn uns der Herr Gemahl nach Europa überführt?«

Nachdem die Gesellschaft zu wichtigen Terminen aufgebrochen war, blieb der alte Ober als einziger noch eine Weile sitzen. »Dankschön für die Einladung«, knurrte er, »aber unter einem gepflegten Service verstehen *wir* etwas anderes, nicht wahr, Madame?«

Da lachten sie beide.

»Einmal Ober«, sagte Marie, »immer Ober. Salud!«

»Was heißt denn das?«

»Spanisch. Hab es bei einem Staatsbesuch gelernt. Aber das war *nach* Ihrer Zeit, Herr Eduard, da waren Sie bereits bei Ihren Fischen.«

Der pensionierte Oberkellner kicherte vor sich hin, dann legte er, vermutlich aus purer Gewohnheit, die Serviette über den Arm und schlurfte ab.

P wie Pfiff. Eigentlich hatte sich nichts verändert. Sein Offiziersdolch lag parallel zur Schreibunterlage, vor dem Pult hatte er den Rosenbaumschen Teppich ausgelegt, und unter der Lampe, silbern gerahmt, standen nach wie vor zwei Photos. Marie, die eben aus Bern gekommen war, näherte sich ihrem Mann.

Er lag schnarchelnd im Sessel. Da zog sie sich in den oberen Stock zurück, wählte einen hellen, nach Süden liegenden Raum zum Schlafzimmer, und damit waren ihre Positionen bezogen – fortan lebte er unten, und sie lebte oben.

Der Sommer ging ins Land, am Spalier wucherten Rosen, dann fielen die Blätter, es wurde kühler, begann zu herbsten, und für Marie wurde es allmählich zu einer Gewohnheit, fast zu einem Ritual, in sein Schlafen hineinzutelephonieren, um den alten Mann auf das eine oder andere hinzuweisen, auf späte Schmetterlinge und frühe Möwen, auf erste Flocken im November und an einem Maienabend auf Kirschblüten, die wie ein verspätetes Schneegestöber durch den Garten wehten. Ob er aufstand und hinaussah? Sie hatte keine Ahnung, doch hörte sie nicht auf, ihm telephonisch das große Werden und Vergehen zu melden, das Erblühen und Verwelken.

Eines Tages kam er nach Hause und teilte ihr lachend mit, er müsse operiert werden – ein Karzinom in der Prostata.

»Entschuldige, Liebling, aber was soll daran komisch sein?«

»Das fragst du noch?! Prostata«, erklärte er, »ist ein P-Wort. Ich kann P-Wörter nicht ausstehen.«

Pfiff, der neue Innenminister, ließ es sich nicht nehmen, im weißen Kittel an das Bett des frischoperierten Ex-Präsidenten zu eilen. Das Photo ging anderntags durch die Presse. In seiner Kolumne feierte Aladin, der den Machtwechsel problemlos überstanden hatte, seinen Freund Pfiff als »Arzt am Leib der Nation« und meinte voller Zuversicht, daß das Volk einer besseren, einer schöneren, nämlich einer gesunden Zukunft entgegenblicken dürfe.

Als der Helikopter abhob, schwenkte der Minister ein karogemustertes Hütlein, und die Kranken, die sich in die Fenster und auf die Balkone gedrängt hatten, winkten ihm nach, bis er in der untergehenden Sonne verschwunden war.

Q wie Quatsch. Das Krankenhaus verließ er um Jahre gealtert. Es handle sich, erklärte man Marie, um einen Narkosekater, nichts von Bedeutung, der Patient werde sich bald und vollständig erholen. Marie blieb skeptisch. Da sie ihn kannte, wußte sie, daß seine Kraft erloschen war. Während des Essens, wenn sie sich am langen Tisch gegenübersaßen, war nur das Gekratze von Gabel und Messer zu hören. Tupfte sie mit der Serviette die Mundwinkel ab, setzte er ein Grinsen auf und tat es ihr nach. Um seine Frau zu verhöhnen? Marie hatte keine Ahnung. Der Alte wurde ihr fremd und fremder. Das lag auch daran, daß er immer öfter ein falsches Wort erwischte. Von Toten sprach er, als würden sie leben, und von Lebenden, deren Taten die Zeitungen füllten, als wären sie tot. Hie und da versuchte sie, das Gespräch auf den verstorbenen Sohn zu bringen. Ein einziges Mal gelang es ihr. Er horchte auf, fing an zu weinen und sagte: »Ich liebe Spaghetti.«

Sie konnte nicht anders, sie mußte lachen. »Weißt du, was du eben gesagt hast?«

»Quatsch«, sagte er.

»Iß anständig«, unterbrach Marie sein Schlürfen, »nicht wie ein Tier!«

R wie Regierungsrat. Eines Abends verschlug es ihn nach Lindenweiler. Marie und die Ärzte hatten ihm geraten, das Haus hie und da zu verlassen, zu schwimmen oder zu wandern, und da er insgeheim fürchtete, man könnte ihn nach Oberwil schaffen, in die Anstalt, gab sich der Alte jede nur erdenkliche Mühe, nach außen normal zu wirken, gesund, rüstig wie früher. Und war er das nicht? O doch, und wie! Ihm ging es bestens, seine Umgebung jedoch – insbesondere Marie und seine Ärzte – schien sich auf perfide Weise gegen ihn verschworen zu haben. Also mußte er vorsichtig sein, mußte schwimmen, mußte wandern, und zugegeben, das lange Gehen über herbstliche Felder gefiel ihm zunehmend besser, seine Wege wurden weiter, die Knochen jünger, die Muskeln fester, und wie schön war es, im frühen Abend, wenn sich die Sonne im Dunst verlor, als müder Wandersmann in ein Dorf einzuziehen!

Lindenweiler also.

Hier hatte Pfiff, Jahre und Jahrzehnte war es her, seine berühmte Rede gehalten. »Der Bauer ist nicht der Buhmann des Fortschritts, im Gegenteil, ihr seid, Bauern, der Bannwald unserer Werte!«

Der Alte schüttelte sich vor Lachen.

Dann erschrak er. Verdammt, das waren ja – von der Zeit gebleicht – lauter Plakate aus der Zeit seines Aufstiegs! Ein Pferdekopf rauchte Rössli-Stumpen, ein Binaca-Mund zeigte Zähne, und ein Ford Taunus 17 M ließ seine Chromleisten blitzen. Hm, dachte der Alte, ist die Zeit in Lindenweiler stehengeblieben?

Neben der Kirche stand ein Kino, Ende der Fünfziger erbaut, doch schien es außer Betrieb zu sein, *tempi passati,* die Schaukästen eingeschlagen, die Rolläden lottrig, und von der fensterlosen, einst himmelblauen Fassade platzte der Verputz in Blasen ab.

Nur ein einziges Haus, die Krone, war noch belebt. Am Stammtisch hockten zwei Männer, die Schädel tief in den Schultern, und es dauerte lange, bis der Wirt, ein fetter Greis, aus der Küche heranschlurfte. Der Alte bestellte einen Kirsch. Und noch einen. Und noch einen, schließlich die Flasche, die Nacht brach herein, aber der Alte soff weiter, Glas um Glas, bis sein Kopf nach vorn kippte, in den Schlaf, in die Träume, wer weiß, wohin...

Als er am Tisch erwachte, entdeckte er im dämmerungsfahlen Raum eine gläserne Vitrine, und sonderbar, sämtliche Pokale, die darin ausgestellt waren, zitterten und klirrten, schienen kaum merklich zu kreiseln, sich anzuziehen und abzustoßen. Unter der Decke ließen die Lampen ihre Glashauben vibrieren, und kaum zu glauben, aber wirklich, aber wahr – hinter dem Tresen stand ein Aquarium und wurde ebenfalls erschüttert. Verzweifelt zuckten die Zierfische hin und her, die Sauerstoffbläschen tanzten, und die Wasserpflanzen, die doch ruhig aus dem Kies wachsen sollten, standen wie unter Strom in einer schmutzigen Wolke. Ringsumher lachte die Welt, und sie lachte über ihn. Weinend stürzte er hinaus. Auf dem Platz kein Mensch, kein Auto, kein Köter. Er lehnte sich mit dem Rücken an das hellblaue Kino und ließ den Blick einen Betonpfeiler entlang nach oben wandern, denn dort oben, von Pfeilern getragen, überspannte die Autobahn das einst blühende Dorf. Sein Werk. Er hatte sie erbaut. Unsichtbar sausten die schweren Laster, die schnellen Flitzer, Regen fiel, der Verkehr nahm zu, ein Morgen- und Himmelsgebraus, ein Sirren und Rauschen, hier unten jedoch, im Schatten der Brücke, fiel kein Tropfen, und die Linden, die dem Dorf den Namen gegeben hatten, standen grau um den Platz.

In den verlassenen Häusern wohnte der Zerfall. Da und dort ein vergessenes Möbel, ein leerer Bilderrahmen, eine kaputte Matratze. Der Alte strich um die Häuser, stieg in feuchte Keller ein, dann ging er zurück zur Gastwirtschaft, rüttelte an der Tür, rief nach dem Wirt, aber nichts geschah, niemand kam, die Krone blieb geschlossen.

Der Regen ließ nach, der Himmel wurde leiser.

Ein neuer Tag, doch Lindenweiler, das Dorf, das er unter seiner Autobahn begraben hatte, verhockte in einer grauen Dämmerung. Der Binaca-Mund lachte noch immer, der Pferdekopf rauchte, im Boden das Beben, mal heftiger, mal schwächer, oben das Rauschen, mal lauter, mal ferner, und über der Tür zur Gastwirtschaft hing die Krone verstaubt ins Leere.

»Ihr wißt«, hatte Habernoll damals gesagt, »ihr wißt, daß ich Hunde züchte.«

»Schäferhunde«, bestätigte Kater.

»Jawohl, Schäferhunde«, wiederholte Habernoll. Sein Schnauz, wie mit dem Messer geritzt, paßte perfekt zu der hohen, schneidenden Stimme, und seine Äuglein gingen behende von Kater zu Pfiff, von Pfiff zu Kater. »Wenn ich nun herausfinden will, wie es um ein Rudel steht, welches Hundchen etwas taugt, welches nicht, setze ich ein paar Tage das Futter aus. Dann werfe ich einen Mocken Fleisch in den Zwinger, mitten unter die hungrige Meute, und ha!« rief Habernoll, »ha, das solltet ihr einmal sehen, ihr studierten Herren, was nun abläuft.«

Die Natur, bemerkte Pfiff, habe ihn schon immer interessiert.

»Mich nicht«, versetzte Habernoll, »mich interessiert nur das Resultat. Mich interessiert, welches Hundchen raubmündig ist, nämlich ein Kämpfer, ein Beißer, ein Führer, und das ist bekanntlich jenes Tier, das zum Schluß, nach blutigem Kampf, den Mocken Fleisch (oder das, was von ihm übriggeblieben ist) in der Schnauze hat.«

Kater und Pfiff horchten auf.

»Mitte Oktober wird gewählt. Ihr kommt beide in Frage, aber eben – nur einer kann portiert werden. Bei der nächsten Delegiertenversammlung heißt Traktandum zwei: Bau einer Autobahn im nordwestlichen Kantonsgebiet. Einer von euch wird dafür plädieren, einer dagegen. Alles klar, meine Herren?« Habernoll grinste zufrieden. »Diese Rede ist der Mocken Fleisch. So zeigt ihr uns, wer der Bessere ist. Der Stärkere. Der Sieger. Mit anderen Worten: Wer das Rededuell gewinnt, wird noch am selben Abend zum Kandidaten ausgerufen – zum Kandidaten für den Regierungsrat, und dermaleinst, wer weiß, darf er dem alten Habernoll das Präsidium abjagen. Noch Fragen, meine Herren?«

Kater und Pfiff griffen zum Portemonnaie.

»Aber nein«, säuselte Habernoll, »die Rechnung übernimmt die Partei.«

Vermutlich war es ein Morgen im September, jedenfalls Herbst, denn die Kantonshauptstadt, auf die er nun zuging, über Felder stolpernd, einer Bahnlinie folgend, hatte sich in etwas milchig Zartes eingehüllt, in eine Gleichzeitigkeit von Sommer und Winter. Er kam an den See und trat unter eine Platane. Über dem weißen Wasser lag durchsonnter Dunst. Die, hatte er sich seinerzeit entschieden, keine andere: Marie. Wie lange war es her? Kein Boot stand draußen, kein Wasservogel rief, nirgendwo umschlang sich ein Paar, nur an den Ufersteinen leckten leise die Wellen, von keinem Wind, keinem Schiff bewegt. Es mußte Sonntag sein, aus der Innenstadt klang Glockenläuten, und die Straßen waren leer, wie ausgestorben. Als er sich St. Oswald näherte, der Stadtkirche, tönte die Orgel heraus, dann öffnete sich das Portal, und plötzlich standen die ersten Männer der Partei auf der obersten Treppenstufe: der großmächtige Habernoll und sein Vorstand.

Auch Pfiff stand in der Reihe, doch war es der *junge* Pfiff, und, Himmel noch mal, er war einer von ihnen, einer für alle, ein Vasenmann unter Vasenmännern und erfüllte geradezu perfekt das Bild, das sich die Delegierten vom künftigen Bauchef machten: mausgrau der Hut, klobig das Schuhwerk.

S wie Sieg. Der Alte eilte erschrocken nach Hause. Er befahl Marie in sein Büro, ließ sie im Klientenstuhl Platz nehmen und sagte: »Marie, das einzige, was uns noch retten kann, ist ein drittes Kind.«

Sie erblaßte.

»Begreifst du nicht? Pfiff ist nach wie vor ledig. Das macht ihn bei vielen suspekt, während ich, dank dir, eine Familie ins Feld führen kann, dich und unsere beiden Kinder. So weit, so gut. Aber das genügt nicht, meine liebe Marie! Eine statistische Erhebung hat ergeben, daß die Durchschnittsfamilie drei Kinder haben müsse, drei, nicht zwei, denn nur so, sagen die Statistiker, können wir eine sichere Zukunft garantieren.«

Über ihre Wangen rannen Tränen, ihre Mundwinkel zuckten.

»Du bist meine Frau, Marie. Du mußt mir helfen, diesen verdammten Pfiff zu besiegen.«

»Weißt du, wovon du redest?« stieß sie fast tonlos hervor, »mein Gott, ist dir klar, was du eben gesagt hast?!«

»Aber ja! Aber ja! Ich rede vom dritten Kind! Ich rede davon, daß ich es mir als Politiker unter keinen Umständen leisten kann, unterhalb der Statistik zu bleiben.«

»Ich fürchte, du bist krank...!«

»Krank?« Er legte beide Hände wie Pranken um die Lehnen und sagte beherrscht: »Die Partei, Liebling, hat mich in der Person ihres Kantonalpräsidenten darum ersucht, als Kandidat für die Ersatzwahl in unseren Regierungsrat zur Verfügung zu stehen. Nach reiflicher Überlegung habe ich mich entschlossen, diesem Ansinnen zu entsprechen.«

Sie schwieg. Aber bitte, das hatte er erwartet, damit hatte er gerechnet – Marie wollte ihre Figur halten. Zwei Kinder waren dieser verwöhnten, geschminkten, gepuderten Dame genug! »Willst du denn nicht, daß ich Regierungsrat werde?«

Da warf sie den Kopf nach vorn und schluchzte so heftig in ihre Hände hinein, als würde sie sich übergeben. Er nahm seine Mappe, stopfte ein paar Akten hinein, setzte den Hut auf und verließ dann, ohne einen Blick zurück, das Haus.

Der Kampf wurde hart, aber fair geführt. Nachdem durchgesickert war, Katers Marie erwarte das dritte Kind, sei also trächtig mit Leben, mit Zukunft, schnappte sich Pfiff, vom Stadtpfarrer beraten, ein ältliches Mädchen, Katechetin von Beruf, Greti mit Namen, spielte den Verliebten, küßte öffentlich, und Kater mußte seine ganze Überredungskunst aufbieten, um seine Frau mit Bäuchlein, Sonnenbrille und Hollywoodhut am Sonntag in die

Kirche zu führen. Die beiden Kinder, der Sohn und die Tochter, fügten sich weitaus besser in ihre Rollen. Nach allen Seiten grüßend, lächelnd, winkend zogen sie hinter den Eltern her und warben um jede Stimme.

Am letzten Sonntag vor der Delegiertenversammlung machte Marie plötzlich schlapp. Sie fühle sich nicht wohl, stöhnte sie, und bei diesem Satz sollte es nun bleiben, über Tage und Wochen und Monate – Marie lag auf ihrem Kanapee, größer und dicker werdend von Minute zu Minute, ein angelandeter, bleichpraller, bald über das Sofa hinausquellender Walfisch.

Das Kind, meinte sie, sei anders als die andern.

»Anders?« fragte Kater.

»Ja«, antwortete Marie, »anders.«

Sie blieb liegen, wuchs weiter, drohte bald das Zimmer, dann das Dach zu sprengen, und Kater, obzwar er weiß Gott andere Sorgen hatte, kam nicht umhin, die statistische Erhebung zu verfluchen. Die beiden Kinder verloren ihr Lachen. Während des Essens wurde geschwiegen. Und aus dem oberen Stock, wo der Walfisch bald platzen würde, tropfte eine Stille herab, die nach Medizin und nach Meer roch, sickerte in alle Winkel und rötete die Augen des verängstigten Katers.

»Muß Mama sterben?« fragten die Kinder flüsternd.

Im frühen Abend stapfte der Alte über verschneite Matten. Er verstand die Welt nicht mehr, präziser: die Zeit, denn die Delegiertenversammlung, die alles entscheiden sollte, war auf den ersten Dienstag im November angesetzt. Im November, jawohl, und dieser Schnee, durch den er sich keuchend vorankämpfte, erinnerte ihn fatal an den Hochwinter. Graue Wälder verloren sich im weißen Geflitter, und blieb er, den Atem anhaltend, eine Weile stehen, schienen die Flocken zu knistern. Als es zu dämmern begann, schwamm ein Pferd, dessen Beine verdeckt blieben, wie ein Gestirn über den Hügel. An der Fahrleine zog es einen Kutscher hinter sich her; der schien auf dem Bock zu schlafen, sein Kopf war nach vorn gekippt und wackelte sanft. Der Alte sah dem geisterhaft davonfahrenden Gefährt lange nach. Vorn schwamm das Pferd, dann kam der Schlafende, und dann folgten ein paar Milchtansen, die ganz von selbst durch den Schnee glitten, allmählich hinter den Horizont gerieten und wie die Kamine eines Ozeandampfers untergingen.

Ein honigfarbenes Licht zog ihn an, ein Gasthof war's, verraucht, belebt, eine Rosi servierte, der Alte scherzte mit ihr, labte sich, trank, trank viel, Gott je, gestand er der Gastwirtin, einer reifen Bauersfrau, man habe halt doch seine Hummeln im Leib.

An den Tischen krümmten sie sich vor Lachen.

Ihm war es recht so. Morgen stieg im Hirschensaal die Delegiertenversammlung, morgen würde sich entscheiden, wer den Mocken Fleisch, nämlich das Regierungsamt, in der Schnauze hatte, er oder Pfiff. »Denn glauben Sie mir, meine Herren« – er ging von Tisch zu Tisch, schüttelte allen die Hand – »glauben Sie mir: Wer morgen gewinnt, kommt übermorgen weiter!«

Jetzt wieherten sie. »Bis ganz nach oben?«

Er reckte das Kinn, steifte den Rücken. »Jawohl! Morgen fällt die Entscheidung. Nur einer kann die Krone ergattern, entweder Pfiff oder ich, aber wer diesen Kampf siegreich beendet, sitzt eines Tages in der höchsten Regierung.« Er setzte eine kurze Pause. »In der Landesregierung, meine Herren!«

Sie standen auf, hoben das Glas und prosteten ihm grinsend zu.

»Auf die Zukunft!« rief der Alte, winkelte den Ellbogen und goß sich den Kirsch in den Rachen.

»Auf die Zukunft!« grölten sie.

Plötzlich entstand eine sonderbare Ruhe. Die Stimmung, eben noch laut, schwang um. Die Kellner verdrückten sich, die Officetüren pendelten aus. Durch sämtliche Köpfe liefen Fäden, natürlich unsichtbar, doch endeten alle in Habernolls Metzgerpranke, jetzt ein Ruck, und helahopp, blickte der Saal nach vorn, zum Podium, auf den großmächtigen Präsidenten. Er wartete, bis es vollkommen still war. Dann läutete er seine Glocke und verkündete das zweite Traktandum: »Bau einer Autobahn im nordwestlichen Kantonsgebiet. Ich erteile das Wort dem Contrareferenten. Bitte, Herr Doktor!«

Da der Hauptharst der Delegierten aus der Bauernschaft kam, fielen Pfiffs Argumente auf fruchtbaren Boden, eben auf Agrarland, »das noch lange«, rief Pfiff, »unser Brot tragen möge, den Segen für uns und unsere Kinder!«

Die Delegierten nickten zustimmend, der Mann sprach ihnen aus dem Herzen, die Sache schien entschieden – hätte Pfiff an dieser Stelle aufgehört, wäre er vermutlich nominiert worden. Aber offensichtlich wollte er der Pflicht die Kür folgen lassen, hob nun ab, drehte Loopings und Volten, bluffte und brillierte, und dann, in einer waghalsigen Schlußkurve Anlauf holend, schoß der freche Raubvogel steil herab, direkt auf Kater zu, und den, das merkten alle, attackierte er heftiger als zuvor die Betonlobby und den Fortschritt.

»Mein lieber Freund«, wurde der Redner persönlich, »weißt du noch, wie wir den Ausbruch des Weltkriegs erlebt haben, jenes große Völkerringen, das Europa an den Rand des Abgrunds brachte? Du warst damals der Meinung, eine grundsätzliche Erneuerung würde auch unserem Volk an Leib und Seele bekommen. Du hast, lieber Kater, begeistert vom titanischen Willen gesprochen und vom großen Stahlbad, aus dem der Germane verjüngt und erstarkt hervorgehe. Nun, inzwischen sind wir klüger. Die Geschichte hat dich widerlegt. Denn Hitler, meine werten Parteifreunde, hochgeschätzte Bauern und Bürger, Hitler war nur ein kleiner, gemeiner Autonarr, der sich zum Schluß mit Benzin überschütten und anzünden ließ. Jawohl, diese Figur hat uns exemplarisch vorgeführt, wohin Motorenwesen, Volkswagentum und Autobahnen führen, nämlich in die Apokalypse einer rauchenden Trümmerwelt, in die Götterdämmerung eines totalen Untergangs, weshalb ich Ihnen und unserer Partei empfehle, die Erstellung einer Autobahn im nordwestlichen Kantonsgebiet schon im Planungsstadium abzulehnen; dixi, ich danke.«

Der Applaus donnerte los, daß die Gläser tanzten, die Teller klirrten, die Brigade flog den nächsten Einsatz, Schnaps kam auf die Tische, man sprach und fraß und soff, grölte da nach Humpen, dort nach Stumpen, kein Zweifel, die Kandidatenfrage war geklärt, Pfiff gekürt, aber seltsam, allzusehr schien das den Proreferenten, der inzwischen das Wort ergriffen hatte, nicht zu stören. Monoton wie Habernoll nahm Kater die von Pfiff angeführten Zahlen vor, ließ sie teilweise gelten, teilweise nicht, sprach über die Natur, die Schöpfung und das Auftragsvolumen, das der Wirtschaft, sollte die Autobahn abgelehnt werden, zum Nachteil aller, also auch der Bauern, entgehen würde.

Dann stützte er sich mit beiden Händen auf, schlitzte die Augen, spähte in den Saal – und hielt inne. Hatte er den Faden verloren? Nein. Mit einem Ruck, einem einzigen Wort, zog er die Augen aller wieder nach vorn, zur Bühne, auf seine Person. »Hitler!« sagte Kater.

Und wieder: Stille. Hitler? Was kann er damit meinen?

»Ich meine, werte Parteifreunde, daß die Vergangenheit vergangen ist. Ich meine, daß es keinen Sinn hat, heute über alte Geschichten zu reden. Vergessen wir das! Seien wir nicht nachtragend! Ja, wir Soldaten und Offiziere haben damals draußen gelegen, im Dreck und im Schlamm, im Schnee und im Frost, denn für uns war es eine Selbstverständlichkeit, unsere Äcker und Familien Tag und Nacht zu beschützen. Ersparen Sie uns also, werter Herr Doktor, Ihren Rückgriff auf jene Zeiten! Kommen Sie uns nicht mit Untergangszauber und Götterdämmerung, denn der große Krieg, den Sie und ihresgleichen als studentische Parketthelden durchtanzt haben, ist vorbei. Vorbei!« schrie Kater, »und wir, wir Bauern und Bürger, wir Soldaten, Patrioten und Christen sind unserem Herrgott von Herzen dankbar, daß er uns vor Ihrem Hitler, Herr Doktor, bewahrt hat!«

»Bravo!« setzte Habernoll in die Stille, und das schmale Männchen, das links von der Vorstandsriege ein eigenes, etwas tieferes Tischlein hatte, fragte rasch, ob auch das Bravo ins Protokoll gehöre.

»Jawohl!« fuhr Kater fort, die Hand zum Schwur erhoben, »wir stehen zu unseren Wurzeln. Wir bekennen uns zur Heimat. Aber wer von uns verlangt, im Bauern einen Buhmann des Fortschritts zu sehen, einen Verweigerer des Künftigen, dem halten wir kraftvoll entgegen, daß auch der Bauer, gerade er, aufopfernd und ausdauernd im Advent steht, auf dem Acker und im Advent, das Auge glühend nach vorn gerichtet, auf daß wir dem Anbruch der Zukunft approximativ entgegenschreiten! Das aber heißt: Wir sagen Ja, ein großes Ja zur Autobahn im nordwestlichen Kantonsgebiet, das walte Gott, dixi, ich danke.«

Die Ernennung des Kandidaten ging dann rasch und problemlos über die Bühne. Der Saal entschied sich mit Handmehr für Kater, den städtischen Adjunkten, und nur drei Wochen später, am letzten Sonntag im November, wählte ihn das Volk in die Regierung des Kantons.

Es hatte lange geregnet, von den Bäumen floß und tropfte es, der Abendhimmel war rot und hoch. Vor dem Haus drängten sich Bauern mit Fackeln, Bürger schwenkten Hüte, und auf der Straße, unter einer Laterne aufgestellt, spielte die Harmoniemusik den Parteimarsch bereits zum zweiten Mal.

»Warum kommt er nicht?« fragte das Volk.

Die Baumkronen wurden schwarz, die Büsche zu Wurzeln, und die Fackeln brannten rauchend ab. Aber dann ging in der Fassade endlich eine Fenstertür auf, und der frischgewählte Regierungsrat betrat mit seiner

Familie den Balkon. Zu seiner Rechten Marie, schwanger mit dem dritten Kind, und zu seiner Linken die Tochter (sechs) und der Sohn (neun): So winkten sie in die Nacht hinaus, ein politisches Altarbild, ein perfektes Vasenarrangement, gleichsam mit Sträußen gefüllt, die der Zukunft entgegenblühten.

Aber was teilte sich da? In der Gegenwart begann es zu tagen, in der Erinnerung zu nachten, und fast kam es dem Alten vor, als habe er die Fähigkeit verloren, die Zeiten und sich selber einzuordnen. Zum einen stand er dort oben, von seiner Familie umrahmt, vom Parteivolk bejubelt, von Sternen übersät, und zum andern hockte er frierend und verdreckt zwischen den Büschen und sah von außen, von unten auf sich selber zurück. Der Garten war leer, die Wiese verschneit, und an der Haustür hing eine Tafel: ZU VERKAUFEN!

U wie Uhren. Die Jahre gingen ins Land, in die Felder, die Äcker und in die Spalierrosen, die das Haus immer höher umrankten. Er lebte unten, und sie lebte oben. Besuche empfingen sie kaum noch, und kam doch jemand, mußte er damit rechnen, auf einen Schlafenden zu stoßen oder auf eine Frau, die, in einem Sessel sitzend, vom Besucher abgewandt, endlos vor sich hinredete, ins Leere redete, leise, lächelnd, und immer wieder ihr: ach ja! seufzend, ach ja, speziell sei er geworden, ein richtiger Sonderling, sie spreche nicht gern darüber, gewiß nicht, aber es scheine sie doch zu erleichtern, endlich einmal sagen zu können, wie sehr sie sich schäme, manchmal auch fürchte, mein Gott, was habe er geschimpft!

»Worüber?«

Worüber geschimpft? fragte sie, über alles, über jeden, über sie, über die Uhren.

»Warum über die Uhren?«

Und sie, die Stimme im Raum, seufzend, kichernd, leise: Weil er glaube, daß in den Uhren Wanzen stecken würden.

»In den Uhren?«

Ja, in den Uhren. Von der Sipo plaziert. Deshalb kaufe er stets und ständig neue, eine Uhr nach der andern, vielleicht zehn, vielleicht zwanzig Stück, aber jede, auch die neueste, die teuerste, habe er behauptet, sei präpariert, sei verwanzt, ach ja, da habe er sie halt weggeschmissen, in den Kübel, in den See, und habe neue gekauft, habe sich wieder ans Pult gesetzt, die Uhren auseinandergeschraubt, nach Wanzen durchsucht, dann weggeschmissen, in den Kübel, in den See, wobei sie ja froh sei, offen gestanden, daß er sich mit diesen Uhren und nicht mehr mit ihr beschäftige, das sei schlimmer gewesen, viel schlimmer, mein Gott, auf einmal habe er ein Kind gewollt, und erst noch ein *drittes* Kind, also jenes, das sie doch gehabt hätten, ihren Sohn, ihr jüngster, der gestorben sei *(kurzes Schneuzen),* Stiche, Bilder, Bücher, Erinnerungen und irgendwo sie, von der Lehne des Sessels verborgen, das Täßchen zwischen den Fingern, ach ja, seufzend, ach ja, kichernd, jetzt böse: Ein Arzt? Was hätte sie dem sagen sollen? Daß er Uhren kaufe und sie repariere, die Uhren?! daß er eine Uhr nach der andern *kaputt*repariere? Nein, unterbrach sie sich, o nein, sie habe alles geschehen lassen, erst verzweifelt, dann ruhiger, was sein muß, muß sein, was kommen muß, kommt, und ein Hirn, das geht, kann niemand aufhalten, so ein Mann, ein Herr, ein König, und nun diese Uhren, all diese Uhren und nachts das Weinen.

»Er weint?«

Ja, er weine, manchmal stundenlang, halb im Wachen, halb im Schlaf, schimpfe oder weine, schlafe oder repariere, und eigentlich, sagte sie, eigentlich sei das ganz normal, jedenfalls keine Krankheit, kein Beinbruch, aber letzthin *(kurzes Lächeln),* letzthin habe er doch tatsächlich eine Orange mitsamt der Schale gegessen, ihren Protest habe er ignoriert, erst entschieden, dann wütend, schreiend wie ein Verrückter, immerhin sei er Präsident gewesen, der beste Bundespräsident, den dieses Land je gehabt habe und jemals, das schwöre er, gehabt haben werde, da würde er wohl wissen, wie man dieses Ding da esse, mit Schale oder ohne, nein, habe sie gesagt, leise wie immer, nein, Liebling, ohne, ohne Schale, ohne, denn dieses Ding, habe sie erklärt, sei eine Orange, darauf er, schreiend: Nein, ein Ding, das sei ein Ding, das wisse er ganz genau, daß dieses Ding ein Ding sei, nämlich ein A-Wort, im Herder gelernt, Apfelsine, Apfelsine, Hut auf, Mantel an und ab.

»Wohin?«

Ach ja, leierte sie weiter, leise wie zuvor, fast tonlos, das sei auch so ein Problem, immer öfter verlaufe er sich, ziehe über Felder, hocke in Gastwirtschaften, gebe Runden aus, rede Unsinn, bringe Frauen zum Lachen, aber bitte, was sein muß, muß sein, was kommen muß, kommt, und ein Hirn, das geht, kann niemand aufhalten, niemand, auch sie nicht, also schweige sie, schäme sich und hoffe inständig, daß er die nächste Operation besser überstehe, keine Narkose, Gott sei Dank, nur eine örtliche Betäubung, die Netzhaut, die Augen, das habe er nun davon, sie habe es immer gesagt, mit diesen Uhren, Liebling, zerstörst du deine Augen.

Z wie Zukunft. Die Zeit ging im Kreis, der Winter verwich, der Frühling kam, der Sommer, und die Spalierrosen, die das Haus umrankten, wurden höher von Jahr zu Jahr, erreichten bald das Dach und wucherten über die Ziegel. Marie lebte oben, las Bücher, dachte an früher, und voller Stolz empfing sie zum Jahreswechsel einen Gruß der spanischen Königin, natürlich gedruckt, aber immerhin, der spanische Hofstaat hatte sie nicht vergessen. Der Alte lebte unten, meist am Pult, und wiewohl er die Frau, wenn sie mal über den Teppich kam, nicht mehr sah, konnte er doch riechen, daß sie sich seit dem Tod des Sohnes nicht verändert hatte – das gleiche Parfüm, das gleiche Spray, dieselbe Perücke, und wenn er sich nicht täuschte, knisterten um den schlanken Leib noch immer die Sommerseiden von Emilio Pucci, wehende Schleier und helle Farben. Dann beugte er sich wieder über seine Uhren, steckte die Lupe ins Auge und stocherte mit einem Schraubenzieherchen im Gangwerk herum. Hie und da, allerdings selten, erschien die Tochter. Sie hatte sich zum zweiten Mal verheiratet und spät ein Kind bekommen. Auf dem schwarzweißgemusterten Teppich, der nach wie vor das Büro beherrschte, begann es eines Tages zu krabbeln. Da blickte der Großvater, der hinterm Pult im Ledersessel lag, mit grauen Augen zum Lüster hinauf, über sein Gesicht huschte ein Lächeln, und der Mund, der meistens schwieg, sagte leise: »Lebt.«

Thomas Hürlimann

Das Gartenhaus

Novelle

Band 11878

Ein kleines Meisterwerk – so lautete die einhellige Meinung der literarischen Kritik über Hürlimanns Novelle, eine Geschichte um Alter, Liebe und Vergänglichkeit. Nach dem Tod des einzigen Sohnes entwickeln sich zwischen dem Vater, einem pensionierten Obersten, der für einen Rosenstock als Grabschmuck plädierte, und der Mutter, die einen Granitfelsen setzen läßt, die eigentümlichsten Rituale.

»Was dem Autor gelungen ist, ist tatsächlich einmalig in der deutschsprachigen Gegenwartsliteratur. Ein Stoff wird leicht und schön, zugleich spannend, abwechslungsreich und überdies höchst tiefsinnig erzählt.« *Hann. Allgemeine Zeitung*

Thomas Hürlimann

Das Lied der Heimat

Alle Stücke

Band 14277

Seit Hürlimanns Debüt als Dramatiker 1980 liegen zum ersten Mal alle Theaterstücke gesammelt – zum Teil neu bearbeitet – vor: poetische, tragische, komödiantische, politische Sujets, in denen die hochgelobten und vielbescholtenen Eigenarten der Schweiz als inspirierendes Material in Erscheinung treten. Hürlimanns Stücke entziehen sich der vordergründigen Aktualisierung, der Verkürzung auf flüchtige Parallelen hin. Sie erzählen immer von lebendigen Figuren, von ihren Erwartungen und Vorsätzen, ihren Wünschen und Grenzen.

»Unter den Schweizer Schriftstellern ist Thomas Hürlimann bis heute nicht nur der vielseitigste und gegenwärtigste, sondern auch der vielversprechendste geblieben.« *Neue Zürcher Zeitung*

Fischer Taschenbuch Verlag

fi 1049 / 6